五味集

洪蒲生 著

上海三联书店

一生师表

三尺讲台，精心育桃李；

两张报纸，沥血写华章。

两牛斋

教一半，编一半，两半合则全；

编亦梦，教亦梦，一梦如之源。

洪君蒲生始则从教为半，继则从编
为半，终则为学生作文大赛总编
导，乃成两半，合而梦则圆矣。

壬辰年秋月袁沧州撰书

目　录

▎一、心系文华▎

二、情寄山水

三、思为我在

四、神游红楼

五、趣观绿茵

序一： 书生意气　师者本色

王联元

　　洪蒲生是一位优秀的新闻工作者,是才华横溢而行事低调从不张扬的媒体人,更是一位忠诚的教育工作者,是教学水平高又深受学生爱戴的好老师。

　　蒲生1963年毕业于江苏师范学院(今苏州大学)中文系,分配至江苏省镇江中学担任语文教师,比同年毕业来的教师小两三岁。他性格开朗,朝气蓬勃,爱读书,爱活动,能和学生亦师亦友相处。他自少年时代起博览群书,且又过目不忘,作为语文教师,功底深厚。

　　上世纪六十年代的省镇中,贯彻德智体美劳全面发展的教育方针,学科、科技、文娱、体育活动有计划地开展。多才多艺的蒲生被聘为团委会主办的《镇中青年》(黑板报)和学生会组建的文工团的辅导老师。他虽非专职音乐教师,却指挥排演了《长征组歌》和《洗衣舞》,以及阵容庞大的大联唱《战斗吧,越南南方》和由他作词作曲排演的大合唱《欧阳海之歌》,这两个大型节目全参加了市里会演;还和我共同创作了反映学生生活的《一场小足球赛》,在校内演出。蒲生在学校活动中不仅是编导,还是出色的演员,在镇中教工演出的《红岩》和《像他那样生活》两个大型多场话剧中,他分别扮演了成岗和阮文追,成功塑造了坚强不屈、大义凛然的中国共产党人和越南南方民族英雄的光辉形象。

张海迪的事迹传扬后，蒲生满怀激情地写了长诗《张海迪之歌》，在《镇江日报》整版刊出。

蒲生文才斐然，但衣着朴素，常年身穿布衣布衫，脚蹬布鞋或草绿色解放鞋，在我记忆中，从未见过他西装革履领带飘飘的潇洒形象，出言也不夸夸其谈。那段岁月，蒲生和"A"字房教工宿舍的青年教师都是"快乐的单身汉"，周六下班后三五成群，一路（今天朱方路）谈笑风生上城洗澡，吃晚饭，看电影。有一次我们五六人在迎江路工人电影院附近小店吃阳春面和烧饼，蘸光了桌上一碗辣椒，让老板惊叹不已。蒲生在课堂上和活动中生龙活虎，意气风发，而一旦看书、备课、批改作业、写文章，则专心致志，静默无声，他实实在在是个富有激情的书生，甚至被人看成一位老实巴交的农民。

蒲生因工作出色，1979年和1980年先后被评为市、省劳动模范，1984年又被任命为地市合并后的镇江市教育局副局长。在教育行政领导岗位上，他依然努力工作和学习，但志趣和秉性却使他难以适应新的岗位。后蒲生调任《镇江日报》副总编，在新闻岗位上很快进入角色，胜任本职工作，但仍心系教育，总想着要为学生做些什么。1988年蒲生在报社领导和同志们的支持下，创办了镇江市"增华阁"中小学生作文大赛，此后每年一届的参赛学生由数千人发展到数万人，成了中小学生写作活动的盛大节日，被誉为历史文化名城镇江的"名城盛事"。他为大赛从征题、命题、组织阅卷、评奖到编书，付出了30年的辛勤劳动。

我从和蒲生几十年的交往中，始终觉得他是一位不折不扣的教师，我曾多次笑他调入媒体后一直未彻底转换角色。因为只要是学生需要，教学需要，他都会全力以赴。往事足可佐证：上世纪七十年代初学校接待了一批外县来"取经"的教师，在随机听了一节蒲生毫无思想准备的课后，带队同志向我提出，希望下午再听一节洪老师继续往下教这篇课文。我忙找蒲生商量，他略一犹豫后欣然同意，即让教导处为他调课。下午课后，听课教师一致夸赞蒲生的教学功底、双基落实和课堂艺术，并说此行几天在多地多所中学听课，也曾听过这篇课文，数洪老师这两节课上得最好。上世纪七十年代中期，市教研室为中小学教师的当前教学与在职进修提高，举办教材分析和专题讲座，我让教研员去请蒲生承担一部分，几次他都乐意接受，认真准备，并印发详细讲授提纲，深受中小学教师的欢迎。市教研室在省镇中举办全市大型教学观摩等活动，蒲生必被安排上公开课、示范课，他也从不推辞。上世纪八十年代初，省教研室在南通市举办教学观摩活动，又邀蒲生去借班上示范课。在"五讲四美三热爱"活动中，市委党校邀请蒲生去作"语言美"专题讲座，受到干部学员的好评，此后蒲生讲课的声誉就溢出了中小学范围。

在《镇江日报》社工作的蒲生被一家媒体看中，1994年，关工委"挖"蒲生去担任《关心下一代周报》总编，他是被该报"一个宗旨、两个方面、三种教育、四个面向"的指导思想所吸引，认定能让自己更多地亲近教育、服务学生，于是不计报社规模和工作条件，欣然前往。蒲生上任后，即为中小学生开辟了《朝霞》《七彩笔》习作专版，并组建了全省范围的学生《彩练》文学社；在巩固省内特约通讯员的同时，物色人员，建立了特约记者队伍；陆续增开了"文学社之友""大课堂""校园文化""桃李芬芳""故事会""百花洲"等广受中小学生欢迎的版面。在社委会的领导下，多举措取得成效，使这份省关工委主办的报纸特色鲜明，受到有关上级的多次表彰，发行量连年飙升。

蒲生身在南京"周报"，心系镇江"增华阁"，每年一届作文大赛，他都一如既往，与《镇江日报》社有关同志全程参与。蒲生在赛后还要继续为大赛编书，从获奖作文中选编《作文比赛精品选》和《优秀作文汇编》等。在16册选本中,蒲生以佳作评析、序文、代前言、编者的话、阅卷有感、编者述评、附录长文等多种形式加以点评指导,相机介绍作文知识。为了结合赛题和学生的实际需要,他又决定选获奖作文为例,另拟纲目,集中系统地传授写作知识和古今中外的写作经验与体会,他都一如既往,和《镇江日报》一起提供范例,连续八年编著出版了《和你一起学作文》等五本"学作文"系列丛书以及《作文纵横谈》等"三部曲",共八本写作指导书。30年来,蒲生为作文大赛写下了指导写作的文字达数十万字,他为此废寝忘食,夜以继日。

问君何能尔?答案明摆着,他不忘毕业从教的初心,怀有浓厚的教育情结,永葆教师本色,他钟情教育,热爱学生。在两个报社的工作,使他有机会和可能为更广更多的学生服务。他的睿智与深情执著,他的语文教师、高级编辑的阅历与经验,让他能创造性地培育写作新苗,年逾古稀仍笔耕不辍,确似呵护幼苗苗壮成长的园丁,燃烧自己照亮学生的红烛。去年11月他正在为第30届大赛做各种准备,报上发了他为参赛学生"热身"的文章,可谁也不会想到,在开赛前一周,蒲生突然倒下了,他匆匆而去,没能留下一句话,让亲友、同仁和众多年过花甲的门生,以及了解洪老师的莘莘学子震惊和哀痛!

现在,他夫人洪荷生将其生前编定准备印行的书稿,再增收一组文章作为"附录"交付出版,嘱我为之序。回首与蒲生超越半个世纪的情谊,他勤奋的一生,淡泊名利,留下的精神财富,哀叹他的早早离世,钦慕与痛惜交织,凄然落笔,眼疾未愈,断续写成。

是为序。

2018年11月

(本文作者为镇江市教育科学研究所原所长)

序二： 谦谦君子　澹泊人生

——追忆恩师洪蒲生

林少麟

自己20多年的教学生涯是"半途而废"，20多年的编辑生涯是"半路出家"，所以我的书房该题名曰"两半斋"。没想到我50年前的同窗学长，后来的苏州大学副校长袁沧州先生因此为我题了一联曰："教一半，编一半，两半合则全；编亦梦，教亦梦，一如梦之源。"老袁可谓"知我心者"，虽然是说梦也残，合璧也难，总算是差堪告慰了。

——摘自洪蒲生老师《读写结合学作文》一书《自序》

猝然梦残

2017年11月19日的晚上，手机铃响。电话那端传来消息：老师刚刚在家中好好地就走了。"走了"的意思很明确：就是去了另一个世界。

惊愕之余，我突然感到有一种责任。老师的子女都远居海外，老两口平日不喜交往，在本市也没有多少亲戚，遇到如此突发和重大的变故，师母此时必定会方寸大乱。于是我不敢耽搁，立刻出门。

出乎意料的是，等我赶到老师家，屋里已经挤满了人。绝大多数是老师的学生，他们都是一个班级的，老师把他们从初一带到高三,相处的时间最长,师生之间的感情也最深厚。我给老师当学生的时侯,他们都还没有出生,如今我退休了,他们仍正当盛年,有他们在,我顿觉肩头轻松了许多。

老师和衣平卧在床,面容安详,神色如常,就像熟睡中一般。无从知道他临走前的感觉,甚至不能确定他走的原因。他和师母分睡两间卧室,那天晚上,师母在看电视剧,老师则在自己的屋内。在两集连续剧中间插播广告的时段,师母过来想找老伴聊上几句,发现情况已然不对。急救中心医护人员赶到的时候,老师已经没有了生命体征。有一点可以肯定的是,老师的悄然离去,把对别人的惊扰降到了最低限度,却又和他一贯的做人风格高度契合,让我们这些了解他的人难免一声长叹。

老师的女儿洪雁、儿子洪鹰日夜兼程,在 48 小时之内先后赶到。老师当初在为子女取名的时候,一定是希望他们拥有坚强的翅膀,将来能够振翅高飞。果然,子女长大后都飞走了,女儿一家定居在美国,儿子一家定居到了加拿大。他们都没能见上父亲最后一面。显然,再有力的翅膀都不可能在瞬间扶摇而至。

学生们在老师的电脑中和书案上发现了老师生前留下的最后三份文稿。第一份是 2017 年全市中小学生"增华阁"作文大赛的全套题目。三十年来,"增华阁"作文大赛均由老师命题。从小学初年级到高中,依据年级高低,体裁类别,至少要出十几个作文题目,既要切合当前社会潮流又要有新意,还要让参赛学生感觉有话可说。即便以老师这样的功力,临到出题也是绞尽脑汁。当年的大赛在即,看到这套题目,赛事的组织者在放心之余,必定是另有一番滋味在心头。第二份文稿是老师精编的"增华阁"作文大赛三十年佳作选,老师定名为《超越胜负》。从三十年前创办开始,其间尽管工作调动,但老师一直是这项赛事的总设计师和总指挥，可谓殚精竭虑。此次老师所选是三十年佳作之精华，也是自己心血的结晶。第三份文稿是老师生前所写文章的选集《五味集》，从中可以管窥老师的毕生所学。老师平日谦虚低调，从不显山露水，但文章却难掩他的学识和才气，一读便知作者满腹诗书，饱蕴文华。

老师有梦。正如他自己所说：退休了，有时间也有精力，可以多走一些地方，多偿一些书债。他已经努力这样去做了，谁料天不遂人愿。事未竟，梦已残。

编教合璧

老师参加工作的时间全程为 42 年，前半程教书，后半程办报，诚可谓是"教一半，编一半。"

在全市中学语文教学界，老师曾经是当之无愧的扛鼎人物。他几乎具备一个优秀语文教师的所有要素：科班出身，勤于学习，善于分析和总结，热爱职业和学生。在教学生涯的后十年，老师在教学的能力、水平和风格等方面都臻于巅峰状态，在多次举办的公开示范课上，老师技惊四座，让前来观摩的各地同行受到震撼，纷纷要求能有机会再次聆听老师的讲课。

课堂上的精彩表现，首先是源于深厚的学术素养和知识积累。每篇课文的所有背景资料，老师都能了然于心。正史、野史甚至是稗史的各种记载，各类评注，各方观点，老师都能信手拈来，让人叹服。

讲课方法是老师的独门技艺。比如一篇古文，老师如同"庖丁解牛"，先是将文章拆卸成"基本零件"，在讲清楚字、词的含义和在文中的作用后，再拼装起来，重塑骨骼，注入血液和魂魄，即文章的框架结构、语言风格和主题要旨，以便于学生们理解和掌握。

在教学岗位上，老师先后获得省、市劳动模范的称号，并从普通教师被直接提拔为市教育局副局长。

走上领导岗位，老师并不感到欣喜，反倒是怅然若失，他曾经表示自己并不适合当行政领导而更适合做语文老师。

1985年，老师担任了镇江日报副总编辑，开启了后半程的工作经历。

"师者，所以传道授业解惑也。"报纸也具有同样的功能，这种功能主要是由报纸的专刊、副刊来承担，而老师恰好就分管镇江日报的这一块工作。

每天审阅大量的稿件，看似繁琐而乏味，老师却乐此不疲。他从中汲取新的知识，享受阅读的乐趣。在把文字变为铅字的过程中，他一方面扶持新人新作，奖掖后进；一方面细心润色，不断有精品力作见诸报端。每当有作品引起反响，那便是老师最欣慰的时刻。

1988年，由老师主持的全市中小学生"增华阁"作文大赛正式推出，此后的30年间，先后有几十万人次中小学生参赛，其中还包括了扬州、徐州、南通、常州等外市的参赛学生。"增华阁"作文大赛培养了中小学生作文的兴趣，丰富了中小学语文教学的内容。从1995年开始，每年赛后都会编一本由老师亲自评点的获奖作品选，供广大中小学生和语文教师参考研究。2009年起，由老师执笔，先后推出了《和你一起学作文》《同中看异学作文》《读写结合学作文》《古为今用学作文》《面向世界学作文》《作文纵横谈》《作文得失谈》《作文师生谈》《作文情理谈》共九本增华阁系列丛书，"增华阁"作文大赛成为了名城镇江一张熠熠生辉的文化名片，对全市的文化建设起到了深远影响。老师为这项活动倾注了大量心血，成为毫无争议的首功之人。

1994 年,老师调任《关心下一代周报》(江苏省关心下一代工作委员会主管)总编辑,主持该报的编务。这是一份与中小学教育关系密切的报纸,老师的专长得到了进一步的发挥。其间,周报新辟了习作专版,组建了文学社,结合中小学的教学进程,"寓教于报""寓教于乐",深受小读者的喜爱。周报的发行量一度达到数百万份,成为全国同类报纸中的佼佼者。

在教学岗位上,老师是辛勤的园丁;在新闻岗位上,老师是燃烧的红烛。无论是教学还是办报,他始终秉承"育人"的理念,并把二者完美地融合在一起。

教与编,终合璧。

一生师表

1964 年,我考进江苏省镇江中学初中部,老师担任我们班的班主任兼授语文。

那年,老师 22 岁,阳光俊朗,风华正茂。

当时的镇中是全市唯一的省级重点中学,师资力量十分雄厚。在资历较深的教师中,有钱瑟之、刘昌年等大师级的人物。钱、刘二位后来都成为高校的领导,被奉为教育家。在年轻教师中,有包括老师在内的一大批青年才俊。他们中的绝大多数后来都陆续走上了各级领导岗位。

老师是青年教师中最活跃的一员。他经常为《镇中青年》撰文,他是诗社的骨干,他是话剧《红岩》《阮文追》中主角的扮演者,他用俄语朗诵高尔基的《海燕》,用俄语演唱《莫斯科郊外的晚上》,他激扬文字,意气风发,成为校园内的"偶像"。

语文课上,老师的才华展露无遗。他讲课非常投入,根据课文内容,面部表情时而悲抑,时而激奋,具有很强的感染力。看得出,老师是个内心情感十分丰富的人。

两年后,"文革"风暴席卷全国,正常的教学停顿了。老师先后去了蚕桑耕读学校和西藏林芝"八一"中学支教,我们师生之间也几乎断了联系。

1982年,我进入镇江日报社工作,没想到三年后老师也调到了报社。在镇中,他是老师,我是学生;在报社,他是领导,我是员工。

再次相逢,我发现老师变了,往日的书生意气几乎荡然无存,变得沉稳持重。他友善而谦和地对待每一位同仁,总是用商量的口吻布置工作,很快就赢得了大家的尊重。

回顾两度相处的岁月,老师在诸多方面都成为表率,尽管我穷尽此生也做不到老师那样,但毕竟受益良多。

老师博览群书,古今中外,皆有涉猎。一有闲暇,他便会去图书馆读书做笔记。"神游红楼"是《五味集》中的一"味",共收录了16篇文章,可以看作是老师研读《红楼梦》的成果。读了这些文章可以发现,老师不仅对这部古典名著烂熟于心,而且对红学研究的各个流派、各种观点和动态也了解得十分透彻。读书读到这个份上才算是读出了境界。

老师一生澹泊,从不计较名利得失。首次特级教师评选,全市中学语文界只有一个名额,老师毫无悬念成为不二之选。正巧此时老师被任命为市教育局副局长,他主动提出退出评选,将这份荣誉让给了一线教师。

老师为人谦和恭让,从未见他与人起过争执,也从未听他说过一句粗鄙之言。他生活简朴,"布衣"本色,不追求物质享受,甚至连手机也不用。他崇尚的是"读万卷书,行万里路"。在一篇文章里,他这样写道:为了读书和旅游,宁愿当一个快乐的"月光族"。

俶忽之间,老师辞世已一年有余,正适清明时分,写下一段文字,以表无限思念。

——写于 2019 年清明。

（作者曾任《镇江日报》副总编辑,《京江晚报》总编辑）

作者的话

　　这是我的文章自选集。我之所谓"五味"，既不是指生活况味中的酸甜苦辣咸，也不是指思想情感中的喜怒哀乐愁，只不过是说了个人生活中的五个方面：一是工作中的感悟，二是旅游中的实录，三是对某些问题的思考，四是对经典的崇拜，五是对足球的欣赏。

　　既如此，当然也就谈不上内容的丰富多彩，更无艺术上的"五味调和"，只是些内容浅薄的小文章。尽管如此，它们毕竟也凝结了不少的光阴和心血，所以权且收集起来，也算是敝帚自珍吧！

洪蒲生

2017 年元月

一、心系文华

鲁迅的"分量"

鲁迅去世以后,梁实秋曾讥评他与肖伯纳等人的一张合影,说鲁迅与肖伯纳"身量不称,作品的数量、分量也不称"。我于是细看那照片,长着一部大白胡子的肖伯纳确实很魁梧。他倚在一石柱旁,还比众人高出一头;在他身边,宋庆龄站在一块方石上,有点不好意思的样子;而鲁迅却让在几个人的最右边,离肖伯纳最远,也很随意地倚在石栏杆上,结果就更显其矮小了。

至于说到作品的"数量和分量",似乎鲁迅自己也认为比不上肖。肖伯纳是诺贝尔文学奖的获得者;鲁迅呢,也曾有人要推荐,却被他拒绝了。但他只是认为自己不够诺奖的条件,并没有像现在的有些人,往往对评奖表示"不平"或"不屑",以为它只是迎合"欧美口味"。其实,生在不同国度而又同属伟大的作家,他们在文学上的"分量",有时是很难加以权衡比较的。老百姓早就有所谓"文无第一,武无第二"的说法,他们心里比梁实秋清楚。鲁迅说"不够条件",那是他的自谦;而梁实秋射这"身量、数量、分量"的三支冷箭,却难避报复之嫌了。

倒是同为鲁迅论敌的林语堂,表现得较为大度。他在鲁迅死后说:"吾始终敬鲁迅。鲁迅顾我,我喜其相知;鲁迅弃我,我亦无悔。大凡以所见相左相同而为离合之迹,绝无私人意气存焉。"

而那些当年与鲁迅同一堑壕的战友，那更多热爱鲁迅的青年，还有那无数读着鲁迅著作成长的后来人，他们对鲁迅的"分量"则另有自己的看法。与鲁迅同乡、同学，又曾兼同事的许寿裳，数十年如一日地敬仰鲁迅，直至被暗杀于台北；英年早逝的女作家萧红，曾以真切生动的语言，描绘了与鲁迅交往中许多感人的细节；而对鲁迅杂感有着高度评价的战友瞿秋白，则与鲁迅一样，都把对方看作"斯世当以同怀视之"的"知己"。巴金曾赞叹："他的人格实在伟大，他的文章实在深刻"；郑振铎则感慨："中国失去了一个青年的最勇敢的领导者，也是我们失去了一个最真挚、最热忱的朋友"；臧克家以"有的人死了，他还活着"为鲁迅树起诗碑；就连异国的藤野严九郎先生，也因鲁迅的崇高人格而唏嘘不已。据藤野回忆，他对当时的鲁迅并未留下太多印象，只记得确曾为他阅改过课堂笔记；而这位来自中国令他"爱惜"的青年，"竟把我这些微不足道的亲切当作莫大的恩情加以感激"。

　　当然，要确知鲁迅的"分量"，还是要看看毛主席的评价。过去常引的毛主席赞扬鲁迅的语录至少有 14 段，现在让我们来看一段并不常见的。1937 年 10 月 19 日，毛主席在纪念鲁迅逝世一周年大会上说："鲁迅在中国的价值，据我看要算是中国的第一等圣人。孔子是封建社会的圣人，鲁迅是新中国的圣人。"在我看来，如此登峰造极的评价，可谓恰如其分，可谓实至名归。

　　虽然我们无缘直接感知鲁迅其人，但只要认真去读他一定数量的作品，就一定能认识到鲁迅先生的政治远见、斗争精神和艺术智慧，就一定会被他对旧社会的尖锐批判和对国民性的深刻剖析所折服，被他在战斗中表现出来的坚定、坚强和坚韧所鼓舞，被他"横眉冷对千夫指，俯首甘为孺子牛"的崇高人格所感动。而在整个的阅读过程中，我们都会不断得到远见卓识和深刻思想的启迪,不断学到丰富知识和科学精神的交融,不断受到优美情境和睿智语言的陶冶。总而言之,只要我们认真读懂了鲁迅,就能得到思想的锻炼、精神的享受和学养的提高。

然而近些年来,在有些人的心里,鲁迅的"分量"却大大地下降了,甚至有种种歪曲鲁迅的奇谈怪论,也成为追逐时髦和标新立异的手段。沈从文,张爱玲,甚至周作人,一个个被"重新发现",有时抬得比鲁迅还高。但他们,怎么能与鲁迅相提并论呢?更加令人不解的是,广大青少年对鲁迅的了解日渐减少,日趋隔膜,校园里竟流行起"一怕学古文,二怕做作文,三怕周树人"的顺口溜来。好像是为了与这种荒唐玩笑相呼应,听说中小学语文课本中的鲁迅作品也要减少了。是因为鲁迅作品过时了吗?真是奇哉怪也,连孔夫子都正在大行其道,鲁迅又怎么会过时呢?那些依然盘根错节的封建残余,那些依然深浓厚重的积习遗风,那些依然到处泛滥的无知愚昧,那些依然可笑可悲的阿Q精神,不依然急需我们去清洗扫荡吗?鲁迅早就说过:"老谱将不断袭用,战斗正未有穷期",我们怎能把鲁迅作品那样的经典当作摆设甚至束之高阁呢!

郁达夫当年有如下痛切之言:"有了伟大的人物,而不知拥护、爱戴、崇仰的国家,是没有希望的奴隶之邦。"这话听起来未免过于刺激,但倒是足以令人警醒的。我们中华民族当然不是这样的"奴隶之邦";我们的伟大人物也远不止鲁迅一个;我们所应该坚持的,也不仅是要"拥护、爱戴、崇仰",更重要的是要"学习、发扬、光大",使我们的祖国真正成为和谐兴旺之邦。

品"茶"说"梦"

　　整个一个七月,晚上就看两部电视剧,一部是根据老舍原作改编的《茶馆》,一部是根据曹雪芹原作改编的新版《红楼梦》。《茶馆》看着挺享受,感觉是原汁原味的;新版《红楼梦》看着,总觉得有股怪味儿。这新版《红楼梦》,可是在大张旗鼓的宣传之后,打着"忠于原著"的旗号亮相的;而《茶馆》却是没声没气儿地,就在电视上开张了。我品着王利发老板的茶,听着社会上关于新版《红楼梦》的纷纷议论,心里老在想,这两部作品,究竟是谁"忠于原著"呢?

　　经典作品的改编,原该心存敬畏。那些"大话""演义""水煮""戏说"之类,姑且不论,因为都是"娱乐";这年头,还有什么不能娱乐的呢? 咱们谈的是严肃一点的文艺,这是要声明在先的。但这"忠于原著",当然又不是照搬,既然变换了艺术形式,那就要变换表现手法,就要新"改"新"编"。因此,所谓"忠于原著",主要指的是首先要准确理解原作立意的主旨,准确把握原作的风格和特色,然后再考虑怎样在新的艺术形式中把它们表现出来。

　　《茶馆》原是一个三幕话剧,捧在手上看,两个小时就得;到剧院去看,也就一个晚上。现在要变成39集的电视连续剧,那还不得像拉面那样抻一抻吗! 可了不起的是,这面拉得这样长,吃起来还是照样"筋道"。电视剧中那些衍生细化的故事情节，几乎个个都能在话剧中找到它的"基因"；而其中人物形象的特色，不但没有走调变样，反而更加鲜明生动起来。三幕话剧和39集电视剧的时间跨度，一样长达半个世纪；但这空间就不一样了，话剧被局限在一个茶馆之中，电视剧却可以在多处展开。大傻杨的数来宝，在话剧中只能作为"附录"，演出时放在幕间休息时唱，起一个交代剧情和时代背景的作用；而在电视剧中，大傻杨作为一个唱数来宝的乞丐，则在时间和空间上都可以自由穿插，交代情节和背景更加方便，他甚至还作为一个同情王老板的正面角色，直接参与到故事中来。

只有一个重要人物是改编者新添的，那就是住在茶馆后院的寡妇张秀英。她和丧妻的王利发暗恋无果，在宫中当差的儿子又被冤杀，自己最终也走上了绝路。关于她的故事写得很感人，改编者不仅通过她的儿子把故事延伸到宫中，而且通过她丰富了王利发真诚善良、执着而又软弱的性格。这是在原作基础上的再创造，但改编者没有在她与王利发的婚姻问题上做过多的文章，而是突出地表现了他们之间深切的阶级同情。老舍曾经在《自述》中说："我在一动笔时就留着神，设法使这些地方都成为揭露人物性格与民族成见的机会，不准恋爱情节自由的展动。这是我很会办的事，在我的作品中差不多老是把恋爱作为副笔，而把另一些东西摆在正面。"我看到这段话，想到老舍的儿子也参与了改编创作，便生出"知父莫若子"的感想。

除了思想内容的准确表达之外，还有艺术特色的体现。别的不多说，只说老舍的语言：一是老北京话的味儿，二是决不用长句，三是鲜明的人物性格。这样的语言，经由一批老演员极其生动的演绎，真像那最上等的香茶，令人神清气爽啊！

如果说《茶馆》是精品，那《红楼梦》就是极品了。李少红知道拍新版是所谓"烫手山芋",就特别声明要"忠于原著",这当然是表白她的敬畏之心。但看了电视,却感到其中也有那么一点推脱之意:她用了那么多原文照读的"旁白",难免使人感到有"图解"之嫌,这不仅产生了结构上断断续续的弊病,也使观众的审美享受老是被打断,不得不从具象化的感性解读中再回到抽象化的文字解读上来,这是很扫兴的事。其实,"旁白"如果用得恰当,的确有简化叙述、穿越时空之功效,且别有一种韵味,但用得如此之多,就适得其反了。李少红应该懂得这个接受美学的道理,拿"忠于原著"来搪塞是说不过去的。

更令人不解的,是人物的造型。贾宝玉、林黛玉、薛宝钗、贾母等主要角色的造型,都不符合人物的重要特征,都不"忠于原著"。那贾宝玉,书上明明写着:"面若中秋之月",现在怎么变成这模样?难怪我们要无比怀念欧阳奋强了。而林黛玉,居然是个嘴巴胖乎乎的女孩,陈晓旭尚有几分书卷气和灵巧样,这个可太老实了,怎么看也写不出那么好的诗来呀!贾母的脸上,又写满了辛劳和沧桑,不像是享福之人,倒像个苦大仇深的。

还有更重要的,就是对整个作品风格的理解和把握。我一集一集地看着,就在想,李少红为什么要这样拍,为什么要拍成这样呢?后来看到李少红的一段话,才有点明白。她说:"我们做这个设计,不要走写实的老路,那不是《红楼梦》,因为《红楼梦》不是一本有据可查的历史书,而是一场梦。"哦,怪不得要搞那么多"快进"镜头,要插那么多鬼魅般的背景音,要把全部歌曲都唱得如哼似吟,要把有些场面拍得奇怪阴森,原来都是为了营造一种梦魇般的感觉。李少红还说:"我想它也不能说是李少红风格,要说风格也是曹雪芹的——没人敢在巨匠面前打上个人风格的烙印。所以,我所有的灵感和风格都来自于文本——原著以及剧本。"这话可不真实,这是把问题又推到曹雪芹那儿去了。实际上,这正是李少红的风格,从《大明宫词》开始,她就喜欢运用这些元素,现在她又给《红楼梦》打上了自己的烙印。

《红楼梦》是"一场梦",但它不是"一枕黄粱"那种消极老套的梦。它首先是真诚深刻地反映了现实人生,且细致深入得令人心痛,然后才发出"人生如梦"的感慨。它前有"真事隐",然后才有"假语存"。它看上去"满纸荒唐言",实际蕴蓄了"一把辛酸泪"。面对着痴情人生的曹雪芹,李少红其实是错解了《红楼梦》的"其中味",那又怎么能"忠于原著"呢? 87版的《红楼梦》首先立足于还原作品的艺术真实,基本上反映出原作的美学品位,又以极其出色的音乐弘扬之,所以得到广大观众的喜爱,20多年常播不衰;新版《红楼梦》却有意打上自己的烙印,结果生出了一副怪胎。

看毛主席怎样改诗

诗不改不工，修改是写作中的水磨功夫。关于修改，毛主席曾这样告诫我们："鲁迅说'至少看两遍'，至多呢？他没有说，我看重要的文章，不妨看它十多遍，认真地加以删改，然后发表。"而他自己，也正是这样做的。

对自己写的东西进行修改，有时需忍痛割爱，有时要动大手术，所以一定要有实事求是的态度、自以为非的精神。以主席这样高的文学水准，他却在给胡乔木的信中说："诗难，不易写，经历者如鱼饮水，冷暖自知，不足为外人道也。"这是真诚写作者由衷的感悟。因此，尽管在我们看来，胡乔木、郭沫若、臧克家等人的诗才未必高于主席，但主席仍然常把自己的诗作寄给他们，请"予斟酌，提意见，书面交我，以便修正"。

1963年12月人民文学出版社出版的《毛主席诗词》，其《送瘟神》诗中有一句"千村薜荔人遗矢"，"薜荔"二字语义不明，一些论者只好将它一分为二，解作"薜指薜荔，蔓生植物；荔指荸荔，草名。"1966年4月，胡乔木就此写信问主席，主席告诉他，把"荔"写成"荔"是笔误，建议改正。在毛主席《反第二次大围剿》的传抄稿中，曾有一句"八百里趋十四日"。后来郭沫若查阅了毛主席《中国革命战争的战略问题》一文，其中关于此战记述如下："十五天中，走七百里，打五个仗，缴枪二万余……"于是建议改成"七百里趋十五日"。毛主席复信说："改得好"。1957年1月14日,毛主席找臧克家等人谈诗,臧克家问主席《沁园春·雪》中的"腊象"作何解,毛反问"你看应该怎样?"臧提议改成"蜡象"比较好,可以与上面"山舞银蛇"的"银"字相对,毛当即说："好,你就替我改过来吧。"

事实上,毛主席也并不仅仅是向专家请教;不论是谁,只要意见正确,他都虚心接受。1958年12月21日,在文物出版社同年9月刻印的大字本《毛主席诗词十九首》的书眉上,主席加了一个批注说："水拍,改浪拍,这是一位不相识的朋友建议如此改的。他说不要一篇内有两个浪字,是可以的。"据说这位"不相识的朋友"是山西大学历史系教授罗元贞,毛因此称他"一字师"。1959年6月25日,毛主席回到阔别32年的韶山,夜不能寐,感慨万千,写下《七律·到韶山》,其手迹中有一句"别梦依稀哭逝川"。诗写好后,主席向身边工作人员、湖北省委秘书长梅白征求意见,梅白建议改半个字,将"哭"改成"咒"。毛对这半字之改大为赞赏,称梅白为"半字师"。

当然,毛主席在写作中更多的是"新诗改罢自长吟"。他的许多诗词写于戎马倥偬的战争年代,往往是"在马背上吟成的"。解放后更只能利用日理万机之余,"夜不能寐"之时,所以常常是改来改去,抄了又抄,其不同的手迹便留下他反复推敲的思维轨迹。由此也可以看出,好文章的确是"改"出来的。

在《昆仑》这首词中,毛主席活用了宋人张元的成句："飞起玉龙三百万,败鳞残甲满天飞":张元是用"玉龙"的"败鳞残甲"来比喻飞雪;主席却是用"玉龙三百万"来比喻终年积雪的莽莽昆仑。但下一句,主席原来写的是"都是此君余脉",后来却改成"搅得周天寒彻"。这个改笔延续了"飞起玉龙三百万"的壮丽想象,完成了对万里高原的动态描绘,显然要比原句好得多!而后面的"把汝裁为三截",在手稿上原为"把汝挥为三截",这也是绝好的修改,一个"裁"字,举重若轻,于无限从容中蕴涵万钧之力。接下去,初稿作"一截抛洋,一截填海,一截留中国",后来又改成"一截遗欧,一截赠美,一截还东国"。毛主席对此自注道:"忘记了日本人是不对的,这样美、英、日都涉及了。"时值 1935 年 10 月,日本帝国主义正在东北肆虐,又觊觎我华北,而主席却依然不忘同样受军国主义之害的日本人民,这是多么伟大的国际主义胸怀!在《广昌路上》一词中,"风卷红旗过大关"原稿作"风卷红旗冻不翻",这显然是主席想到了岑参《白雪歌送武判官归京》一诗中的"风掣红旗冻不翻"。但岑参只是极言苦寒,而主席要表现的却是红军风雪行军的豪情壮志,所以后来改为"风卷红旗过大关",那境界和情怀就完全不一样了!

其他诸如:先作"六月天兵征腐恶,欲打南昌必走汀州过",后改成"六月天兵征腐恶,万丈长缨要把鲲鹏缚";先作"统治阶级余魂落",后改成"狂飙为我从天落";先作"欲学鲲鹏无大翼",后改成"蚂蚁缘槐夸大国";先作"革命精神翻四海",后改成"四海翻腾云水怒";先作"她在傍边笑",后改成"她在丛中笑";先作"红旗飘起农奴戟",后改成"红旗卷起农奴戟";先作"人物峥嵘变昔年",后改成"遍地英雄下夕烟";先作"我失杨花君失柳",改成"我失骄杨君失柳";先作"更有岷山千里雪",后改成"更喜岷山千里雪"……只要我们把这些改笔前后对比思考一下,就能悟出二者质量之高下。由此可见,即使是毛主席的诗词,多半也不是什么一挥而就的神来之笔,而实在是经历过反复推敲、不断修改的苦心之作。

毛主席诗词的成句运用

网上有人大发感慨说，从前很崇拜毛主席的诗词，现在发现其中有好多古人的成句，简直有瓜田李下之嫌，所以就觉得"不怎么样"了。对于此类感慨，笔者也有些感慨，不能不吐之。

自诗经楚辞以来，中国的古典诗词绵延数千年，逐步形成了一些特有的写作方法。其中有一条，就是诗人在立意构思的时候，越来越离不开前人积累起来的诗词语言素材，比如一些熟语、典故、若干诗歌意象，乃至成句。这种"离不开"，可能表现为拙劣的生搬硬套，或者迂腐的"掉书袋"，但也可以表现为巧妙的推陈出新，或者神奇的点铁成金。所以说，关键不在用与不用，而在用的"量"是否恰当，"质"是否精妙。过去对于古典诗词的注释，往往只指其语出何处而缺乏分析，这就需要我们通过比较进行深入的研究，来判定其高下。

比如杜甫有名句曰："安得广厦千万间，大庇天下寒士俱欢颜，风雨不动安如山。呜呼！何时眼前突兀见此屋，吾庐独破受冻死亦足！"后来白居易也写道："安得万里裘，盖裹周四垠。稳暖皆如我，天下无寒人。"这虽然并未完全搬用杜甫的成句，但其立意乃至用语，又何其相似乃尔！我们稍加分析就可发现，杜甫是在"茅屋为秋风所破"之后，亲身经历了"长夜沾湿何由彻"的痛苦，由此联想到"天下寒士"的处境，很自然地发出了"安得广厦千万间"的呼喊，其意象的壮观和情感的真诚，便赋予诗歌语言震撼人心的艺术效果。而白居易晚年身居高位，于自身的"稳暖"中作此遐想，立意虽善而情非由衷，语言便缺乏感染力，诗歌意象又脱离实际，令人生虚幻滑稽之感，这就只能算作模仿套用，等而下之了。

然而在毛主席诗词中出现的熟语、典故、成句，乃至常用的诗歌意象，却有许多活用、反用、妙用的佳例，令领悟者击节赞赏，不由不深敬作者心胸之阔大、立意之深远和语言功力之炉火纯青。

比如，在《人民解放军占领南京》这首七律中，主席就借用了李贺《金铜仙人辞汉歌》中的名句"天若有情天亦老"。这《金铜仙人辞汉歌》写的是魏明帝将汉武帝当年铸造的金铜仙人拆离汉宫，欲运往洛阳的故事。李贺写此诗已在安史之乱以后，唐王朝一蹶不振；而他自己则到处碰壁，报国无门，最终只能黯然离京。所以李贺写这首诗，意在抒发自己的家国之痛和身世之悲。"衰兰送客咸阳道，天若有情天亦老"，是说给金铜仙人送行的，只有这路边衰枯的兰花，假如老天有情的话，它也一样会痛苦地老去。而在《人民解放军占领南京》中，主席则把"天若有情天亦老"与"人间正道是沧桑"作为一联，我们可以把它解释为自然界与社会一样，也是要发展变化的，所以这天翻地覆的"人间沧桑"，正是宇宙间新陈代谢的客观规律。同样一句诗，一叹酸风清泪之悲，一颂天翻地覆之喜，一为抒发个人情怀，一为阐明宇宙哲理，这境界就大不一样了。

再比如，毛主席在《十六字令三首》中写道："山，快马加鞭未下鞍。惊回首，离天三尺三。"同时又有原注曰："湖南民谣：上有骷髅山，下有八面山，离天三尺三，人过要低头，马过要下鞍。"——这岂不是太相似了吗？可是，你只要把两者细心地对比一下,就可以发现它们的本质区别。民谣的立意,完全在夸张山之高,使人和马都在它面前低头屈服。而毛主席词的立意,却完全在突出红军面对崇山峻岭的英勇无畏,"而今迈步从头越",不仅不"下鞍",还要"快马加鞭"。"离天三尺三"的,也不再是山,而是红军战士的高大形象,是"山高我为峰"的伟大气魄。这种成句运用的微妙变化,其实是脱胎换骨的改造,令人拍案叫绝!

再说典故的反用,可举《反第一次大围剿》中的"唤起工农千百万,同心干,不周山下红旗乱"为例。《国语·周语》和《史记·三皇本纪》都说共工是一个失败的反面人物,而主席却把他写成一个胜利的英雄,展现出革命群众运动的浩大声势。

毛主席诗词,其气魄之大,可以吞吐日月;其文采潇洒,又如持赤橙黄绿青蓝紫之彩练,舞于碧海青天之中。正所谓"居高声自远",主席诗词亦如黄钟大吕,非同凡响。他在1936年2月所写的《沁园春·雪》,可称豪放派诗词的绝唱;大而言之,全部毛主席诗词,也可称中国旧体诗词的绝唱。

语文谈趣

　　世界上只有一门课,是每个人都非学不可,而且是要从生练习到死的——这就是母语的学习。事实上,也"只有语言和遗传代码是人类从祖先传给后代的两种最基本的信息。"由于人总是按照他所学母语的形式来接受世界,所以母语学习的极端重要性也就不言而喻了。

　　大道理不用多讲,还是来说两件生活中的小事吧。

　　1967 年的一段时间,因"史无前例"之故,到处"武斗"成风,时有人员伤亡的惨剧发生。我当时在一所地处偏僻的中学"教书"——之所以要加上引号,是因为当时学生已经云散,教师亦无书可教,只好躲在引号里"逍遥"。我的一位同事,一日从遥远的家乡返校,安全抵达后,欣然去邮局发了一份电报曰:"到校",意在报平安。谁知,这份两个字的电报却在他家那个小村庄激起了轩然大波,家人见字失色,惶惶不可终日,以至请来村上最有学问的一位小学教师仔细辨析:究竟是不是叫家里人"到校"。可是,此时不管怎么分析,恐惧感终究占了上风,其妻遂风风火火赶到学校……想那夫妻"相对如梦寐"之时,外人虽不能见,但做一个小品,绝对是大有演绎之趣的。此事一时传为笑谈,并成为语法分析的一个经典案例。

　　关键在"到校"二字缺了主语,可以理解为自己已经平安"到校"，也可以理解为电请家人赶快"到校"。据当时众人的分析，最佳的修改方法，只要在前面加一个表时态的"已"字，就不至于产生误会了。说起来，这归根结底还是贫穷惹的祸，当时世人尚不知手机为何物，长途电话一般也没法打，只有发个电报为宜，但一个字也要几分钱，所以还是要精打细算，乃至"精"得过了头，就产生这"简"而至于"陋"的电文，反而花了更多的钱。

到了1986年，教师的经济状况大有好转，我甚至可以带着妻儿去北京旅游了。一日，在商店买了一罐北京的什么菜，准备带回家。那时，在我们的话语系统中，好像还没有"生产日期""保质期"之类的概念，而妻是极喜欢把食品幸福地保存一段时间，舍不得很快就吃掉的。于是，便恭敬而小心地请教售货员道："这东西能'摆'吗？"那中年男子一脸迷茫，从眼睛里瞪出两个问号来。于是又问了一遍相同的话，但把"摆"字的分量加重了一倍，那售货员不耐烦起来，把菜罐子双手捧起，举得高高地，朝柜台上一放道："这怎么不能'摆'呢？怎么不能'摆'呢？"这时我们才猛然醒悟，虽然贵我双方均为炎黄子孙，其母语却不尽相同，本地方言之所谓"能摆"者，就是如今"保质期较长"之意也，而北京话却无此一说。于是我们又赔笑向他解释什么叫"能摆"，他终于恍然，连说："能摆、能摆、摆不坏！"

多少年来，只要一想起这事儿，我依然忍俊不禁，由此也深深体会到汉语的灵活多义，所以必须留心文字的细微变化。但这种认真的态度，有时也会像孔乙己的迂腐一样令人反感。记得有一位学生，作文老写不好，令他深感头痛，对我的"认真"也有点不胜其烦。有一次，竟百般无奈地在作文后面附言道："实在不会写，老师你就将就着看吧！"我看了这个率真而极富创意的"后记"，简直乐不可支，至今犹觉情趣盎然。从此，我就进一步认识到，在作文评改中，有时也不能过于较真，你脱离实际地太"讲究",他就会央求你"将就"了。

"将就"和"讲究",这是两个多么有趣的词呀！这个"将"字读第一声的时候，有"勉强""靠近"的意思，方言中有说"将将好"的；也就是"刚刚好""差不多"的意思；这个"就"字，在这里有"俯就"的意思，还要读轻声，好像在恳求你马虎一点似的。可"讲究"这个词呢，却正好相反，它偏要重视，偏要认真，偏要一丝不苟；这"讲"字又是个第三声，语气很重，读起来要拐个弯，好像故意在跟"将就"较劲：你要"将就"吗？我偏要"讲究"，语言这东西，不"讲究"行吗？

日前看电视，有一位"外国留学生学汉语大赛"的评委告诉外国人说，学习汉语除了听、说、读，更要注重写。他说"写"这个字的繁体下面是个"鸟"，上面是个"宝盖头"，就是"房子"，鸟儿住在房子里，可不就是个"鸟巢"吗！所以他又说，这奥运会的"鸟巢"，也是在弘扬中国文化。经他这么一讲，真是有趣极了，不但外国人听得入了迷，中国观众也听得眉开眼笑。可我在高兴之余，又有点不踏实，这"写"字的屋顶下面，果真住过一只鸟吗？说老实话，有些繁体字也记不清了，于是查书。据《说文解字》，这繁体的"寫"里面并不是个"鸟"，而是个"舄"（读"细"），看来是表音的。又说："凡倾吐曰写，故作字作画皆曰写。"为什么上面是个宝盖头呢？那是因为"写之则安矣"，大概说的是倾吐以后的心理状态吧？而这宝盖头意为"深屋"，也确有"平安"的含义。在《辞海》中，对"舄"字虽有多种解释，但均与鸟儿无关。正当我自以为那位评委乃即兴"戏说"之时，碰到一位"坐拥书城"的同事，于是向他请教。他为我查了《汉字源流字典》，原来这"舄"字最初的本义，竟真是一只喳喳叫的喜鹊扇动着翅膀飞来……哇！这真是：专家毕竟不虚夸，"鸟巢"原是神鸟家，喜鹊喳喳叫喜庆，华夏盛开奥运花！

"荒岛生活"的文学升华

——从笛福到凡尔纳

．

1704年9月,有个名叫塞尔柯克的苏格兰水手,被船长遗弃在智利以西500海里的一座荒岛上,一个人生活了4年多,最终被一位名叫罗吉斯的船长发现并带回英国。

罗吉斯在《环球巡航记》中叙述了塞尔柯克荒岛求生的经历:在最初一段时间内,他郁闷害怕到了极点,甚至想自杀。在饿得无法忍受时枪杀了一只山羊,火药用完后,就开始追捕山羊。到罗吉斯发现他的时候,他竟跑得比狗还快。他最初吃不下东西,却始终没想到用海水晒盐。他唯一的精神生活就是与小羊小猫嬉戏,再加上读《圣经》。

罗吉斯的作品基本是纪实,最多只能算报告文学。但在当时的英国文学界,塞尔柯克的故事显然引起了更加广泛的兴趣。不久就有一位作家斯梯尔访问了塞尔柯克,他在访问记中写道:"要求仅限于生活必需品的人是最快乐的,而欲望超过这个限度,所得愈多,要求也就愈多;或用塞尔柯克的话来说,'我现在有八百镑,但我永远不会像我一文不名时那么快乐了。'"后来有一位名叫库柏的诗人,也在以塞尔柯克为抒情主人公的诗中写道:"慈悲,这鼓舞人的概念,/它甚至给苦难以恩惠,/使人们安于一切事变。"

奇怪的是,这两位文学家都从塞尔柯克的遭遇和感受中提炼出一个"随遇而安""知足常乐"的主题。而生命的真谛正如鲁迅先生所言,应该是一求生存,二求温饱,三求发展。事实上,塞尔柯克之所以能跑得比狗还快,终究还是因为有所求才锻炼出来的。到了1719年,年近60岁的英国人笛福终于把荒岛生活题材的立意来了个180度的大逆转,彻底颠覆了英国文学界的解读,写出了名扬世界的《鲁滨孙漂流记》。在此之前,笛福从来没写过小说,他一直在险恶的商海中漂流,几番破产,几度入狱。但他始终不听从父亲要他安身立命、随遇而安的忠告,虽然后来意外获得了文学上的成功,也未能还清欠债,于1731年客死异乡。

笛福是一个不满现状、不断追求的人,他的精神体现在鲁滨孙的身上,他的理想实现在《鲁滨孙漂流记》的结局中。若论他的文学才华,实在只有二流水准,难怪当时的文坛大家看不起他。《鲁滨孙漂流记》的结构疏于总体规划,首尾不能相顾,中间更有重复;语言平铺直叙,缺少生动描写;再加上全书无章无节,读起来颇感疲惫,全靠荒岛传奇的魅力,才使人欲罢而不能。但最终,这本书却凭借题材之奇和立意之高,用朴实无华的叙述创造出一个全新的典型形象,为英国文学开辟了现实主义的道路。

鲁滨孙是资本主义发展初期一个热衷于原始积累的中下层资产阶级的英雄形象,他反对封建贵族和上层资产阶级的门第观念和世袭制度,穷毕生之力追求资本积累,一心要凭个人奋斗改变自身的命运。他这种顽强和坚韧的精神淋漓尽致地表现在他的荒岛生涯中,以至最终不仅荣归故里,而且返回荒岛视察,俨然以小岛的总督自居。但小说最后写鲁滨孙的大宗财富还是意外地来自当年在巴西的庄园,尽管主人不在,还是实现了极大的增值,这就引人注目地突出了资本的神奇。《鲁滨孙漂流记》

之所以能经久不衰地赢得全世界读者的喜爱,除了因为小说可以帮助人们认识资本主义的发展历程,还有就是鲁滨孙积极求发展的人生态度值得我们抽象继承了。

但事情还没有结束。一个多世纪以后,法国的凡尔纳再一次赋予荒岛生活题材新的生命力。他在《神秘岛》这部杰出的科幻小说中写道:"鲁滨孙创造了那么多奇迹,他们不知要比昔日的鲁滨孙强多少倍。"那"他们"是谁呢?就是小说中流落荒岛四年多的工程师赛勒斯·史密斯等五人。他们比鲁滨孙强在哪里呢?主要就强在能运用科学和群体的力量上。鲁滨孙在荒岛上只能保证基本的生存和温饱,而史密斯他们却实现了不断的发展,几乎要把那蛮荒之地建设成一个世外桃源。塞尔柯克在荒岛上的作为,基本上类似一个原始人;凡尔纳在《神秘岛》中也写到了一个被遗弃在荒岛上几年的人,那就是其科幻三部曲第一部《格兰特船长的儿女》中的水手埃尔东,他被史密斯等人找到的时候,已经几乎被还原成一个动物了。凡尔纳强调了长期孤独对人精神上的严重损害,鲁滨孙是靠精神上皈依上帝来抵抗这种损害,而史密斯等人则依靠科学和群体的力量,始终保持着健康的身心状态和积极的生活追求。凡尔纳对"荒岛生活"题材的这种升华,当然也显示了科技革命在资本主义社会发展中关键的作用和深远的影响。

凡尔纳的文学才华也远在笛福之上。《神秘岛》结构完整谨严,悬念层出不穷,充满戏剧性的情节中更融合了丰富的科学知识,不断发酵着读者的阅读兴趣,而语言又是那样流畅生动。至于人物形象,虽然照例是类型化的典型,但这正是通俗文学所需要的。请不要瞧不起通俗文学,正如在世时备受讥笑的安徒生身后却拥有最广大的读者群一样,凡尔纳的科幻小说必将如生活之树一样常青。

莎翁"妙喻"多

中国古代的戏剧,多在唱词上下功夫,往往美到极致;所以与它相配的曲调,也往往雅到极致,比如昆曲。而莎士比亚的戏剧,则以其说白的丰富华丽驰誉世界,哈姆雷特有著名的"六大独白",奥赛罗在毁灭苔丝德梦娜之前也有一大段脍炙人口的独白。事实上,莎士比亚作品的"生动性和丰富性",不仅表现在人物形象和戏剧情节方面,也表现在语言运用上,除了重要人物的内心独白之外,更渗透于所有的人物对白之中。

莎士比亚戏剧语言的丰富和生动,首先来源于巨大的词汇量(据有人统计,达一万七千多个)。正因为有了"丰富"这样一个基础,他才能纵横如意、左右逢源地表现其语言运用的才华,使自己的作品成为英语文学的范本,连马克思都通过它来学习英语,而恩格斯所提出的文学创作应该"更加莎士比亚化"的命题,显然也包含着要求语言丰富生动的内涵。像笔者这样不懂英语的人,虽然只能通过汉语文本来感受莎翁语言的魅力,所得不过是皮毛而已,但即便如此,我也被莎剧语言的丰富华丽所深深震撼了——读莎翁剧作,如行山阴道中,美景层出不穷,而其妙语连珠,更令人应接不暇。当然,如果谈"妙语",题目未免太大,所以我把它缩小成"妙喻",来稍微谈一点肤浅的感想。

莎翁在《仲夏夜之梦》中借人物之口说:"疯子、情人和诗人,都是幻想的产儿：疯子眼中所见的鬼，多过于广大的地狱所能容纳；情人，同样是那么疯狂，能从埃及人的黑脸上看见海伦的美貌；诗人的眼睛在神奇的狂放的一转中，便能从天上看到地下，从地下看到天上。"读了这段话，我便对莎翁有一见如故之感：咱们中国人对非常之事也会骂一句"活见鬼"；对情人的主观片面也会笑一句"情人眼里出西施"；而对诗人的奇思妙想，则早有刘勰之所谓："寂然凝虑，思接千载；悄焉动容，视通万里。"由此看来，中外语言文字尽管不同，其思想感情却完全能够相通共鸣。

莎翁接下来又写道："想象会把不知名的事物用一种形式呈现出来，诗人的笔再使它们具有如实的形象，空虚的无物也会有了居处和名字。"在这一段话中，很重要的一点就是说的比喻了。

"时间"这个"东西"够抽象了吧？我们中国人说"光阴似箭，日月如梭"，就是为了把"时间"具象化；而在莎士比亚笔下，"时间"的形象就有了更加丰富生动的表现。为了形容时间过得太慢，他说："不是太阳神的骏马在途中跑垮了，便是黑夜被系禁在冥域了。"为了形容时间的速度之快，他说："像一个声音、一片影子、一段梦、黑夜中的一道闪电那样短促，在一刹那间展现了天堂和地狱，但还来不及说一声'瞧啊！'黑暗早已张开口把它吞噬了。"为了强调时间的恒定性，他说："我的根据就和时间老人的秃脑袋一样，是颠扑不破的。"为了强调时间的无情，他说："不管饕餮的时间怎样吞噬一切，我们要在这一息尚存的时候，努力博取我们的声名，使时间的镰刀不能伤害我们。"更奇妙的是居然有这样一段对白："我离开他的时候才两点钟，现在已经敲一点钟了。""钟会倒退转来，我倒没有听见过。""要是钟点碰见了官差，他会吓得倒退转来的。""除非时间也欠人钱！你真是异想天开。""时间本来是个破产户，你找他要什么，他就没有什么。再说，时间也是个小偷。你不是常听见人们说吗：不分白天黑夜，

一、心系文华

时间总是偷偷地溜过去？既然时间是一个破产户兼小偷，半路上遇见官差，一天才倒退转来一个钟点，那还算多吗?"在这段妙趣横生的调侃中，倒转的时间也成为一个戏剧性的人物了。由此我们可以看出，莎士比亚的比喻，不仅涉及到本体的各种特点，不仅喻体的变化丰富多彩，而且会延伸，会演变，还常常与其他修辞手法综合运用。

请继续往下看。莎翁又写道："我希望你的肚子也像我一样，可以代替时钟，到了时候会叫起来。"这是把时间与生物钟联系起来了。而在下面一段话中，莎翁则在时间的节奏感上大做文章："开始求婚的时候，正像苏格兰急舞一样狂热，迅速而充满幻想；到了结婚的时候，循规蹈矩地，正像慢步舞一样，拘泥着仪式和虚文；于是接着来了后悔，拖着疲乏的脚腿，开始跳起五步舞来，愈跳愈快，一直跳到精疲力尽，倒在坟墓里为止。"有时，莎翁还会结合一些科学知识来打比方，比如他曾这样描写时间的错乱："地球的中心可以穿成孔道，月亮会从里面钻了过去，在地球的那一端跟她的兄长白昼捣乱。"说到"地球"，我又想到莎翁所热衷的插科打诨，他竟然会近乎残酷地如此打趣一位胖女人："她的身体像个浑圆的地球，我可以在她身上找出世界各国来。"——这是一个通过比喻的延伸来增强表达效果的好例子。

朴素和华丽，简洁和丰富，直白和含蓄，严肃和风趣，冷峻和热情……如此等等，都是语言彩虹中不同的色彩，结合着作者的个人风格，放射出艺术的光辉。读莎士比亚，如读汪洋恣肆、妙喻频出的庄子，同样令人有河伯见海若之惊叹。

走近卡夫卡

"一天清晨,格雷戈尔·萨姆沙从一串不安的梦中醒来时,发现自己在床上变成了一只硕大的虫子。"

由此开始,卡夫卡用他那划时代的文笔,在小说《变形记》中为我们展示了一幅"虫形人"眼里心中的阴森世界。令人震撼的是:他的感觉和行动都是"虫"的,他的情感和思维依然是"人"的;而家人对他的亲情,却在日盛一日的对"虫"的恐惧和厌恶中淡化,直至因他寂寞地死去而感到一种冷酷的解脱和轻松。当然,如果小说仅仅是一个粗略的故事梗概,那就只能令人感到一时的好奇,而决不能感动人,更不能引发读者的遐想深思。卡夫卡的独特和高明,最终还是要取决于他那执著深入的人生求证和逼真生动的细节描写。所以我认为,尽管20世纪西方形形色色的"现代派文学"都把卡夫卡奉为鼻祖或先驱,但他最优秀的作品,比如《变形记》和《城堡》,其灵魂还是现实主义,只不过如同格雷戈尔·萨姆沙一样,严重地"变了形"而已。

正如"萨姆沙"的字母排列所暗示的那样,这个被异化的痛苦所折磨的人,在很大程度上就是卡夫卡自己。

1883年7月3日,卡夫卡诞生于奥匈帝国统治下的布拉格,父亲是犹太商人,母亲气质忧郁,耽于冥想。父亲的专横,母爱的缺席,家庭的疏离,使孤寂感伴随卡夫卡终身。他酷爱文学,却迫于父命改学法律;三次订婚,却又三次解约,始终没有建立自己的家庭;他就职于保险公司,却在不到40岁时就因病退休;1924年6月3日,卡夫卡病逝于维也纳,结束了短暂而不幸的一生。他唯一的幸运,是没有活到三个妹妹都死于纳粹集中营的那一天。这样一位作家,成为陀思妥耶夫斯基那种"病态的天才",写出些梦魇般的作品,是一点也不奇怪的。在卡夫卡笔下,世界完全变了形,走了样,因果关系断裂,逻辑程序混乱,其深入而痛苦的求索,使他完全抛弃了对一般生活表象的写实。然而即便如此,他还是在那些"异常的现象"和"恐怖的尖叫"中向读者透露出许多谜一般的信息,使人们能够对其作品进行"多方面、多角度、多层次、多方法"的解读和研究,乃至形成了一门"卡夫卡学"。

读卡夫卡的作品,使我想起中国古代写作学关于"言不尽意"和"言能尽意"的争论,想起刘勰在《文心雕龙·隐秀》中所说的"隐以复意为工,秀以卓绝为巧"。在刘勰看来,"隐"与"秀"都是作家有意为之的艺术手段,其目的就在于营造出一种"意大于言""意在言外",乃至"得意忘言"的艺术境界。正是这样一种艺术境界,能够使人们"从实走向虚,由象内走向象外,极大地拓宽了思维空间。"(《中国古代写作学》)如果我们一味追求"言能尽意",甚至"言大于意"那就把文学等同于宣传了。当然,在"言""意"关系的哲学思考和"隐""秀"关系的艺术处理上,卡夫卡有时似乎把它们完全对立起来了,比如他认为"照相把人们的眼光引向表层",认为"电影是铁制的百叶窗",他甚至断言"真正的现实总是非现实的",这就颇有点老子所谓"道可道,非常道"和庄子所谓"道不可言,言而非也"的意思了。有了这样的指导思想,也就难怪他的有些作品显得过于晦涩和神秘了。

在德文版《卡夫卡精品集》1997年新译本的封面上,卡夫卡面庞瘦削，但脸部线条呈现出刚毅的张力；整个身形的边缘都融化在黑暗中，眼神却如鹰隼一般刺向我，仿佛在拷问我的阅读感悟。我想，他该是个终日沉沦在痛苦中，性格阴郁而又执拗的人吧！2002 年，我到维也纳旅游，曾向一位华人女导游打听卡夫卡，她却不能告诉我什么。

然而最近，我竟意外地在市图书馆与卡夫卡不期而遇了——这是一本金黄封面的新书，是捷克作家雅诺施亲笔记录的《卡夫卡口述》。雅诺施的父亲是卡夫卡当年在工伤事故保险公司的同事，是他介绍雅诺施与卡夫卡相识，使他俩成了好朋友。雅诺施对卡夫卡敬佩得无以复加，便把每次与他的谈话都记录下来。多年以后，雅诺施作为当时在世的唯一见证人，经历了若干艰难曲折，终于出版了这本宝贵的书，为我们复原了卡夫卡清晰生动的形象。

我通过这本书前所未有地走近了卡夫卡，发现他的确是一位大师，他的“口述”也颇像我们的《论语》。不过孔子在《论语》中说得较多的是伦理，而卡夫卡则更多地涉及到了哲学和政治。在西方，卡夫卡的作品已日益被视为“现代启示录”，其原因正是惊讶于他那些超越现实、直趋本质的神秘预感。比如，在谈到“隔离区”和“反犹主义”时，他说：“隔离墙移到了内心……他们将继续干下去，他们将消灭犹太人……”又比如，谈到一战结束后的“和平”时，他说：“暴力导致新的暴力。越来越发达的技术将粉碎那只铁拳，现在已经可以闻到一股废墟的味道。”……

“作家的任务是预言性的”，这是卡夫卡对自己提出的要求，尽管他的预言也未必总是正确。

用文字作画，用画笔写小说
——读王川的长篇小说《白发狂夫》

这是一部富有特色的长篇小说。

将近半个世纪的历史跨度，令人眼花缭乱的时代风云，人世沧桑，山河变幻，一位画坛奇才在艰难中玉成，又在动乱中毁灭。如果王川仅仅是一位作家，主人公武石的形象恐怕很难如此形象丰满；如果王川仅仅是一位画家，也未必能产生文学色彩如此浓烈的构思。他确实得益于"两栖"，因为在各种艺术形式之间，有一点是灵犀相通的，那就是充满感情的形象思维。王川的生活经历使他对小说主人公满怀激情。他用一个古老而悲壮的故事，动人心魄地奏起了作品的主旋律：一位白发狂夫不顾危险地去横渡急流，结果堕河而死；其妻追拦不及，乃唱《公无堕河》作悼，亦投河自杀。"公无渡河，公竟渡河。堕河而死，当奈公何！"这充满血泪的呼喊飞越历史，闻之令人肠断心碎。对这位狂夫的悲惨命运产生深切的同情，并进而对他的奋勇向前、义无返顾产生由衷的敬意。武石的为人，其兄评价为"暴虎冯河"，即赤手空拳去打老虎，没有渡船也去渡河。勇则勇矣，其结局之惨也就可想而知。他一生中有三次"横渡急流"。一次在深不可测的山洪中失去了自己心爱的人；一次在旋涡丛生的艺术长河中落下个"野、怪、乱、黑"的罪名；最后，在那"泥沙俱下、吞州漫县"的政治风浪中，终于结束了自己悲壮的一生。

由于小说写了一群思想、风格各异的画家，而作者也是一位画家，所以小说中对绘画艺术的探讨和争论就成为非常重要的内容。在创作实践的各种矛盾运动中，作者游刃有余，议论风生，竟使笔者这样对美术一窍不通的外行，也能看得津津有味。这实在是因为作者涉猎既广，钻研又深，方能如此驾轻就熟。尤其难能可贵的是，作者并未简单地把人物的嘴巴当作自己的传声筒，而是把各种见解与人物的性格结合起来，并且能随着故事情节的发展，写出它们的变化。这一点，无论是从苏梦蘅泥古不化的迂腐，还是从周瘦琪天马行空的怪癖；无论是从罗曼诺维奇偏激片面的自负，还是从朱心言高瞻远瞩的分析，甚至从崔牧之流市侩式卖身投靠的批判，都可以清楚地看得出来，更不必说对武石在艺术上逐步走向成熟的细致生动的描写了。

这样的例子在书中俯拾即是，尤其是在中卷，作者信笔挥洒，可谓淋漓尽致。请看下面一段文字："朱心言站起身来，将烟头丢进溪水中，仰头看着压在头顶上的华山西峰说：'即使是对于同一风景，不同的人，感受都不一样。就像这华山，罗曼诺维奇说它像一座东正教的教堂，给人以神秘感；我说它像艺术的巅峰，蕴藏着无限的艰险；崔牧说它像人世间的等级阶梯，顶峰便是最高统治者。你呢？说它像什么？'武石毫不犹豫地回答道：'我说它像一个伟人，一个顶天立地的大丈夫！'"像这样把人物性格艺术化，同时又把艺术观点性格化的描写，既切合人物形象的实际，又富含社会生活的哲理，读者是不可等闲看过的。在一些细节描写中，作者也往往着意点染，涉笔成趣。武石和沙雁在陕北公学的联欢会上煞有介事地表演了以动作激发想象的"抽象音乐会"后,兴奋的观众故意喊"不像",武石说:"这个——'抽象音乐'嘛,咋个会'像'呢? 那个'象'已经被抽去了嘛!"诸如此类闪烁着智慧光芒的艺术探讨,读者是不难心领神会的。

同样由于作者是画家,对形象具有特别的感受能力,书中便有许多生动的景物描写,使人感到犹如用文字作画。而且,正如作者所主张的,这不是纯客观的"再现",而是移情入景、情景相生的"表现"。当苏芷蘅回到凄清冷落的悦园,他看到这样一种完全不能令人愉悦的景象:"半轮残月冷冷地透过疏枝洒向地面,映着荷池,冷霜也似的白,几茎白荷花,乱乱地插在池中。一丛绿叶在月下闪着辉光。更多的是假山怪石黑影,班班驳驳地布了满园。"在这段诗化的文字中,形象的暗示,色彩的渲染,光影的参差,疏密的交错,无疑构成了一幅极美的风景画。但这是一种孤独的、阴冷的、病态的美,与朱自清的荷塘月色又不同,苏芷蘅在这里寻不到一点闲适与安慰,我们仿佛听到画面中微微传来苏芷蘅绝望的叹息声。不久,他就毅然离家出走了。几年后,他在黄河激流中的一只渡船上,在敌机疯狂的扫射下,却看到了另外一种气壮山河的景象:"……船老大一手捂住肩膀,血,正从他的指缝中流出来,淌到了船舷上,流到了黄河里。然而,他却怒吼着,不准任何人放下船桨去扶他。他斜靠在船帮上,另一只手仍高高举起,指挥着船工们奋力划桨。黄浊的激流和蓝青色的高山映衬着他,就仿佛是一座凝固的雕塑立在山水之间……"在这里,人物与山河在画家武石的眼里已经融为一体,而作为画家的王川,又岂止是用笔在书写,他分明是在以画家的感觉和技法挥洒着雕塑家的力量与豪情,演奏着一曲中华民族高亢激越的战歌。

在人物描写方面,王川主要是在对话和行动中展现他们的性格。他从不用工笔静态地描写人物形象，只用简笔勾勒点缀。为了动态地分析武石的心理，他创造了神秘冷峻的黑衣人形象。这不仅强化了小说的戏剧性，而且为武石由精神分裂导致疯狂埋下了病理学的伏线，也成为小说的显著特色之一。

横看成岭侧成峰

——庐山文学语言试析

　　庐山文学语言的突出优点，首先在于他的语汇十分丰富。听说他曾下苦功抄写现代汉语词典，其效果可以从作品中反映出来。当然，抄写只是积累词汇的手段之一，遣词造句的真正成功，还是必须经过创作实践中的艰苦努力才能实现。使人敬佩的还有庐山的古典文学修养，他对古汉语的一般运用也能做到驾轻就熟，左右逢源。从《沙场情泪》的作者介绍中得知，庐山高中毕业后即下放，1978年才回城，其文学语言的功底，如果不是得之于家学渊源，那就是得之于刺股悬梁了。或者，是二者兼而有之吧！

　　古人对"读万卷书，行万里路"推崇备至，庐山对此也早已心向往之。他曾自费去广西等地考察太平天国农民起义的史迹。祖国的名山大川，吸引他去陶冶自己的心胸；各地的风俗人情，吸引他去丰富自己的知识。因此，在他的系列小说中，不仅恰当地运用了太平军特有的语汇，而且巧妙地穿插了颇为生动的各地方言，使他的文学语言显示出历史感和地方特色。当他信笔所至，把一些情趣盎然的本地方言也融入作者的叙述语言之中的时候，我们当然更会感到一种特别的亲切。事实证明，各社会阶层乃至各行各业的独特用语,以及各地人民群众久经流传的方言土语,如果使用得当,在文学创作上往往能收到事半功倍的效果。当杨秀清正在装神弄鬼,借"天父下凡"影射洪秀全时,不吃他这一套的洪宣娇竟然忍不住笑出声来,一声"木茹牛"(广西方言"傻瓜"之意),使这位战功赫赫的统帅粗野憨拙的性格跃然纸上;一句"小弟肚肠嫩"(广西方言,犹言见识浅薄)的口头语,活画出韦昌辉的阴险嘴脸。当侯谦芳冒险闯入北王府的后花园,终于找到了朝思暮想的红鸾时,红鸾先是一口悦耳的苏州话,忽然又换上一口标准的金陵官白,最后方丢掉面具,直诉心曲:"谦芳哥,带我离开……"这种语言上曲折微妙的变化,生动地反映了红鸾复杂的心理活动,产生了生动的戏剧性效果。而当庐山诙谐地写道:"天王第二回合的放松运动尚未开始,她便格巴崩脆地唱了起来:'起驾!退朝──'"的时候,不仅洪秀全深感做完功课的轻松,而且我们读者也很有滋味地品尝到了幽默的情趣。

庐山既爱从下里巴人的俗语、谚语、俚语、歇后语、顺口溜乃至各种民间小调那里吸收养分,又爱,或者说更爱从骚人墨客的诗词曲赋中吸取精华,使其化入小说语言,渗进人物性格,形成一种高雅的氛围,优美的格调。这个特点,在庐山笔下的爱情描写中表现得淋漓尽致。古筝如泣如诉,清子凄婉地唱道:"忆君迢迢隔青天,昔时横波目,今作流泪泉……"与忠王作悲惨的生离死别;曾水源与洪宣娇紧握双手,流着热泪,同声念完千古名句"两情若是久长时,又岂在朝朝暮暮";在"长亭外,古道边,芳草碧连天"的梦幻中,"净化的心灵分泌出净化的意念,纯洁的泪水交流着纯洁的情感,压抑的本性冲破了本性的压抑",林凤祥和钟佩文紧紧地拥抱在一起……

庐山的叙述语言常得益于古文的简洁有力,而他的描写又往往发扬现代汉语挥洒自如的长处。他善于接受新事物,使各种新鲜的知识,频频出现在他的文学语言之中。由于影视艺术的影响,蒙太奇的手法也被运用到他的小说中。请看这一段李秀成进入苏州的描写:"忠王的队伍从地平线后面涌出来了,雪亮的兵器在旭日下耀眼夺目;战士们头上的红色包头布连成一片,像熊熊的火焰。无边无际的旗海波涛起伏,其中最高最大的一面黄绸大旗,'太平天国忠王李'七个火红的大字飞出旗面,映入人们的眼帘,跳进人们的心中。"这里每一句都是色彩鲜明的画面,由远及近,由整体到局部,由小到大,最后是忠王大旗的特写。这种跳跃动荡、镜头组接式的描写,使文学语言更加灵活机动,也使读者的形象思维更加活跃丰富,从而形成强烈的印象。

庐山文学语言的又一个特点是其中饱含着作者的爱憎感情,他并不追求纯客观的反映。当他描写一些反面的,尤其是俗不可耐的角色时,他往往忍不住要用调侃的笔调。比如,"二人相视大笑起来,安王的长脸缩成了圆形,福王的蟹壳脸就显得更扁了。"又比如,"他充当宦海气象测报员是绰有余裕的,对皇上的小气候变化则尤为敏感。"一般说来,在作者的叙述、描写语言中适当地流露一些主观感情,往往能得到读者的理解和认同,不失为渲染强化的手段之一。

综上所述,我在庐山小说的文学景观中流连往返,看到了相当复杂的语言现象,诸如现代语言与古代语言,普通话与方言土语,规范的书面文字与个人的口头禅,诗词名句与民间小调,客观冷静的描述与爱憎分明的抒情,当代科学与历史典故,传统手法与新式技巧,统统熔于一炉之中,是优是劣,全在运用,有时利弊共存,得失互见,诚所谓"横看成岭侧成峰,远近高低各不同"。我觉得庐山的文学语言正在精心冶炼之中,他所用的矿石品位甚高,其最终的成功当仰赖于比例的把握和温度的控制,而这下料看火的功夫,唯刻苦实践者能得之。

说"成语"

在《还珠格格》中，紫薇常常是"四个字、四个字地说话"，小燕子对此不免啧有烦言，但更多的时候还是羡慕，因为她知道那是"学问"。

确实，成千上万的成语是我们汉语中极其宝贵的财富。尽可能早、尽可能多地理解、掌握一大批成语，是学习语文的一个很重要的方法。那么，成语到底是什么呢？我觉得，成语就好比是"语言的化石"。

首先，成语具有很强的稳定性。成语是一种已经约定俗成的固定词组，谁也不能随便改动它。比如"犬牙交错"这个成语，你就不能说成"狗牙交错"，尽管"犬"就是"狗"的意思。"外强中干"是两个主谓结构的联合，是并列的关系，但你却不能说成"中干外强"，因为次序改变以后，突出的重点也有一点变化了。很多带感情色彩的成语，它们的"爱憎"也是坚定不移的。"扬眉吐气"很好，"趾高气扬"就不好；"无微不至"很感人，"无所不至"就很可恶。有人在报上发表文章说："花言"是虚伪的，"巧语"却是一种智慧，这是肢解、曲解成语。所以我们在使用成语的时候，决不可以随心所欲，望文生义。至于有时候"灵感"来了，"活用"一下，那也一定要"活"得有道理，为大家所认可才行。现在有一些广告词，专门在变化成语上做文章，比如"默默无'蚊'""恰到好'醋'"之类,那显然已经变成一种修辞手段,但究竟弄得好不好,还是要经过群众的检验。总之,一般来说,成语是一种非常稳定的固定词组,它已经"化"而为"石"了。

成语像化石的第二点,是它的内涵非常丰富,所以我们对待有些成语,要像研究化石一样,进行一番"考古"。"刻舟求剑"里面包含着一个两千年前的寓言故事,"四面楚歌"使人回想起一个悲壮的战争结局,"再衰三竭"其实就是一篇古文佳作的浓缩,"寸草春晖"则激发起我们关于母爱的形象思维。在这方面,汉语成语的构造资源真可谓得天独厚,因为我们的历史文化实在是太悠久、太丰富了。许多成语都是古代文化精华的结晶,也是某些语言规律的积淀。因此,学习成语不仅为学习现代汉语所必须,而且对学习古典文学、古代汉语也大为有利;反过来,学一点古典文学和古代汉语,对我们理解、掌握更多的成语自然也大有好处。比如说,你看到"短兵相接"这个成语,可不能把它解释为"矮个子兵打仗",因为在古代汉语中,这里的"兵"是应该解释为"兵器"的。而且,我们马上可以联想到屈原的诗句:"操吴戈兮被犀甲,车错毂兮短兵接",那是多么激烈的战争场面啊!你看到"飞鹰走狗"这个成语,就应该想到古汉语中的"使动用法",知道这里是"使鹰飞,使狗走"的意思,也就是"放出鹰和狗去追捕野兽"的意思。你看到"马首是瞻"这个成语,会想到"唯余马首是瞻"这句话,并且联想到"唯利是图""唯命是从"也是同样的结构。大家都知道周恩来巧拆成语的故事:当对方用成语"对牛弹琴"来进行攻击时,周恩来当即拾起这枚"手榴弹",并把它扔了回去——他说:"对,牛弹琴!"——使对方狼狈不堪。周恩来的急智和灵感,来自他对成语含义和结构的深刻理解。"对牛弹琴"本是嘲笑听不懂琴的牛,但把它拆开后,在"对"后面加个逗号,"牛"就变成了主语,"弹琴"者就变成"牛"了。这真是一个活用成语的绝妙的例子。

　　说成语像化石，还有第三个理由，那就是它的形成需要较长的时间，不是哪一位心血来潮，就能一下子创造出来的。也许有人会说，唐代的孟郊考上进士以后，兴奋中曾经写下了两句有名的诗："春风得意马蹄疾，一日看尽长安花"，结果不是一下子就产生了"春风得意"和"走马看花"两个成语吗！其实，我看这也一定是经过了较长时间的：因为他这两句诗写得很生动，后来渐渐流传开去，有人经常引用其中的"春风得意"，又有人从中概括出"走马看花"，然后许多人觉得不错，也就跟着用，最后才约定俗成，沿用至今。文化大革命中有些非常流行的说法，如"斗私批修""灭资兴无"之类，当时似乎已经取得"成语"的"资格"，现在怎么样了呢？事过境迁，它们已经快要被遗忘了。

　　汉语中与外国文化相结合的成语不多，这是与我们过去的长期封闭分不开的。随着中国的改革开放，走向世界，我们的语言也会不断吸收外来的营养，从而产生一些新的成语，但那也要经过一段较长的时间，也要经过广大人民群众语言实践的检验。

"秋雨"声中话"点评"

连续 20 天,在歌声的间歇中听余秋雨的"青歌赛"素质考试点评,兴趣盎然,受益匪浅。据中央电视台介绍,收视曲线的高峰正出现在这"秋雨"声中,可见爱听的人不少。然而一面又有网上的阵阵"炮轰",烘托出中国文化界的怪现象。

通过"点评"发表自己的理解和感悟,或者由此及彼、由浅入深地作一点即兴式的发挥,是中国特有的一种文化表达模式,是从古代的经典评注中发展起来的。它的好处是一举两得:既评点了别人的作品,又阐发了自己的思想,往往使读者得到更多的启发。当然,也有通过歪曲别人的原著来贩卖自己的私货者,但这种东西,你只要自己肯动脑筋,有主见,以之聊备一说,倒也有广见闻、开思路之功效。比如有人偏说"关关雎鸠"那首明明白白的爱情诗是为了歌颂"后妃之德",那也是他的一种"见解",使我们懂得人不仅可以做思想的主人,也可能成为某种思想的奴隶甚至奴才。

较之于经书的评注,我们更感兴趣的是那些对文学名著的评点,其中大名鼎鼎者如评点《水浒传》的金圣叹,评点《三国演义》的毛宗岗,以及评点《红楼梦》的我们到现在也搞不清他是谁的"脂砚斋"等。近些年名著评点风再起,我已先后拜读了王蒙评点的《红楼梦》和冯其庸的《瓜饭楼重校评批红楼梦》。以上这些大家们的评点实在是好！我们不妨举几个例子。

杜甫的《望岳》写的是望泰山有感，其中的"荡胸生层云，决眦入归鸟"两句，金圣叹评曰："二句写'望'：一句写望之阔，一句写望之远。从来大境界非大胸襟未易领略。"这就从诗的作法升华为人生的哲理，一语点破，如灌醍醐。

在《瓜饭楼重校评批红楼梦》中，冯其庸在第二回的回末总批中说："宁、荣二府，两大世家，何从说起，借冷子兴闲谈演说，则一一介绍，纲举目张，读者未深入《红楼梦》而已了然宁荣二府矣，雪芹深知世所称之接受学也。"这段话，以当代的"接受美学"来分析曹雪芹的创作方法，令人耳目一新。

让我们再来欣赏一段王蒙的评点。《红楼梦》第五回有云："黛玉心中便有些不忿之意。宝钗却浑然不觉。"对此王蒙评曰："浑然不觉是一种上等状态，大致可能：一、大智若愚，确实不觉。二、不喜是非，有意'不觉'。三、以不觉胜有觉，以开朗胜计较，不战而胜，是为上上。四、越有信心就越不需要去觉去察去忿去争。五、越不觉越处于有利地位，越有'选票'。"这种剖析，简直就是"世事洞明皆学问，人情练达即文章"的最好注解了。

余秋雨的点评不是为经典作注，也不是读名著有感，而是就歌手们对知识测试题的回答略加评论和即兴发挥。这是一种大众化的点评，借助于传播媒介的威力，其文化普及的效果实在是一般书斋评点所难以想象的。而且，余老师的点评也确实令人佩服：一是他的知识储备丰富而庞杂，显示出惊人的记忆力；二是他的这些知识并不是像仓库里的东西放在那儿不动，而是在他的脑海里交流着、活跃着、碰撞着，从而激发出许多灵感的火花，使他变得更加聪明；三是他的点评中还洋溢着丰富的情感并沉淀着深沉的思考。正因为有了这三条，所以他的点评往往闪现睿智的光芒，给人意想不到的启发。比如他讲到辛丑条约的赔款数与当时中国人口数的关系所带给我们耻辱感。他讲到司马迁遭受非人的酷刑,却使中国的历史体现出人性;司马迁为了《史记》忍辱偷生,却使整个历史充满了尊严。他讲到安徒生一生蒙受"通俗"之讥,身后却拥有了全世界最广泛的读者。他讲到托尔斯泰、肖洛霍夫、法捷耶夫所经历的艰难困苦,因而呼吁不要给精神产品的创造者们再增加精神的压力……等等。不但令人钦佩,有时还令人感动。

于是我又想起中国文化界那一阵阵的"炮轰",虽然常常不过是吹毛求疵,小题大做,用词亦属虚张声势,但有时也会使人灰心丧气的。然而在我们渴望学习的人看来,名家大师与普通群众能够直接交流授受的平台和机会本来就不多,所以还是希望炮手们宽容一点,谦虚一点,留几片"残荷",让我们听听"雨声"吧。

"诗外工夫"看舞蹈

　　6月15日晚上,我饶有兴致地看了中央三台现场直播的全国舞蹈比赛,竟悟出许多写文章的道理来,这是我没有想到的。但是,当我第二天坐到电脑跟前,开始敲打这篇出乎意料之外的文章时,却发现它本来就在情理之中。

　　正如鲁迅先生所分析的那样,文学的创始,起于劳动,起于口头的歌谣;而歌谣最初的形式,是同音乐舞蹈合而为一的。古人云:"诗者志之所之也。在心为志,发言为诗,情动于中而形于言,言之不足故嗟叹之,嗟叹之不足故永歌之,永歌之不足,不知手之舞之足之蹈之也。"由此可见,写文章与跳舞竟是同源同理,原本是一家人。

　　参赛的11个舞蹈作品,生动地体现了艺术与社会生活的血肉联系,其中给我印象最深的是《茶倌》和《无名花》。《茶倌》是来自成都的作品,是极具特色的四川茶文化孕育出来的一朵舞蹈奇葩。它以朝气蓬勃、生龙活虎的年轻茶倌为主角,以一把长嘴水壶为道具,把各种生动而风趣的续茶动作优美地融合在舞蹈之中。它来自生活,又显然高于生活、美于生活。在两个包含各种续茶动作的舞蹈段落之间,编导还安排了一个茶倌休息、喝茶的片断,使舞蹈的节奏发生明显的变化,也使舞蹈的内容凸显出鲜明的对比。其中,茶倌的端茶、吹茶和喝茶的动作以及声响都被大大地夸张,从而给观众留下了极其深刻的印象。与生动活泼的《茶馆》不同,取材于战争岁月的《无名花》,却从鲜血与战火中升腾起一种庄严和崇高。在这个演绎战士心灵美的舞蹈中,演员的高难度技巧得到了充分的发挥,而这些技巧的展现过程,又与舞蹈的内容有机地结合在一起,完全没有炫耀的意思,就像鸟儿御风而行那样,轻松自然,了无痕迹。

至于对舞蹈演员进行素质考试时的命题即兴编舞,在我看来,那简直就是在教我们如何审题立意。有一位舞蹈演员碰到了一个"东施效颦"的题目,遗憾的是她并不能从根本上理解这个成语,我所说的"根本上",就是要每个字都搞懂。她先是不知道"颦"的含义,后来知道是"皱眉"了,又完全忽视了"效"的含义。所以,她的舞蹈就只是一个劲儿地表演东施在皱着眉头故作姿态,而在她的舞蹈情境中,缺少了一个病西施的意象,当然她就不可能表现出东施和西施之间的关系。还有一个命题是"过独木桥",那位演员的表演能力还是不错的:姑娘在路上碰到了一座独木桥,她有点害怕,先是想坐在桥上慢慢蹭过去,但觉得不行,又站起来,犹豫了一下,终于鼓起勇气,要试着走过去……可就在这时,一分钟的时限到了。显然,这篇"小文章"之所以失败,是因为没有恰当地"谋篇布局":"过独木桥"的"过"应该成为主体,而她却在"开头"部分搞得太琐碎,时间拉得太长。比之于写文章,这就是结构上的失误了——今年的高考作文题不是说,文章应该是"凤头、猪肚、豹尾"吗!

当然,也有即兴表演完成得极好的,比如《毕业歌》的一位演员表演的《贪玩的小猫》。演员给我的感觉是,她掌握了丰富多彩的舞蹈语言,所以能把小猫的"贪玩"如此生动地演绎出来,这与写文章要求具备较好的语言基本功,其道理也是一样的。

还有一个参赛舞蹈,就形式而言是来自西洋的"国际标准舞",但它却配上了中国传统的极其缠绵悱恻的爱情歌曲。这样一来,舞蹈的节奏大大地放慢了,其动作的情调也明显地中国化了。"国际标准舞"本来是一个体育竞技项目,但融入艺术的内涵后,它就发生了质的变化;而当它进一步表现出中国特色的时候,它就在内容与形式的结合上找到了创新的突破口。

　　总之,我们看到的既是精美的舞蹈表演,也经常表现出为文之道的理性思维。所以我的感悟是:学习写作不能局限于写作本身,我们应该像鲁迅所说的那样:"运用脑髓,放出眼光",到处去"拿"。这个道理,也就是陆游早就说过的:"汝果欲学诗,工夫在诗外。"

珠泪

又是深秋夜半时,我追寻你无声的身影,却忽然发现自己惊醒在床上。四十多年前,你就这样与水波的叹息一同消失,只在水塘边留下一副眼镜,镜片上闪着月光的冷眼,镜片后面再也没有燃烧着生命之火的眸子了。

我的意识又一次跌进冰冷的水里,心被刺痛……

可是却有你的笑声,从久远的年代飘过来。在弥漫着我童年梦幻的那个院子里,你指着夏夜的一轮明月问几个孩子:"你们看它有多大?"我说:"有烧饼那么大。"你把眼镜拿下来,然后夸张地比画着说:"我现在看它有锅盖这么大。"说完,便带头哈哈大笑起来,我们都跟着一起笑,觉得不可思议地有趣。

于是我遥想更久远的年代。在北京尚志中学,曾有一位高材生,因为家境艰难,不能去上大学,却每夜在烛光下苦读,终于考得了当时认为是"铁饭碗"的工作。

可是在我小学毕业的时候,却因为贪玩使你担心我考不上初中;上午还打了我一巴掌,谁知我下午到县中去,却发现已经"金榜题名"。

六年后,是你兴冲冲把录取通知从邮局拿回来,你高兴我们家有了第一个大学生,而且又是学你业余爱好的文学。从此,我忽然发现自己已变成你的"朋友"了。

其实，你正是我文学的启蒙老师。你的那些藏书滋润了我的心灵，你用毛笔抄写的高中作文《清华园游记》，曾引起我无限的向往。我还读过你自己翻译、工笔抄写并装订成册的《世界短篇小说集》，其中有果戈里、柯南道尔等的作品。

回忆中又响起你自得其乐的大笑，那是在吃饭的时候，你忽然指着一碗菜说："这鸭头不是那丫头，头上哪有桂花油！"

1959年冬，我从学校写信回家，说了自己归心似箭的思家之情。你在回信中高兴地说："读了你的信，竟不由想起杜甫'即从巴峡穿巫峡，便下襄阳向洛阳'的诗句来了。"及至我回家谈起大学藏书丰富的图书馆时，你便显出不胜向往之至的样子。然后又郑重其事地拿出一本1935年版的《容斋随笔五集》来，要我去查补书中一处缺损的文字。后来我去查了，原来是"不能引君臣大义争之以死"这样一段文字。现在我翻到那书的第85页，你认认真真贴补在行间的字条依然在目，书写工整，如见其人。

呜呼，转眼40多年过去了。往事如烟，随岁月之风而散，而这些闪耀着文学光彩的琐事，反在我心中更加鲜明起来。

每读《红楼梦》，至"寒塘渡鹤影，冷月葬诗魂"，便想起你。李商隐诗云："沧海月明珠有泪"，真是凄而美的意境。这么多年了，我的泪也凝成珠了。

铅华洗净方为美

——谈谈新闻语言的基本要求

　　新闻语言与科学语言、文学语言有很大的不同。科学语言主要是论说性的，讲究概括、抽象和逻辑的严密；文学语言要综合运用叙述、描写、议论和抒情，其重要特点是往往充满作者主观的感情和想象；而新闻语言则主要是叙述性的，由于它的主要任务是客观地传播新近变动的事实，因而对它的基本要求应该是具体、准确、简洁、通俗。但是，有些谈新闻语言的文章，往往热衷于分析新闻作品如何运用文学修辞手法，因而使有些人误以为文学语言比新闻语言"高级"，进而鄙薄一般的新闻语言，认为写消息通讯是英雄无用武之地，非要写文学作品或者至少是报告文学才能施展自己的语言才能，这实在是一种十分错误而且有害的看法。当然，我们不能把新闻语言与科学语言、文学语言截然分开，而且在若干种文体之间，本来就存在着互相交叉、融会贯通的现象。新闻语言完全应当从科学语言和文学语言中吸取营养，但这种吸取，必须在保持新闻语言基本特色的前提下进行。对初学新闻写作的同志来说，当务之急不是研究如何运用文学修辞手法，而是首先要努力达到新闻语言的基本要求。

　　有人可能要问，这个基本要求，难道不同样适用于文学语言吗？是的，笼统地说确实是一致的，但深入地分析一下，就会发现有一些不同之处。

先谈具体。新闻作品所要求的是具体地反映主要的新闻事实，包括时间、地点、人物、事情、原因、结果这样一些要素，一般说来，不要求具体地描绘过程、细节、心理活动以及作者的主观感受。新闻报道取舍各种具体材料的唯一标准是它们的新闻价值，而文学作品则根据塑造人物、表现主题的需要，因而后者要丰富细致得多。前者的特点是简要，并且要排除主观的感情色彩和想象。在用词方面，则表现为多用动词，少用形容词。

如果说文学语言也忌讳滥用形容词的话，那么写新闻就更应明确提出少用形容词，这一点正是许多新闻工作者的经验之谈。为什么许多人会不约而同地得出这个结论呢？这是和形容词的特点分不开的。形容词的第一个特点是它往往比较抽象。比如说"美"，这只是一个抽象的概念，如果你不具体说明是怎样一种美，那就几乎等于什么也没说。当美国宇航员阿姆斯特朗与奥尔德林登上月球以后，他们告诉地球上的人们："我们这里基本上是一块非常平的地方。""这里有些像美国西部，但却美极了。""我感到弯腰很困难。"在这些话当中，"美极了"是空洞无力的，因为月球上究竟如何美，是地球上的受众无法想象的。对他们来说，其他几句话要具体明确得多。由此可见，形容词的抽象性与新闻要用具体事实说话的要求是有矛盾的。形容词的第二个特点是它难以避免地涂上了主观色彩。所谓情人眼里出西施，你认为美不一定真美。你说"精彩的演出受到了观众的热烈欢迎"，怎么个"精彩"法？"热烈"到何种程度？这些抽象的赞美如果离开了客观事实，是不能被受众真正接受的。形容词的第三个特点是它的相对性。你说"增加了许多"，而没有具体的数字、比例，他可能怀疑其实并不多；你说"形势大好"，而摆不出具体的事实,他甚至会产生形势可能不太好的逆反心理。形容词的相对性造成了某种不确定性,降低了信息的明晰度,减少了信息量,并且导致受众对新闻媒介的怀疑。事实上,形容词也的确常常出现在一些司空见惯的套话当中,成为掩饰肤浅平庸的廉价化妆品。

所以,优秀记者的目光都穿过了那些华而不实的形容词,力求进入具体生动的实际生活,寻找富有特征的细节,联想促进传通的比喻,捕捉朴素准确的动词。解放前的一天,美国记者富尔迈·莫林到上海法租界去采访,那里有一个中国富人一家十口都被杀害了。他从现场回来以后,把具体情况向总编作了汇报,总编说:"要像你刚才对我讲述的那样,用普通的词汇来讲述这件事,词汇用得越普通越好。例如,你说一个警察曾被血滑倒,用上这个事实。他摔倒时说了一声'呸!'妙,引上这句话。把读者带进那所房子,让他们自己去看,去闻。"这位总编给年轻的记者上了一堂生动的新闻写作课,使他在两次获普利策奖以后仍然记忆犹新。一个警察被血滑倒的事实,胜过许多描写惨象的形容词;一声感到恶心的"呸",使读者闻到了一股血腥味。这是多么朴素而又多么高明的语言表达。

当然,对词语本身进行褒贬是毫无意义的,形容词不是不能用,关键在于是否恰当。遣词造句之妙,在乎各得其所,即使是在新闻写作中常起重要作用的动词和比喻也要放得是地方才行。这样,我们就谈到"准确"这个要求上来了。

新闻语言的准确首先是指新闻基本事实的准确,有关的新闻要素都不能有差错,这是不言而喻的。我们主要来分析由于语言运用不当造成的问题。路透社记者在一篇题为《大平夫人看望"欢欢"(中国赠送给日本的熊猫)》的消息中这样写道:"夫人非常高兴,说:'多么可爱啊!'并且眯着眼睛说:'今后务必生个小熊猫。'"这句颇有情趣的话,到了另一位记者手里却被改成了:"望欢欢在日本传播友谊种子"。作者的用意是想借此宣传中日友好,但给人的感觉却是不自然的,甚至有点装腔作势,其实是记者把自己的意思强加给新闻事实了。在记者自己的叙述语言中,更要时时注意遣词造句的准确性。有一篇新闻稿说:"滴水穿石,坚信党的人终究会被党所理解。去年六月,公司党委领导决定吸收他入党。"被党所理解,竟然难如滴水穿石,不是形容得太过分了吗!入党要经过支部大会讨论表决,说成由公司党委领导决定,也是不准确的。

在新闻写作中要做到叙述准确,首先要努力对事实进行直接细致的观察,同时要求作者具有比较扎实的新闻语言基本功,不追求华而不实的辞藻和形容,不滥用附加成分很多的复杂长句,不放纵自己的主观感情和想象,尽可能用朴素简要的叙述句把新闻事实客观准确地报道给受众。实际上,现在影响报道准确性的,主要不是文学修辞手法运用得不好的问题,而是大量属于基本功的用词不当、词不达意的问题,这方面的例子有时几乎到了俯拾即是的程度。"大自然巧夺天工的精心雕琢","大自然"的"精心雕琢"就是所谓"天工",说什么"大自然巧夺天工",岂不是"大水冲了龙王庙"?"你们送我的纪念品,我高兴地笑纳",这是把"笑纳"误解为"高兴地接受"了。"明明非法同居违反了婚姻法,但他们两人都不以为然,也不打算结束这种状态",这里的"不以为然",应该改成"不以为意",或者"满不在乎"。"把顾客的辫稍烫断了一大撮头发","三指取物"曰"撮",只能说"一小撮",不能说"一大撮"。"新出土的文物,将为考证我国战国时期的政治、经济、军事、文化及社会发展提供了新的线索",这个句子中的"将"与"了"是前后矛盾的。诸如此类的病句,经常在报刊上出现,它们当然在不同程度上影响了新闻报道的准确性。

　　新闻语言的第三个基本要求是简洁,或者说与其他文体相比更为简洁。这是由新闻的特性决定的:报纸受版面的严格限制,广播电视受播送时间的严格限制,新闻必须讲究时效,受众要求尽快地得到简明扼要的信息。因此,就产生了新闻写作的最重要的特征,即要把主要的信息和新闻事实尽快地告诉给受众。这个特征必然要求新闻的结构发生相应的变化,于是产生了倒金字塔式的结构,"虎头蛇尾"的写法,先声夺人的导语,触目惊心的标题。而在语言表达上,则力求简洁,洗尽铅华。这一点在消息中,尤其是在消息的导语中,表现最为突出。

　　近几十年来,只突出一两个最主要的新闻要素的导语已经风行欧美和日本。造成这一变化的根本原因,我认为正是对新闻传播简洁明快的追求。稍加留心便可发现一条规律:越是重要的新闻,其导语就越简短醒目,越能一下子打动人心。因为消息越是重要,对时效性的要求就越高,容不得片刻的拖延,而受众急于了解主要新闻事实的心情也越加迫切。在这种情况下,写一个六要素俱全的导语就成为吃力不讨好的愚蠢做法了。请看下面两则导语:"欧洲大战于昨天拂晓爆发","日本投降了"。这是多么简洁明快的风格。只有这样写,消息才能以最快的速度传遍全世界。1969 年 7 月 20 日,美国宇航员登上了月球,美联社记者发消息时写了如下导语:"美国星际航行员阿姆斯特朗今天晚上格林威治时间 2 时 26 分成了第一个登上月球的人"。这个导语应该说写得也不错,但合众国际社记者的导语,却更见功力。他写的是:"人类登上了月球"。这个导语,犹如石破天惊,真正揭示了这条新闻最本质的东西。因为登月的时间、登月者的姓名等都可以放在下面交代。作者认为最要紧的不是谁先登上了月球,不论是谁,他都是作为全人类的代表,这里最重要的新闻事实是：有史以来，人类第一次登上了月球。作为导语，只要突出这一伟大的壮举，就足以像原子爆炸那样震撼全世界了。

从这个例子也可以看出，简洁并不单是尽量压缩文字，它首先建立在深入分析新闻事实的基础上。它需要作者尽量站得高一点，从宏观上对新闻事实进行一番审视、估价，然后区别轻重缓急，决定取舍详略，简洁地加以表述。

新闻语言的最后一个基本要求是通俗。我们写新闻作品的根本目的毕竟与写文艺作品不同。文艺作品在很大程度上是供人欣赏的，可以有下里巴人，也可以有阳春白雪；可以是白居易式的，也可以是李商隐式的，一遍看不懂可以反复研读，理解了以后再来欣赏。新闻的效应却完全是一次性的，它的目的是传播信息，"传"务求"通"。为了使受众对新闻事实的了解、理解能与传者完全一致，或者至少做到基本一致，新闻语言的通俗化是绝对必要的。这个道理其实很容易理解。问题在于有的同志总喜欢多用一点时髦的名词术语，多加一点成语甚至典故，多说几句有时令人莫测高深的名言警句，以为惟有这样才能显示自己的水平。实际上，这种想法是完全错误的。不用说写新闻本来就应当实事求是，不应当故弄玄虚，即使真有复杂的事实、高深的道理，也应当努力用通俗的语言简单明了地表达出来，使人民群众一看就能理解。如果你能较好地做到深入浅出，那就是很高的水平了。

（本文获"江宁杯"江苏省新闻论文竞赛二等奖）

和中学生谈诗

中学生当中,有许多人喜欢诗,因为诗歌迎合并激发了正值青春年华的他们对美的无限向往,而在他们激情洋溢的心中,正有太多的喜怒哀乐渴望宣泄。在他们看来,诗似乎是一种最简便的表达方式。

然而,诗其实是一种非常艰难的表达方式。在我们的中小学语文教学中,诗歌教学的总量并不大;由于课业负担沉重,孩子们课外阅读的诗歌也不多,而且缺乏必要的指导。再加上中国古诗与新诗的差别很大,语文教学中又不能把它们联系起来教给学生比较完整全面的知识。结果,有相当多的中学生既不能自己读懂古诗,一般也不太会真正地欣赏新诗。

至于自己动手写诗,那恐怕是需要一点天分的。人人可以作文,然而未必人人可以作诗。但如果一个人能懂一点诗,能自得其乐地欣赏诗,那肯定是受益终身的好事。所以,让我们对诗作一个基本的了解吧。

(一) 诗歌是形象思维培育的花朵

毛主席说:"诗不能直说。"诗必须通过形象思维来构思,通过描绘具体的形象来形成一种意境,通过多种写作技巧来含蓄地表达主题。所以，写诗不容易。要善于发现生活中的美，即发现"诗意"；要善于发现形象与思想的联系，并使二者巧妙地结合起来；还要找到最好的表现方式，再精心地推敲文字。在这个基础上，才有可能写出一首名副其实的诗来。

让我们来看看艾青的《礁石》："一个浪，一个浪/无休止地扑过来/每一个浪都在它脚下/被打成碎沫，散开/它的脸上和身上/像刀砍过的一样/但它依然站在那里/含着微笑，看着海洋……"

这首诗包含着深刻的思想和体验，表现了一种崇高的顽强不屈的信念，而这些抽象的思想是通过礁石的形象，通过一种美的意境，一种激动人心的氛围来表现的。在许多人笔下，礁石往往被描写为一种丑恶的东西，它阻挡航道，毁坏船只，带来灾难。但艾青却从一个全新的角度，发现礁石具有一种渗透着诗意的美，而这表现为两个显著的特征：一是礁石浑身上下"像刀砍过的一样"，二是一个接一个的浪头被粉碎在它的脚下。正是这两个特征引发了诗人丰富的形象思维，使他想起了那些在斗争中立场坚定、毫无畏惧的人。于是，在他的笔下，礁石勇敢地"站"在那儿，"微笑"地"望"着海洋，礁石被生动地人格化了。这样一来，这短短的八行诗就融进了丰富的内涵和强烈的情感，当然文字也非常形象生动，这就成为一首好诗了。

我们中学生写的诗，往往流于抽象空泛，喜欢直接抒发自己的思想感情，甚至变成口号的分行排列。其根本原因，就在于不善于观察、思考和发现，没有找到真正的诗歌素材，不能描写出具体的形象，也不能创造出美好的意境。总之，是忽略了诗歌这种文学形式的基本要求。当然，这与我们年轻、阅历浅、知识不够丰富直接有关，也与我们不善于运用形象思维有关。

艾青说："过分要求生活的真实，反而展不开想象。"这话的意思就是写诗必须展开丰富的联想，不能拘泥于眼前的生活真实。1937年年底的一天，艾青看着快要下雪的天空，脑中"出现了雪的草原，戴着皮帽，冒着大雪的马车夫；雪夜的河流，破烂的乌篷船里蓬发垢面的少妇……"想着想着，他情不自禁地拿起沉重的笔，写下了一首诗的开头："雪落在中国的土地上，寒冷在封锁着中国呀！"在这首著名的诗歌中，他从眼前景想到全中国，从自然气候想到政治气候，具体形象地写出了中国人民的苦痛与灾难。这，没有丰富的联想怎么行呢？当然，想象是以生活积累、知识积累为基础的，积累是想象的翅膀。如果我们阅历少，读书少，动脑又少，就很难写出好诗，因为我们的想象力还是一只飞不高、飞不远的小鸟呢！

伟大的古代文学理论家刘勰在《文心雕龙》中指出："文之思也，其神远矣。故寂然凝虑，思接千载；悄焉动容，视通万里。"他的这段话，是对形象思维的一个极其生动的说明。所谓"文之思"就是形象思维，其重要的特点就是想象力丰富，即"神远"。从时间上来说，可以"思接千载"；从空间上来说，可以"视通万里"。而这"形象思维"，不仅需要"寂然凝虑"，即高度集中思想，而且需要融进真实的情感，即"悄焉动容"。诗人写诗时，总的说来是要先展开想象，最后凝结成精炼的文字；读者赏诗时，则需要先理解文字，再想象其意境。这就是刘熙载在《艺概》中所说的："作者情生文，斯读者文生情"。作诗与赏诗的运作过程正好相反，但感情和想象都是不可少的。也正因为如此，诗人和读者才能真正沟通，形成心灵上的共鸣和交流。

所以，同学们在读诗时，一定要学会"文生情"，即掌握读懂文字、体会意境、投入感情、引发想象，再回过头来领悟文字的赏诗过程。现在我们来看一节诗："我从历史博物馆/长长的走廊出来/迎面同七点钟的太阳撞个满怀/工人，为新落成的乳白色公寓/钉门牌/道路——未来/标号——1983"。这节诗的文字没什么难懂的,但要理解它的诗意,却必须由表及里、由近到远地思索体味一番。这"历史博物馆",其实是"古老中国"的一个比喻;这"长长的走廊",仿佛是它悠久的历史,而整个背景是阴暗的。当"我"走出来以后,便一下子沐浴在阳光之中了,可见"我们"已经走进了一个崭新的时代。说同太阳"撞个满怀",显然是一种新奇生动的表达,写出了一下子沐浴在阳光中的惊喜,诗人的情感洋溢其中。鲜亮的"乳白色公寓"与古老的"历史博物馆"形成对比,象征着中国在前进中面貌一新。我们之所以能这样联想一番,是因为诗中的文字给了我们若干的暗示;而当我们如此这般地演绎了这些暗示以后,再来朗读这节诗,我们对诗意的感怀和表达也就大不一样了。

　　诗人在创作中所表现出来的形象思维能力有时是非常惊人的,让我们来看看古代诗人面对月亮所抒写的诗情画意吧。月亮不像太阳那样锋芒毕露,使人不敢直视;它比较含蓄、温柔,任人观赏,诱人遐思。因此,它作为"风景"的一个重要组成部分,便极其频繁地出现在诗歌当中。而在诗人多姿多彩的笔下,在各种不同的语境中,月亮的诗情是多么丰富,其意蕴又是多么各不相同啊!"一轮秋影转金波,飞镜又重磨",这月光多么皎洁;"梨花院落溶溶月,柳絮池塘淡淡风",这夜色又多么温柔;"花香满院,花阴满地,夜静月明风细",这景致多么美好;"星垂平野阔,月涌大江流",这气势又多么宏大;"沧海月明珠有泪,蓝田日暖玉生烟",这意象多么奇特;"烟笼寒水月笼沙,夜泊秦淮近酒家",这氛围又多么朦胧……秦观甚至在他的词中,把月亮写出一个字谜来:"水边灯火渐人行,天外一钩残月,带三星。"这"残月带三星",就是个"心"字啊!如果我们把以上诗句中的月亮都大而化之地看成一样的月亮,而不去细心体味它们各自的特色,那岂不是辜负了诗人们绞尽脑汁的一番苦心了吗！

当然，展开想象主要是在诗歌创作的酝酿阶段，到具体构思的时候，则必须在联想的基础上挑选、提炼、升华，并且用尽可能简洁的文字，含蓄尽可能丰富的内容。"她把带血的头颅/放在生命的天平上/让所有的苟活者/都失去了——重量"，这首诗只有短短的28个字，可它的内涵是多么丰富，这就是把形象思维与锤炼文字有机结合起来的效果。说到提炼浓缩，我想再讲一个有名的例子。杜甫的《登高》中有这样一联："万里悲秋常作客，百年多病独登台"。这两句的关键是一个"悲"字，其中竟包含着九层"悲"的含义：一、"万里"，离家很远，思念情伤；二、"秋"，自古文人好伤春悲秋，"秋风秋雨愁煞人"；三、"作客"，奔走他乡，不能与亲人团聚；四、"常"，并非偶尔如此，偏偏离家已久；五、"百年"，人生不过百年，我今老矣；六、"病"，身体又很不好；七、"多"，有好几种病，据专家分析，杜甫当时患有高血压、糖尿病等多种疾病；八、"登台"，在这种情况下于重阳佳节来登高，触景生情，怎么高兴得起来呢？九、"独"，有二三好友陪伴也许会好些，偏又是孤零零一个人，岂不更加悲伤？你看，这两句诗作为一个"浓缩"的范例，应该说当之无愧了吧！

（二）诗歌的立意有深浅高下之分

写诗亦如作文，意在笔先，立意是最要紧的。简单地说，立意就是确立所谓"主题思想"。这个意思对不对，好不好，境界高不高，也就是立意深浅高下的问题。

著名的杜甫诗《茅屋为秋风所破歌》因为由衷地同情贫穷百姓的疾苦，且在结尾处发出"安得广厦千万间"的呼声，使诗歌的立意达到了崇高感人的境界。同样关心人民疾苦的白居易虽然也有类似的诗句曰"安得万里裘,盖裹周四垠。稳暖皆如我,天下无寒人",但他毕竟没有杜甫那样痛切的亲身体验,不能写出"长夜沾湿何由彻"那样感同身受的诗句,所以也就达不到杜甫那样高的艺术境界。加之他在杜甫之后,更难免"依照"之嫌了。

"铲却君山好,平铺湘水流。巴陵无限酒,醉杀洞庭秋。"这是李白的诗。一般都把后两句解释为:"在巴陵饮了许多酒,在秋天的洞庭湖畔醉倒了。"而对前两句,则解释为"醉后狂言":"最好把阻挡湘水的君山铲去,让江水更加宽敞畅快地流。"这样解释,后两句就比较一般。我记得钱仲联教授在讲解这两首诗时却说:"最好能铲去君山,让湘水畅快地四处流淌。这巴凌浩浩荡荡的江水啊,仿佛都成了无限的美酒,醉杀了整个洞庭湖地区,你看那枫叶的一片火红!"这样一讲,四句诗就成为一个整体,更加突出了李白惊人的想象力和无比豪迈的感情,诗的意象更加美丽,出语也更加新奇。以上两种解释,其关键的不同点在于,前者拘泥于现实中"人的醉态",而后者却再现了想象中"自然的醉态",因而创造出一种新奇美好的意境。

一谈到"立意",有的同学就想到发议论,现在有不少诗可不就是在大发议论吗?然而以议论入诗,一般来说是不可取的,因为议论用的是抽象思维。宋人每每如此,所以宋诗不如唐诗。不过也有写得好的,比如朱熹的《观书有感》。观书而有感,这当然是议论,然而他的议论却与具体的形象合而为一,有声有色地出现在读者面前,可感可亲,使人容易接受,且觉得回味无穷。"半亩方塘一鉴开,天光云影共徘徊。问渠那得清如许,为有源头活水来。"头两句仿佛写景,其实是比喻读书。那长方形的书犹如半亩方塘,打开书本,犹如打开一面镜子;镜面如同水面一样可以映物,那水面反映着天光云影,变化多姿,是说书本也像镜子一样,可以反映社会,包含着丰富的知识。当然,我们这样理解这两句诗,是离不开下两句诗的暗示的。下两句设问设答,仍然紧扣着"清清池塘"的形象,但暗中包含着抽象思维的深刻内涵:为什么它的水这样清呢? 是因为不断地有活水流进来呀! 我们联系诗想一想,难道不能产生更多的感悟吗? 书中的内容好,是因为有新鲜的知识,有生动的体会;那么我们的学习,我们的写作应该怎么样呢? 我们的生活,我们的社会应该怎么样呢? 如果反过来,失去了源头活水,我们的学习、写作,我们的生活,乃至社会又会怎样呢? 如此等等,这都是抽象思维与形象思维碰撞出来的灵感火花赐予我们的收获,一篇论文不可能产生如此独特的效果。

总之,这是一种诗化的议论,我们也可以称之为"哲理诗"。中世纪波斯诗人哈亚姆有这样一首哲理诗:"我举目仰望广阔恢弘的苍穹,/把它想象成巨型的走马灯。/地球恰似灯笼,太阳好比烛焰,/我们则有如来回游动的图形。"这诗的气魄很大,实际上反映了诗人对宇宙的某种认识,当然这属于"太阳中心论":在他的笔下,人生是短暂的、变幻的"图形"。我读这诗的时候,立刻就想到了唐代李贺的《梦天》:"老兔寒蟾泣天色,云楼半开壁斜白。玉轮轧露湿团光,鸾珮相逢桂香陌。黄尘清水三山下,更变千年如走马。遥望齐州九点烟,一泓海水杯中泻。"两位诗人对宇宙的直觉、对时空的认识乃至大胆的想象,何其相似乃尔。所不同的是哈亚姆的立足点是在地球上,他仰望太空,浮想联翩;而李贺是前四句飞向月宫,然后从天外俯视地球。应该说,李贺的想象更加新奇瑰丽。

当我读到英国诗人蒲伯的《空屋》时,不禁哑然失笑了。他写道:"以为只消敲敲脑瓜,/急智就会产生,/任你怎样敲吧,/那屋里空空无人。"由此我想到一则国产的笑话,说某人苦于做文章无从下笔,其妻可怜他,又不理解,就问:"你写文章难道比我们女人生孩子还难吗?"某人答道:"那当然啦!你们生孩子肚子里有啊,我肚子里空空如也,怎么写得出来呢!"这笑话与蒲伯的诗不是有异曲同工之妙吗?

有的同学在写诗时不大懂得"立意""炼意"的道理,只是单纯地写下一些印象和形象,似乎把描写本身当成目的了。比如有位同学写了这样一首《沙漠铃声》:"荒凉的沙漠呵/响着阵阵铃声/叮当,叮当/沙漠中的铃声呵/是那么清脆,动听/叮叮当,叮当。"应该说,这诗的节奏、韵律还不错,形象也很清晰。但是,作者写这些究竟是想表达什么意思呢?读完了也看不出来。还有同学写了一首《风筝》,他描写了一只在风中上升而在雨中受伤的风筝,它羡慕自由飞翔的雄鹰,觉得自己也有"值得自豪的翅膀",因而下决心要"挣脱拽住我的线框"。作者是把风筝当作正面形象,作为自己理想的象征来写的;而这样的立意,显然存在逻辑上的缺陷,因为风筝如果挣断了线,那得到的决不是自由,而只能是坠落。如果我们把诗改成这样:"一阵风来,你就扶摇直上,/一阵雨打,你就失措张皇,/为什么你不能像雄鹰那样自由?/只因为你没有属于自己的翅膀。"大家看,这样立意是不是更好些呢?

与诗歌立意有关的另一个问题是要力求写得美一点。诗歌是美的艺术,写诗应该有美的追求。

"两个黄鹂鸣翠柳,一行白鹭上青天。窗含西岭千秋雪,门泊东吴万里船。"这是一幅色彩多么艳丽的图画!"李白乘舟将欲行,忽闻岸上踏歌声。桃花潭水深千尺,不及汪伦送我情。"读着这诗,美妙的旋律好像从诗中飞出来了。即使写悲惨的事,诗人仍然追求着诗意的表达:"可怜无定河边骨,犹是春闺梦里人。"年轻的战士早已战死沙场,化为枯骨,可他的心上人还思念着他,在梦中与他相会。这种高度艺术化了的对战争的控诉,又是多么地震撼人心。

伟大的智利诗人聂鲁达写道:"给我和平,给我酒。/明天早晨我一早就动身。/四面八方,/春天在等着我。"读着这样的诗,你就感觉到一种乐观的自信和昂扬的斗志,你立即就会被诗人表达出来的美好感情所感染。

艾青有一首《珠贝》,说的就是诗美:"在碧绿的海水里/吸取太阳的精华/你是彩虹的化身/璀璨如一片朝霞/凝思花露的形状/喜爱水晶的素质/观念在心里孕育/结成了粒粒真珠。"请想想,这说的不就是写诗的过程吗?

现在,让我们来看一首中学生的诗:"父亲的心里,爱土地,爱孩子/骄阳下一颗心被烤得殷红/风雨中一颗心被淋得发紫/可是那颗心却放射出万道光芒。"作者很爱他的父亲,却把父亲的心形容得如此可怕,读者实在是接受不了。

也许会有人对我大谈诗歌的立意和主题不以为然,因为现在有些诗确实不讲什么主题(不过"立意"似乎总还要讲一点的),他们就是写一点片段的主观印象和感受,并不明确地要表达什么,其中也有一些写得比较好的,就是所谓"朦胧诗"。其实我们古代也有类似朦胧诗的作品,比如白居易的《花非花》:"花非花/雾非雾/夜半来/天明去/来如春梦几多时/去似朝云无觅处。"诗写得很美,但不知道说的是什么,似乎只是一种飘然若仙、捉摸不定的感觉。应该承认,这的确也是一种很好的诗,而且这种诗不必,也不能去落实,有人说这首诗的"谜底"是"霜花",这样一说,反而取消了美好的想象,令人兴味索然了。

但很多所谓朦胧诗难懂到根本无法理解的程度,甚至也不能给人任何美的感受,那就只有"朦胧"没有"诗"了。还有些人把朦胧诗中常见的"形象的零碎片断""思维的急速跳跃"和"色彩的交叉对立",甚至语法标点方面的一些突破常规的写法,都奉为"当代诗歌的发展方向",那当然就是错误的了。

朦胧诗不好懂，至少在中学生中不宜提倡。我曾经做过一个有趣的试验，把美国诗人桑德堡的一首诗登在报上，隐去其中一个关键的字："踮着小猫的脚步/（　）来了/它一躬腰/坐了下来/瞧着港口和市区/又走开了"。我请同学们分析他写的是什么，然后把最合适的字填到括号里去。结果，有的说是"风"，有的说是"浪"，最有趣的说是"小偷"，只有一个同学说对了——是"雾"。把这个字填进去，就可以看出，这首诗还是写得颇有意思，颇为传神的。同学们读一点这样的诗是有好处的，但要写就很难。

（三）诗歌的表现手法丰富多彩

关于诗歌艺术的表现手法，最早的说法就是所谓"赋、比、兴"了。所谓"赋"，简单地说，就是用直接叙述的方法来抒情写事。诗中之"赋"的最大特点就是它必须高度集中而又具体形象。比如说，毛主席的《长征》只用八句56个字，就写了整个的长征，没有高度的集中能行吗？"红军不怕远征难，万水千山只等闲"，诗的开头两句对内容极其纷繁复杂的长征从红军的视角进行了高度概括，表现了红军对万水千山等闲视之不在话下这样一种英雄气概，由此来体现红军战士的英勇顽强和乐观主义精神。接着，下面的五句诗就写了"万水千山"的五个代表：五岭、乌蒙山、金沙江、大渡河、岷山，最后以一句"三军过后尽开颜"收束全诗。这样写看似平实，却包含着选取角度、确定典型、锤炼字句的艰辛，而且每一句都是具体形象的，都是与诗的意境相融合的。最后一句写最终胜利，只用"尽开颜"三个字，而境界全出。这是一种典型的以"赋"为主的写法。

要注意的是,诗中之"赋"不能像散文那样讲究完整而连贯,它常常是断裂的,跳跃的,常常被大加删削,只以精巧的文字、闪光的灵感入诗,从而留下大片的艺术空白,让读者去驰骋想象。贺敬之在《放声歌唱》中用这样一些片断来描绘伟大祖国的美好景象:"五月——麦浪/八月——海浪/桃花——南方/雪花——北方……"这短短的诗行,足以激起读者丰富的联想,这和电影艺术中所谓"蒙太奇"的审美原理是一样的。

说到比喻,同学们肯定是非常熟悉的了。但有的同学可能会以为比喻是越像越好,其实不然,拿双胞胎来互相作比是毫无意义的,因为不能给人启发和联想。比喻只要取其一点相似即可,正因为如此,比喻才有了广阔的天地,至于某个比喻用得好不好,那要根据作品中的具体情境来具体分析。古诗中有许多给"忧愁"这种抽象的感情打比方的:赵嘏说,"夕阳楼上山重叠,未抵闲愁一倍多";李颀说,"请量东海水,看取深浅愁";李煜说,"问君能有几多愁,恰似一江春水向东流";秦观说,"落红万点愁如海";贺铸说,"试问闲愁都几许? 一川烟草,满城风絮,梅子黄时雨。"以上这些比喻可谓各有特色,我个人最喜欢李煜的,后来有一部电影就以"一江春水向东流"命名,更使这一著名的比喻达到家喻户晓的程度。贺铸的也不错,他使用了博喻的手法,渲染了一种无边无涯的愁绪,有点朦胧诗的味道。

运用比喻,最要紧的是忌雷同,大家都众口一词地老是这么比,那就倒胃口了。凡是想写好诗的人,无不致力于比喻的创造性,无不追求比喻的新奇生动。正如清末改良主义思想家王韬所说:"所贵乎诗者,与苟同,宁立异。"

"比"是诗歌写作中最常见、最基本的表现手法之一,而且它还会渗透到其他的表现手法之中,比如"拟人""拟物""象征"等,实际上都隐含着比喻的成分在内,在此就不一一细说了至于"兴"这种手法,现在已用得比较少了,过去也主要是在民歌中用得较多。什么叫"兴"呢?朱熹说,"兴"就是"先言他物以引起所咏之词也"。最有名的例子,恐怕要算"孔雀东南飞,五里一徘徊"了。大部分的起兴都取自眼前景或想象中的眼前景,一般与下文有某种意义、情调上的联系。比如汉乐府诗《饮马长城窟行》写一个女子思念远在他乡的丈夫,开头就写:"青青河畔草,绵绵思远道。"意思是思念丈夫的情绪像河边青青的草色一样,连绵不断。在现代民歌中,陕北信天游用得最多,它一般两行一节,往往第一节就是起兴,贺敬之、李季都曾用这种形式写过优秀的作品。比如《王贵与李香香》中有一段:"风吹大树嘶啦啦的响,崔二爷有钱当保长。/一个算盘九十一颗珠,崔二爷牛羊没有数数。/三十里草地二十里沙,哪一群牛羊不属他家?"读这样的诗,我们会有一种顺流而下的轻快感。

诗歌的表现手法当然不仅仅是"赋比兴",至少还有几种重要的修辞手法,在诗歌写作中得到了极其广泛的运用。

先来说夸张。古人说夸张是一种"激昂之语"或者"情至之语",意思是说夸张是感情特别激动的产物,目的是为了给人留下深刻而强烈的印象。其具体方法就是"通过对事物的形态、作用、程度、数量等方面的特殊强调,使事物的形象更加鲜明。就如上文的"一江春水向东流",其实也是一种夸张,这忧愁竟如江水般深广,而且连续不断,没完没了,这当然是一种"情至之语"了。李白是一位善于夸张、敢于夸张的艺术大师。为了表达被社会所压抑而不得志的愤懑,他写道:"大道如青天,我独不得出";为了表达"士为知己者死"的感恩图报之心,他写道:"感君恩重许君命,泰山一掷轻鸿毛";为了形容自己吞吐宇宙的胸怀和天马行空的气概,他写道:"黄河落天走东海,万里写入胸怀间。"他的夸张,总是能把夸张的对象与具体的形象结合在一起,使人得到艺术美的享受。

有人说,运用夸张应该像刘勰说的那样要"夸而有节""饰而不诬"。"饰而不诬"大概是说夸张多少要有那么一点根据,正如鲁迅所说:"'燕山雪花大如席',是夸张,但燕山究竟有雪花,就含着一点诚实在里面,使我们立刻知道燕山原来有这么冷。如果说'广州雪花大如席'那可就变成笑话了。"鲁迅的意思与刘勰是一致的。但"夸而有节"是什么意思呢?有人说就是夸张必须"有所节制","超过了一定的程度就变成瞎说了"。这话我看可以讨论。所谓有所节制,标准该怎么掌握呢?有一首歌在形容口渴时唱道:"我能喝它一条江呀,我能喝它一条河。"那么,是喝一条河程度合适,还是喝一条江程度合适呢?如果胆子更大一点,说"我能喝干太平洋",是不是就一定不合适了呢?看来,这个标准是很难定的。我想,只要有一定的生活依据,只要是情感表达的需要,只要有利于艺术美的创造,你就可以大胆地去夸张。比如李白的"白发三千丈",并没有人批评他说过头话呀!你如果说"白发长三尺",人们可能会认为是真的,不是夸张;你如果说"白发长三米",人们反而会疑疑惑惑,不知道究竟是不是夸张;而他竟敢说"白发三千丈",人们反而知道肯定是夸张,而且觉得简直是神奇美妙的夸张了。由此可见,夸张的度怎样才算合适,是一个很复杂的问题,需要具体情况具体分析,而从接受美学方面来说,比喻是不是具有鲜明的意象与美感,是不是能够令人愉快地接受,是不是与作者的知名度有关,看来也是一个值得探讨的问题。

还有一种较难理解的修辞手法是"通感"。王朝闻在《美学概论》中指出:"欣赏者在生活中积累起来的各种感觉经验是想象的根据。"他所说的"各种感觉"包括视觉、听觉、嗅觉、味觉和触觉。有时,你如果不调动你的各种感觉经验去想象、去体会,你就未必能完全读懂一首好诗。比如说《枫桥夜泊》，读这首诗首先要弄清作者在哪里，既然是夜泊，他是睡在停靠于枫桥的客船上。他因旅愁而不能成眠，所以看到"月落"，听到"乌啼"，感觉到"霜满天"，这第一句就写了"视、听、触"三种感觉。第二句又从视觉写"江枫"和"渔火"，其中隐隐有一种冷暖的感受。第四句写刚刚有一点睡意，朦胧中寒山寺的钟声又飘到了船上。随着这悠悠然拨动心弦的钟声，读者就和作者一起，完全沉浸在一种优美的诗情画意之中了。

读懂了这种综合描写多种感觉的写法，你就具备了理解"通感"的基础。所谓"通感"，就是诗人把各种感觉沟通起来，使它们能互相转换，甚至互相替代，使读者能从"声音中听出形状，香味中嗅出色彩，颜色中看到声音，声音中品出香甜，冷暖中觉察出硬软。"这样一来，当然就大大增强了诗歌的表现力，而且在语言表达上也往往更加简洁，更加新奇。比如说，在李贺的《秦王饮酒》中有一句"羲和敲日玻璃声"。羲和为日之御者，"敲日"者，催太阳快走也，这已经是非常奇丽的想象了，为什么还会发出敲玻璃的声音来呢？因为在诗人想来，太阳闪光，玻璃也闪光，那么敲太阳也会像敲玻璃一样发出清脆的声响来。这，就是神奇的"通感"了。

通感在新诗当中的运用似乎日渐增多起来。艾青曾形容酒具有"火的性格，水的外形"，这"水的外形"自然一看便知，而"火的性格"却是经过了感觉的沟通和转换的。烈酒喝下去有烧灼感，觉得发热，这不是"火的性格"吗？诗人北岛曾这样描写一座古寺："消失的钟声／结成蛛网，在裂缝的柱子里／扩散成一圈圈年轮。"这样写，就是在利用声波、蛛网和年轮三者的形似造成通感，使听觉向视觉转化，在可视的空间中体会时间的久远。如此的艺术功力，是值得我们好好学习的。再看一首诗，题为《溜冰断想》:"我是轻盈的滑翔的音符/我是自由飘飞的草书/风的抒情诗/光的狂欢舞/云的速写/水的雕塑/在这里熔成一炉。"要正确理解这首诗,肯定离不开通感。

与通感相比,"双关"就容易理解了。我想只要举两个例子即可。刘禹锡的《竹枝词》:"杨柳青青江水平,闻郎岸上唱歌声。东边日出西边雨,道是无晴(情)却有晴(情)。"这诗的精彩完全在于借眼前景巧妙地运用谐音双关,写出了年轻男女初恋的复杂心态。说到语意双关,让我们来讲一个血淋淋的例子。清朝雍正年间,有几个被认为反清的文人被捕,搜查时在他们的诗中发现了这样的句子:"清风虽细难吹我,明月何尝不照人",诗中的"清风""明月"似乎在写景,但又可以解释为"清朝""明朝",如此一想就不得了啦,皇上能给他们这样的"言论自由"吗?

还有一种最能体现汉语特色的修辞手法要讲一下,那就是对偶。旧时代小孩学语文,掌握对句的基本知识是一项重要的任务。诸如"云对雨,雪对风,晚照对晴空"之类,是从小就要烂熟于心的。在做诗的时候,尤其是在做律诗的时候,这种对句的功夫就非常重要了。一种是所谓"正对",上下文的内容是平列的,如"破帽遮颜过闹市,漏船载酒泛中流"。一种是所谓"反对",即上下文的内容是对照的,如"横眉冷对千夫指,俯首甘为孺子牛"。还有一种是所谓"串对",又叫"流水对",上下文的内容是相连的,或者互相间有原因和结果、条件和结果等关系,如"即从巴峡穿巫峡,便下襄阳下洛阳","金猴奋起千钧棒,玉宇澄清万里埃"。

了解一些有关对偶的知识,再去读古诗,就会有更多的体会和乐趣,并且知道写诗确实不是一件容易的事情。《红楼梦》中,林黛玉和史湘云在凹晶馆对诗,两位才女一句句对来,果真是心到口到,不费吹灰之力。对到快要山穷水尽之时,池塘里忽然惊起一只白鹤,在夜色中飞往藕香榭去了。湘云于是得句曰:"寒塘渡鹤影",黛玉听了说:"叫我对什么才好?'影'字只有一个'魂'字可对,况且池塘渡鹤何等自然,何等现成,本来有景,且又新鲜,我竟要搁笔了。"当然,曹雪芹是不会让这位大观园中的桂冠诗人真的对不出来的,转眼间,黛玉就对出一句美艳凄清到极致的诗:"冷月葬诗魂"。这句诗,实在也是黛玉一生的总结,竟成为她的绝唱。

大约在五代时期,对句从诗文中分离出来,形成了汉语言独有的一种文学样式,叫做对联。我想介绍几副有趣的对联,供同学们欣赏玩味。传说乾隆皇帝喜欢对联,有一次他以北京的"天然居"为题吟出上联:"客上天然居,居然天上客",下联却苦思不得。为什么这样难呢? 因为这是一句回文联,前面是顺着读下去,后面是倒着读回来,意思竟然也很好;现在要对一句同样要求的下联,还要平仄相调,谈何容易! 后来还是侍读学士纪晓岚对出下联曰:"人过大佛寺,寺佛大过人",真是妙不可言。有些对联在汉字的结构上做文章,比如说上联是:"此木为柴山山出",下联则对曰:"因火生烟夕夕多",令人拍案叫绝。在四川青城山的山门上,有一副长达394字的对联,号称"天下第一长联";而三十年代史学家陈寅恪曾在语文试卷上出过一句短而有趣的上联,是"孙行者",只有一位学生对出来,是"胡适之"。

(四) 诗歌离不开朗读

诗歌从一开始就是和朗读甚至歌唱联系在一起的,所以它在语言构成的形式上与散文有很大的不同,它有它自己独特的一些要求。

首先让我们来谈谈诗歌的押韵问题。一般我们识别诗歌最简单的方法无非是两条,一是分行,二是押韵。但如果我们只看"脚韵"的话,那么事实上有些诗是可以不押韵的。初唐的陈子昂写过这样一首短诗:"前不见古人/后不见来者/念天地之悠悠/独怆然而涕下。"这完全不押韵,但大家都承认这是一首好诗。现代诗人卞之琳写过一首很有情趣的好诗:"你站在桥上看风景/看风景的人在楼上看你/明月装饰了你的窗子/你装饰了别人的梦。"这首诗也不押韵,但如同陈子昂一样,诗人已经把韵律蕴涵在全诗中,所以你读起来依然感到和谐、自然,很有艺术魅力。

当然,绝大多数的诗还是要押韵的。拿新诗来说,它的用韵无须像旧诗那样严格,只要按鲁迅的主张,押"大致相同的韵"就行了。押韵的方法可以多种多样,可以连着押,也可以隔开;可以押同一种韵,也可以换韵。比如贺敬之在《回延安》中,他就根据陕北民歌"信天游"的特点,不停地换韵:"心口呀莫要这么厉害的跳,/灰尘啊莫要把我眼睛挡住了。/手抓黄土我不放,/紧紧儿贴在心窝上。/几回回梦里回延安,/双手搂定宝塔山。"有时,连韵可以产生一泻千里、一气呵成的气势;有时,换韵又可以产生变幻多姿、丰富多彩的感觉。总之,押韵要根据内容与形式的需要和可能,不能马马虎虎,大而化之;也不必过分计较,因文害义。现在我来读一首题为《纪念七一》的诗:"七一,七一,/出现在一九二一,/伟大的党,/赫然在中国建立。/从此以后,/立下数不清的功绩;/多少烈士,留下光荣的足迹。/辉煌成就,/人民爱戴毛主席;/抗美援朝,/打得美帝奄奄一息。"这样写下去,不知何时能写完,押韵又给人单调之感,使人想起织布机的"唧唧复唧唧"。

实际上对诗歌而言,节奏也许更具重要性。节奏本来就是语言构成的重要因素之一,它反映的是语言内部音节的停顿间隙和音调的轻重抑扬。诗歌是音乐感最强的文学形式,当然对节奏有更高的要求。有人以为新诗是"自由诗",可以不讲究节奏,那是一种误解。事实上,由于新诗更为灵活,节奏变化的余地更大,其表现形式更多,作用也更大了。

请看这两句诗:"树老根多人老话多,莫嫌老汉说话罗嗦。"作者故意把常见的七字句,拉成八字句,形成八个双音词的连续排列,加上前四个词都是相同的主谓结构,再加上音韵的重复,读起来就很有一种罗嗦的感觉。你再读一读郭沫若的《天上的街市》:"远远的街灯明了/好像闪着无数的明星/天上的明星现了/好像点着无数的街灯。"第一行三个音步,第二行四个音步,然后三四行又与一二行对称,形成了一种均匀协调的节奏,有利于我们想象诗歌的优美意境,使我们禁不住心驰神往。但是,我们再看看郭沫若的《立在地球边上放号》,那就完全不一样了:"啊啊!我眼前来了的滚滚的洪涛哟/啊啊!不断的毁坏,不断的创造,不断的努力哟/啊啊!力哟!力哟!力的绘画,力的舞蹈,力的音乐,力的诗歌,力的律吕哟!"关于这首诗的节奏,郭沫若自己有如下解释:"与我有同样经验的人,立在那样的海边上的时候,恐怕要和我一样狂叫吧。这是海洋的节奏鼓舞了我,不能不这样叫的。"所以说,这首诗的节奏就是怒海洪涛的节奏。

在探索新诗的格律方面,闻一多先生是很有成就的。他的一些优秀诗作,在节奏上往往也很有特色。请看《洗衣歌》:"(一件、两件、三件),/洗衣要洗干净!/(四件、五件、六件),/熨衣要熨得平!/我洗得净悲哀的湿手帕,/我洗得白罪恶的黑汗衣,/贪心的油腻和欲火的灰,/你们家里的一切脏东西,/交给我洗,交给我洗。"让我们带着感情来朗读,你有没有发现,这里面既有洗衣服的节奏,又有诗人情感的激荡?

在探索新诗格律方面,艾青则大力主张写自由诗。他写诗好像非常轻松随意,平易自然。比如他的《煤的对话》:"你住在哪里?/我住在万年的岩石里/你的年纪——/我的年纪比山的更大/比岩石的更大/你从什么时候沉默的?/从恐龙统治了森林的年代/从地壳第一次震动的年代/你已死在过深的怨愤里了么?/死?不,不,我还活着——/请给我以火,给我以火!"这诗从形式上看,似乎就是一段简洁而平实的对话,但这正是最适合这首诗的形式,它的节奏就是对话的节奏。

闻一多与艾青,一个喜欢把诗当工艺品那样来加工雕琢——其实也不是一味地雕琢,他还是内容第一,内容决定形式;一个追求写诗像思想、说话那样自然,像行云、流水那样自由——其实也不是绝对地自由:风儿在放牧着行云,土地在导引着流水,只不过你不容易看出来罢了。

以上所说的诗歌语言形式上的问题,与诗歌的朗读、朗诵以至歌唱密切相关,为了达到短小、顺口、好记甚至能唱的目的,不讲究语言和声音的加工是不行的。在这方面,闻一多先生的研究是非常深入的。他说:"诗的实力不独包括音乐的美(音节),绘画的美(辞藻),并且还有建筑的美(节的匀称和句的均齐)。"他还进一步指出了新诗格律和律诗格律的不同:第一,律诗的格律是固定的,而新诗的格律层出不穷;第二,律诗的格律与内容无关,而新诗的格律是"根据内容的精神造成的";第三,律诗的格律是别人替我们定的,而新诗的格律要我,要我们自己来创造。他说得真是太好了。我们现代人都觉得按古人规定好的格律去写诗填词实在太难,这是不奇怪的,因为我们现在使用的语言与古人使用的语言相比已经发生了很大的变化,现代生活的内容和形式与古代生活相比,更发生了翻天覆地的变化。要求我们用古代诗词的形式反映现代生活,尤其是要求青少年去学习古诗词,那确实不妥。另一方面,如果以为写新诗就用不着讲究格律,那也完全是一种误解。

总而言之,不论是旧诗还是新诗,都要特别讲究对诗歌语言的加工。诗人对语言的加工,除了形象的加工以外,还应该重视声音的加工,正如艾青所言:"所谓旋律也好,节奏也好,韵也好,都无非是想借声音的变化唤起读者情绪的共鸣,也就是以起伏变化的声音,引起读者心理的起伏变化。"而要实现这个目的,不朗读是不行的。艾青说:"只有诗面向大众,大众才会面向诗。"诗如何面向大众呢? 一是写出来给大家看,二是读出来给大家听,这两种方式,都可以称之为大众对诗的"面试"。

我们的汉语,无疑是世界上最美的语言之一,美得如同孔雀;而如果你要欣赏孔雀开屏,那你就必须朗读——运用标准、清晰的普通话,有感情、有技巧地朗读。这种朗读,可以把诗美淋漓尽致地演绎出来。想想那些我们从小多次朗读过的文学作品在我们心中留下的深刻印象和深远影响吧:那"举头望明月,低头思故乡"的绵绵深情,那《狼和小羊》为我们所上的善恶启蒙课,那《渔夫和金鱼的故事》中渔夫的无奈和老太婆的贪婪以及金鱼消失在大海中留给我们的惆怅和遗憾,还有那《天上的街市》带给我们的对美丽的向往和追求。所有这一切,都离不开美妙的朗读。

朗读当然需要较好的口头表达能力,需要对朗读素材作一些技巧上的分析和安排,比如语调的抑扬,语速的疾缓,语音的轻重,语句的顿歇等。但是,千万要记住,朗读最重要的首先是准确理解作品的思想内容并把握作品的感情基调。有了这个基础,上述技巧才能锦上添花;否则,只会弄巧成拙,比没有技巧更坏。为什么这样说呢? 因为那些语调、语速、轻重、停顿之类的技巧,在朗读开始以后,都是随机多变的,都如行云流水一般因人而异,因理解和投入的程度而异,只要相对自然就好。如果以为这些技巧都是固定不变,可以像流水线一样生产优秀的朗读者,那就大错特错了。

我们伟大的祖国,不但是一个历史悠久的文明古国,而且是一个具有源远流长的诗歌传统,出现了众多天才诗人的诗歌王国。我们要尽可能多读一点古代的诗,现代的诗,还有外国的诗。正所谓"熟读唐诗三百首,不会写诗也会吟"。"吟"就是一种难得的艺术享受,何乐而不为? 而且,吟多了也就能写一点。写多了嘛,就一定会涌现出一批年轻的诗人来。这是肯定的,几千年就是这样一代代传承下来的,正如清代赵翼所言:"李杜诗篇万口传,至今已觉不新鲜,江山代有才人出,各领风骚数百年。"

二、情寄山水

清凉世界

　　今年夏天的高温,实在已经到了可怕的程度。人们到处都在议论着天气,可那副热带高压竟像一条火赤链蛇,死死咬住东南几省不放。热浪在大街小巷汹涌澎湃,扑向无数负隅顽抗的电风扇。可怜的人们,只有这一点防卫手段了。

　　我因为到湖州开会,顺便到莫干山去了一趟,那里是令人神往的清凉世界。装了空调的"小面包",冲出发着高烧的城市,又在拥挤的公路上颠簸了一阵,终于把热浪、喧嚣和灰尘统统甩在后面,开始沿着盘山公路平稳地起伏。多日的烦躁烟消云散,一阵令人惬意的疲倦把我带进了梦乡。

　　……我对着镜头,努力展现一个恰到好处的微笑。庐山三叠泉在我身后飘然而下,珍珠般的水花轻洒在我背上。"呵,真凉快啊!"我的喊声与快门的咔嚓声同时……我在攀登"十八盘",不断抬头仰望"南天门"。每一提脚重如千钧,浑身上下大汗淋漓。终于踏上了"天街",一阵凉风扑面而来,顿生飘飘欲仙之感……我躺在西湖的一只小船上,享受着摇篮般的轻轻晃动,任阳光温暖地爱抚。我闭着眼,把手伸进跳动的湖水,像有一道清泉沿手臂而上,流遍我的身心……

　　"到了! 莫干山到了!"一阵喊声惊醒了我。

　　我似乎还在西湖之中,但周围却不是鱼鳞般的细微涟漪,而是大起大落的绿色巨浪,但那波峰已不再高起,那浪谷也不再下沉,仿佛一片凝固的海洋。我感到整个的身心都被无比的宁静所包围,简直好像要融化在其中。人们都惊呆了一般不说话,似乎都不愿意打破这超凡出世般的宁静。远处有鸟语啁啾,近处有泉声丁冬,使人想起"鸟鸣山更幽""清泉石上流"的意境。

当人们终于从莫干山诗情画意的陶醉中醒悟过来,便开始对那满山逼眼的"绿"赞不绝口。人行山间,四望皆绿,层层叠叠,遮天盖地,真所谓"绿色的海洋"!莫干山的绿主要是遍地修篁造成的奇观:万竿夹道,那是挺拔的绿;竹叶弥天,那是繁密的绿;雨过明珠滴翠,沁人肺腑;晴来微风弄影,就连透过叶缝的阳光也是绿莹莹的呢!

莫干山满山绿荫,满山流泉,故而凉意顿生,暑气尽消,成为与北戴河、庐山、鸡公山齐名的四大避暑胜地之一。无怪乎在那绿树丛中,白云生处,掩隐着将近两百幢风格各异的别墅了。

有趣的是,如果查起根底来,这莫干山当初并不是"清凉世界"。春秋末年,冶炼工匠干将和他的妻子莫邪,奉吴王阖闾之命,率领三百男女在山中铸雌雄双剑,一时烟焰张天,众人皆汗流浃背,苦不堪言。最后莫邪为了催化宝剑速成,纵身跃入炉中,炉中顿时迸出红光万道,红光灭处,见有两股青光横卧炉底,这就是雌雄双剑。后来雌剑命名莫邪,雄剑命名干将,此山也就得名莫干山。再后来,似乎干将也就退隐山中了——这"清凉世界",应该是上天给他的奖赏吧?

（本文获全国报纸副刊好作品三等奖）

中原印象

（一）铁塔

开封是一座古朴的城市，像一个饱经风霜的庄稼汉，而铁塔，就是开封的象征。

其实铁塔并不是铁的，是用琉璃砖砌成的，但它具有铁的风采，如同庄稼汉的肤色；它具有铁的筋骨，如同庄稼汉的性格。

北宋以来，铁塔经受了历史长河的冲击，经受了无数的战火、地震、水患，依旧傲然挺立。而在铁塔周围的中原大地，无数的庄稼汉，一代一代地繁衍生息，铸造着铁一样沉重、钢一样坚强的历史。

（二）黄河

在开封看不到黄河，然而时时刻刻感觉到它那巨大的存在。

黄河水滋润着人们的黄皮肤，黄河水凝聚着一个个金色的丰收，桌上摆着黄河水养肥的大鲤鱼，脚下踩着黄河水铺出的黄土地，就连那大风扬起的漫天黄尘，也是古黄河的幽灵在中原大地上游荡呀！

现在,黄河在开封城北十公里以外静静地流淌,好像枕着比铁塔还高的河床睡着了。而在历史上,不知有多少次,它那浑浊的浪头席卷了中原大地,把田野变成汪洋,用淤泥把古都一层层掩埋。这巨大的灾难,也许不会再重演了;而那可怕的记忆,有时还突现在开封人的梦里。

唉,你这可亲可爱而又可恨可怕的黄河,我们总是须臾也不能离开你呀!

(三) 牡丹

人们把西湖比作西子,那么洛阳,也许应该比作杨贵妃吧!香山居士诗云:"回眸一笑百媚生,六宫粉黛无颜色。"每年四月的牡丹花会,不正是那国色天香艳冠群芳之时吗?

当你徜徉在牡丹丛中,可见"姚黄"的璀璨,可见"魏紫"的晶莹,可见"二乔"的风姿,可见"雪塔"的如玉,更有那铺天盖地的"洛阳红",把个繁华的新城簇拥得富丽堂皇,熏染得氤氲芬芳。这九朝定鼎的历史文化名城,整个就像一朵硕大无朋的红牡丹,盛开在中原大地上。

那洛阳城内,早已是熙熙攘攘,万人空巷,男女老少,一个个如醉如痴,在那花前叶下,也不知拍了多少张彩照。想当年,牡丹原是得罪了武则天,才被贬到洛阳来的;到如今,那女皇早已到无花可赏的黑地狱去了,而牡丹仙子却得以永葆青春,把美丽献给人民。

(四) 龙门

夜宿香山,白乐天的美丽诗句在梦中缤纷;晨起散步,见伊河对面翠绿的龙门山围着白色的纱巾，大小高低的石窟朦胧在雾岚之中。

这里是大禹斩蛟龙的地方，故称龙门。据说那龙头一昂成了华山，那龙尾一翘成了嵩山。这里又是鲤鱼跳龙门的所在，据说那些由此进入黄河的鲤鱼，便取得了入海化为龙的资格。而那龙门石窟中的十万余尊佛像，乃是北魏以来无数龙的传人的杰作。

顷刻间，红日东升，白雾四散，我惊讶地看到了一条活生生的巨龙：那五彩斑斓、长达一公里的人流，蜿蜒起伏在石窟前的山路石阶上，无数的照相机闪动着鳞甲的亮光，无数龙的传人到这里来观赏、了解、温习、反省、探求……正是他们，使涅槃的东方巨龙获得了新生。

新生的巨龙啊，愿你从此腾飞吧！

滕王阁之魂

正当"时维九月,序属三秋"的美好季节,我到南昌去探访心仪已久的江南名楼滕王阁。

滕王阁给年轻诗人王勃以灵感,又借美文《滕王阁序》而万古流芳。"落霞与孤鹜齐飞,秋水共长天一色"的名句,美化了多少人的想象,净化了多少人的心灵,强化了多少人对艺术的追求?

然而,我没看到美丽的滕王阁。我看到的只是一座初具规模的水泥骨架,寂寞地耸立在清冷的赣江边——老的滕王阁早已死去。于是,我想起了王勃的悲哀,我的心也禁不住悲凉起来了。

"阁中帝子今何在?槛外长江空自流!"当王勃登楼赴宴之时,造阁的滕王李元婴已不在人间。王勃联想到自己"时运不齐,命途多舛",竟对滕王阁也作了不祥的预言:"呜呼!胜地不常,盛筵难再。兰亭已矣,梓泽丘墟。"果然,滕王阁不久就与石崇的金谷园一样化为丘墟。而诗人自己的命运似乎更加悲惨,他从南昌到交阯去探望被贬谪的父亲,竟在渡海时溺水夭亡,年仅 26 岁。诗人身后,还遭到一些无知文人的讥笑,一直到杜甫出来为他辩护,这才翻了案。

历史已经证明了杜甫的光辉论断:"尔曹身与名俱灭,不废江河万古流。"王勃将永垂青史,经他赋予艺术生命的滕王阁也在 1300 年间历尽沧桑,28 次重新崛起,而富豪石崇的金谷园,却早已灰飞烟灭,踪迹全无。这难道是偶然的吗?

还是王勃说得好:"君子安贫,达人知命。老当益壮,宁移白首之心?穷且益坚,不坠青云之志。"想到这里,我的悲凉早已烟消云散,也不因未看到建成的滕王阁而惋惜了——我已经看到了滕王阁的灵魂:那就是诗人王勃的文采与人格,那就是爱与美的结晶。因为具有这样的灵魂,滕王阁是不会死的。回到镇江不久,收到南昌晚报殷副总编来信,告知滕王阁已于重阳节封顶,盛况空前,明年此时可以正式开放,欢迎前去观光云云。

于是,我满怀信心地期待着看到一个更加壮观美丽的滕王阁。

开放的群山

宁化是一个使人遐想发人深思的地方。

汽车在宁化无数的山头之间穿行,从车窗望出去,满眼郁郁葱葱:松树、杉树、槐树、樟树,还有叫不出名儿的许许多多的树,上上下下四面八方排着队,仿佛在接受我们的检阅。这个县的森林覆盖率竟高达百分之六十三,真是名副其实的"绿色的海洋"。

我们现在是到这绿色的波峰浪谷深处去,那里有一个水平廊道式与竖井分层式相结合的奇异溶洞,叫天鹅洞。洞内垂直景观发育之奇,钟乳石造化之美、分布之密,堪称福建溶洞之冠,因而宁化人都把这"海底龙宫"当作他们的"县宝",引以为荣。

关于洞的来历,自然有许多神话传说:美丽的仙女,勇敢的小伙子,善良的天鹅,凶狠的老鹰之类;但我感兴趣的却是一个真实的故事。一个嘴馋的小男孩,偷了农民的橘子,被追得走投无路,便钻进山腰上一个小小的洞口——于是,这被封闭了两亿八千万年的壮丽景观便辉煌地展现在他眼前了。现在,宁化县政府已经投资一百万元,使"天鹅洞群风景区"初具规模,不久就可以给宁化人带来每天一万元的经济效益。

当这些山头封闭着的时候,它们似乎都是雷同的,单调的,贫乏的;而当它们敞开了自己博大的胸怀,我的天,那是何等丰富多采的内涵啊！所以，我总觉得，这个小男孩实在是宁化县的一大功臣，应当为他在天鹅洞口塑一尊像。

说到塑像，在宁化县城就有一尊，那是蜚声中外画坛的"扬州八怪"之一黄慎的塑像。这位黄慎先生，出生在当时交通十分闭塞的宁化，却是一位勇于开拓创新的艺术大师。他从33岁起离家远游，浪迹于福建、江西、广东、浙江、江苏等地，真所谓读万卷书，行万里路。后来，客居扬州十二载，又来往于南京、镇江、仪征、淮安、海州等地，名噪大江南北，终于在艺术上独树一帜，形成诗书画"三绝"。

对宁化人来说，黄慎只不过是众多客家名人当中的一个例子罢了。他们向你介绍客家人的时候，真是眉飞色舞，如数家珍，因为大多数客家人的祖地，就在宁化县的石碧村。

这个小小的村庄，名声已经远播海外，掀起了一阵阵寻根热，招来了无数的观光客。所谓客家，是指汉族一个特殊的支系。客家先民原是中原汉人，后来为避战乱饥荒，辗转南迁，有一部分定居石碧，又由此陆续扩展到南方各省以至七十多个国家和地区，繁衍到现在，人数已达五千多万。客家人在长期的艰苦开拓中形成了闻名于世的"客家精神"，产生了诸如唐代名将郭子仪，民族英雄文天祥，收复台湾的郑成功，大败法军的刘永福，一直到洪秀全、孙中山、朱德、叶剑英、宋庆龄等数不清的杰出人物。你说，宁化人怎能不因此而自豪呢！

说来有趣的是，当初客家人找到石碧这个地方来安家，倒的确是为了寻找一个封闭的环境。石碧古称玉屏，唐代改称石碧，四面群山环绕，是一块一百多平方公里的盆地。更有趣的是，在石碧村以北五公里处，有两山夹一石径，南端为一隘口，仅容一人通过。过了隘口，则天宽地阔，豁然开朗。我们到石碧一看，果然是"土地平旷，屋舍俨然。有良田、美池、桑竹之属。阡陌交通,鸡犬相闻",不由人不想起陶渊明的《桃花源记》。虽不能说陶渊明所记的那个"不知有汉,无论魏晋"的地方就是石碧,但这篇千古奇文有可能就是中原汉人南迁的曲折反映,而不见得仅如许多人所说,是一个纯粹虚构的"乌托邦"。

但陶渊明的局限在于,他的桃化源中人太保守,太封闭,太安于现状了,而客家人正如鲁迅所言:"一要生存,二要温饱,三要发展",他们是勇敢的开拓者。三十年代初,宁化十分之一的人参加了红军。长征开始时,这里是四个起点县之一。毛主席曾在这里作诗曰:"宁化、清流、归化,路隘林深苔滑。今日向何方,直指武夷山下。山下山下,风展红旗如画。"我现在想到这首词,就仿佛看到了宁化更加美好的明天。

去东北看火山

　　面对火山爆发,恐怕是任谁都会感到震撼不已的吧？那种心情,除了恐惧之外,更会有壮观、惨烈、痛快、酣畅淋漓等复杂的感受。鲁迅在《野草》的《题辞》中说:"地火在地下运行,奔突;熔岩一旦喷出,将烧尽一切野草,以及乔木,于是并且无可朽腐。但我坦然,欣然。我将大笑,我将歌唱。"从这段话分明可以看出,鲁迅是非常敬畏并且赞赏这天地之"大美"的。

　　2002年和老伴去意大利玩,很遗憾行程中没有到半岛南方的安排,因为在那边的拿波里湾旁边,就有著名的维苏威火山。它在公元79年8月爆发时,竟活生生地整个埋葬了庞贝古城。这真是非常"残忍",但其实在火山也并非"有意为之",只能怪人类自己不了解大自然。2006年游日本,从东京去著名的箱根风景区,曾目睹大涌谷中腾起漫天的黄白色烟雾,那正是"地火在地下运行,奔突"的证明,而就在不远处耸立着的富士火山,却成为美化日本的一大标志了。

　　至于中国的火山,则以东北为多。东北有三处著名的风景胜地:一是高踞于长白山区白头山巅的天池,二是闪烁在牡丹江流域的镜泊湖,三是隐居在小兴安岭南侧台地上的五大连池。这几处水面,都是火山爆发后形成的堰塞湖。

　　天池山高路远名声大,且因所谓怪兽的出没被涂上了神秘色彩,历来是东北旅游最大的诱惑。但在出发前,我却从电脑上查知:这位仁兄架子很大,经常躲在云雾中睡大觉,去100个游客,竟然只有20个能见到它的尊容。于是犹豫起来,在哈尔滨没去,在长春也没去,最后到沈阳下了决心要去,却又找不到接纳我们的旅行团了。正在懊丧的时候,碰到两位刚从长白山上下来的老人,态度非常鲜明地劝我们说:"没意思!啥也看不到!去了三次都没看到!"这一来,我们也就死心了。谁知,就在我们快要回家的一天晚上,电视上竟播出了一位记者拍下的天池中怪兽身影的画面:一大五小,如同鱼鳍一般的东西,分明在湖水中起伏……天哪,这可恨的长白山天池,又在痒痒地诱惑着我们了。

镜泊湖我们是在哈尔滨参团去的,结果也令人大失所望。由于今夏东北的干旱,著名的吊水楼瀑布竟然滴水全无,裸露出一个丑陋的石头大窟窿,使人想起鲁迅从反面看开屏孔雀的形容,真是扫兴之极!还有那先前非常吸引我们的所谓"地下森林",原来就是在火山口里长满了密密的树林,使你根本无法看清它的真面目,当然你也根本无法再走下去。导游们只是围着火山口介绍一些名贵树木,仿佛在参观一个植物园。想看的它藏而不露,不必有的却喧宾夺主,而那镜泊湖的山光水色,在我看来,也只相当于我们苏南的天目湖,而且并无沙锅鱼头解馋。

幸运的是,所有的失望和懊丧,都在五大连池得到了足够的补偿。在那里,我们看到了非常完整、极为丰富的火山地貌,那些相貌丑陋而又千奇百怪的火山熔岩,泛滥成黑浪翻滚的"海洋",奔涌出顿失滔滔的"河流",悬挂着瞬时定格的"瀑布"。而在这仿佛失去时间的神秘空间中,正有不少条"巨蟒"在扭动,一大片"鳄鱼"在潜伏,无数只"海龟"在爬行,好几头"大象"在守望……不过,它们早已被造化施了定身法,凝固成一座抽象写意的岩雕动物园。当你惊叹着欣赏这曾经摧毁一切的熔岩流时，两百多年前火山爆发的壮观场景就在你脑海中复活了："墨尔根东南，一日地中忽出火，石块飞腾，声震四野，越数日火熄，其地遂成池沼。"这是清朝人西清关于1719年此地火山爆发的记载。1720年，火山再次爆发，并持续到1721年才逐渐停歇，另一位清朝人吴振臣又作了如下描述："烟火冲天，其声如雷，昼夜不绝，声闻五六十里。其飞出者皆黑石、硫磺之类，经年不断，竟成一山，直至城郭，热气逼人三十余里。"

实际上，与其他许多高峻的火山相比，五大连池火山群实在是太不显眼了。它的14座火山相对高度都只在100米上下，还有许多高度几米到20几米的"迷你"型小火山，你不特别注意根本就发现不了，所以我称它们为火山界的"隐士"。从远处看五大连池一带，是地势平坦的草原；当汽车渐渐开近，才看到地平线上隆起几个小小的山包。我当时的联想是，就像人皮肤上长出的小疙瘩。有趣的是，这些火山都排列在几条方向不同的直线上，如同棋盘上的棋子一样有规律地分布，而这是由火山爆发时地壳的直线断裂带所决定的。

爬了300多级石阶，我们登上了曾在1719年爆发的老黑山。它海拔515米，相对高度只有165米，山顶上的圆锥形火山口像一个巨大的黑褐色漏斗，大约有100多米深，内壁陡峭，寸草不生。游客们都怀着敬畏的心情向它的底部张望，但它通向地壳内部的"喉管"已被塌陷下去的岩石堵住。没有谁敢于试探着下去，媒体最近刚刚报道，有一位台湾女游客就在某火山口掉下去摔死了。于是大家都只能在火山口的边缘照照相，或者沿着火山口的周围流连往返。

参观五大连池火山群这个极其珍贵的"火山博物馆"，可以使我们对火山有更加全面的了解。原来威力如此巨大的火山，并不一定都要像非洲的乞力马扎罗,或者美洲的佩德罗那样高耸入云,昂首天外,它们也可以像一个个小山包那样毫不起眼,甚至像一个个小土堆那样低眉顺眼,而一旦爆发起来,照样震惊世界。1942 年 2 月,有一位墨西哥的农民,竟亲眼目睹从自家的玉米地里冒出来一座火山,它一面怒吼着一面长高,一个星期后达到 100 多米——这就是传为奇谈的帕里库廷火山。

"行走在消逝中"

今年6月7日下午，当我看到"行走在消逝中"这样一道高考作文题的时候，我真感到"晕"了！这好像是在考诗人和哲学家，普通的高中毕业生怕是要"化力气为糨糊"了。当然，过一段时间，媒体照样会拿几篇"高分作文"乃至"满分作文"出来炒炒，可是那成千上万也许不知所云的作文，却只好躲在试卷堆中隐隐哭泣了。此亦所谓"一将功成万骨枯"之意也！

但是这文章到底该怎么做呢？根据现在最流行的"时尚股"，做文章必先搜寻名人经典、美文警句之类，于是立刻想到了"子在川上曰：'逝者如斯夫！'"——这"消逝"不就有了？然而夫子当时却并未"行走"，他老人家只是站在河边大发感慨而已。

于是下决心自己出去"行走"一番。一个月时间，几乎走遍了白山黑水之间。你还别说，我还真在"行走"中发现了许多已经"消逝"或正在"消逝"的东西。

首先是世界对我的称呼改变了。从前是大人叫我"同志""先生""师傅"之类，孩子则多半叫我"伯伯"；现在却重新统一了口径，孩子叫我"爷爷"，大人叫我"大爷"，甚至有人尊我为"老太爷"，直把我叫得一愣一愣的。于是，不免伤感地回想起少年时代喜欢唱的歌："我的青春小鸟一样不回来……"人可真奇怪，少年时代青春正旺，却喜欢扯着嗓子唱青春像小鸟一样飞走了；这下好，真的一去不复返了……

不管它，继续"行走"，于是又发现不仅人的青春会"消逝"，大自然的青春也不能永葆。在照片上美得如同小"尼亚加拉"的镜泊湖吊水楼瀑布，今年由于东北的干旱竟然滴水全无，只剩下一个石头大窟窿，如同张开着一个渴得发不出声音来的"喉咙"。在去满洲里的火车中，我满怀期望地坐在窗边，等待着扑进呼伦贝尔草原"天苍苍，野茫茫"的怀抱，然而我最终看到的，却是一个正在退化的草原：薄薄一层稀疏的草，草根处露出黄色的沙土，偶尔有一群没精打采的羊，多半低着头不知在想什么……我当时竟产生一种可怕的联想：如果没了这点草，剩下的不就是"戈壁滩"了吗？后来碰到当年从呼伦贝尔来到镇江的老同事黄智，他说你得在七八月份去，而且应该在海拉尔下车，到呼伦贝尔的"腹地"去看看。可是，如果要到草原的"腹地"才能看到真正的草原，那不正好说明，草原的"外围"已经即将"失守"了吗？

当然，更要注重观察的是社会，看看它是否也正在丢失一些东西。在 B 城火车站，我发现车站月台完全是露天的，上面并无顶棚，如果是下雨天，岂不是要淋着雨上车了吗？而在颇大的候车室里，竟然只有三四排座椅，很多旅客只好站着，或者练习"行走"。更荒唐的是居然没有厕所，问之则曰："外面有"，而"外面"是要收五毛钱"方便费"的，回来呢，还要再接受一次"安检"。向一位车站职工请教其中的缘故，他却淡然答曰："这个你要问站长。"看着他漠然的脸色，我不禁茫然若失，但一时也未及细想，究竟又有什么东西"消逝"了。

还有一次是在 S 城到 C 城的火车上，一位女列车员笑容可掬地向大家展示一种神奇的袜子。她请一位旅客帮忙把袜子抻直，然后用一根钉子戳进袜子，在袜子中拉来拉去，而袜子竟毫无损伤。于是，她就在旅客们惊讶的赞叹声中宣布：10 元钱一包三双,再优惠一双。大家心中一算,只要 2 元 5 角一双,于是纷纷掏钱,而我与老伴则相视一笑,觉得分外有趣了:因为我们昨天刚在 S 城的公共汽车上买过,是 10 元钱买一包送两包共 9 双,平均 1 元钱多一点一双。所以,现在凡掏 10 元钱者,起码有 5 元钱不翼而飞。而随着那些"消逝"的 5 元钱进入列车员的腰包,她笑容中的诚意也早已荡然无存了。

闲话说到这里,好像陷入了一种令人扫兴的"片面性":怎能只算"出账"不算"进账"呢?你看那位男列车员,不是在一直忙着打扫,确乎是一位东北的"活雷锋"吗?而我们所接触的许多东北人,不也还是像过去一样豪爽、实在和热情吗?所以说,生活中不仅有"消逝",也还有"坚持"和"新生"。正如呼伦贝尔的草能够"春风吹又生",重新给人希望;吊水楼的瀑布也一定会"死而复生",再展美丽风采。

于是我又想起与孔子同时的古希腊哲学家赫拉克利特,他曾说过这样的话:"人不能两次进入同一条河流,因为无论是这条河还是这个人都已经不同。"依我看,赫拉克利特在河边的感悟要比孔子深刻一点:因为他不仅看到了"消逝",同时也看到了"新生";不仅看到了"河流"的变化,同时也看到了"自身"的变化。这就是说,一切都在新陈代谢中变化发展。

能够这样想,心里也就释然了。

欲与深圳比翼飞

深圳的大名如雷灌耳,黑河却鲜为人知,把这两个地方相提并论,或许有人会不以为然吧!

1984年,胡耀邦到黑河视察,留下了"南深北黑,比翼齐飞"的题词。虽然后来由于种种原因,黑河的发展大大落后于深圳,但我们今天看到这八个大字,却依然惊叹于中央规划改革开放的恢弘气势和战略眼光。

从齐齐哈尔到黑龙江畔的黑河,可以坐火车经北安直达,其中北安至黑河300多公里,是全国最长的地方铁路,投资3亿5千万。从哈尔滨坐飞机到黑河,只要一个多小时,不久将在黑河新建一个现代化机场。从黑河到周围各地,汽车四通八达。沿黑龙江航行,向上可到"北极村"漠河,向下可到奇克。到对岸俄罗斯阿穆尔州的布拉戈维申斯克市,则只需一刻钟而已。连接两岸的黑龙江大桥,今年就要动工。

与黑河"门当户对"的布拉戈维申斯克市,人口23万,是俄罗斯远东的第三大城市。在我国与前苏联全部七千多公里的边境线上,这两个一衣带水的城市规模最大、距离最近、级别最高、功能最全,如今已成为"东北亚经济圈"的中心地带。1985年以来,本来只有六七万人的黑河市区已经新增了100多万平方米的城市建筑,仍然不能适应形势发展的需要。前一阵子,一些人到了黑河实在找不到住处，只好通宵达旦地在黑龙江边散步。好在这里已是北纬51度，下午八点多钟天才暗下来，到凌晨三点多钟，天就开始亮了。热情的黑河人不忍心将客人拒之门外，有关方面已做出决定所有单位乃至居民住户，均可接待，一律免税。与此同时，一批宾馆饭店正在加紧施工，忙得热火朝天。

到黑河有两个地方非去不可，一是三公里长的黑龙江堤。这里江水温柔，树影婆娑，长椅石凳，点缀其间。夏日的傍晚，人们特别喜欢到这里来散步聊天。眺望异邦的港口、楼群、风景线，微风中有时会飘来优美的俄罗斯民歌的乐曲声。感觉着背后有960万平方公里的坚实大地，视线穿过想象中无边无际的西伯利亚荒原，会在心旷神怡之中体验一种未曾经历过的神圣和超越。黑河的另一个好去处是"俄罗斯商品一条街"。这里终日熙熙攘攘，中外商贩云集，不时可以听到腔调生硬的"同志"和重音发得很好但没有卷舌音的"达娃列希"。黑河与布市的边境贸易是1987年9月恢复的。当时，黑河边贸公司首次用208吨西瓜换回306吨化肥。前苏联阿穆尔州执委会副主席感慨地说："咱们再也不能老死不相往来了，用中国话说，远亲不如近邻，近邻不如对门嘛。"

黑河最吸引人的活动莫过于双方对等组织的"一日游"。从1988年9月开始，已有16万多人参加。由于"一日游"与边境贸易相结合，不仅开阔了游客的眼界，而且刺激了产品销售，繁荣了集贸市场，增加了财政收入。由于"一日游"的开展，两岸的关系更加融洽友好了。在科教文体卫诸方面也开始了更多的联系和合作。布市甚至流传这样的说法："有事找黑河，不找莫斯科。"去年圣诞节，一筹莫展的布市市长向黑河求援，黑河硬是给对方的全体儿童送去了3万份礼品。

1991年，黑河市又投资建设了位于黑龙江上的大黑河岛贸易市场,全面开展中俄边民互市贸易。今年在邓小平南巡谈话精神传达贯彻后,黑河经济特区的发展更呈现出突飞猛进的态势。大黑河岛将建成比沙头角更优惠的境内关外的自由贸易区,黑河将建成现代化多功能的国际开放城市。

黑河真是个好地方! 它的面积相当于两个海南,将近一半覆盖着森林,土壤肥沃,水系纵横。它有肥美的草原,丰富的矿藏。在改革开放的大好机遇中,它的未来是无可限量的。

诗记新疆游

　　我曾两次畅游新疆。访吐鲁番，游乌鲁木齐，沿天山西行，止于军垦新城石河子；南向止于库尔勒，又曾过塔里木河，直逼塔克拉玛干大沙漠腹地。其间见闻缤纷，五光十色，竟至杂乱而不能成文。所幸沿途偶有凑韵之作，今拾其六，以记新疆之游。

　　尝遥望吐鲁番之火焰山，见土色暗红，寸草不生，盖因孙大圣借铁扇灭火之后，千年犹未冷却，是故赤日炎炎，俗称火州。然造访葡萄沟之时，又见蓝天白云，绿杨森森，姑娘欢唱，葡萄熟了。据维族老乡介绍，此皆打坎儿井万千，引地下水成暗渠之功也。惊叹之余，吟成一首：

> 朱龙百里舞荒滩，
> 大圣威传吐鲁番；
> 更有群英维吾尔，
> 火州地下引清泉。

　　盛夏入新疆参观访问，所到之处，瓜果不绝于口，唯恨其胃不能承受太多耳。余有一首，赞哈密瓜曰：

> 脆嫩甜香世所鲜，

八方远客尽开颜，
君云瓜味甜如蜜，
我赞人情比蜜甜。

又曾秋至乌鲁木齐，于烈士陵园瞻仰陈潭秋、毛泽民、林基路三烈士之墓，恨军阀盛世才之背信弃义，作诗记之：

边城肃杀万枫红，
烈士陵园祭鬼雄。
碧血流丹山下石，
忠魂化绿路旁松；
神州痛骂世才匪，
赤县争传贤弟兄。
转眼春风遍塞外，
诸君笑慰花丛中。

吐鲁番盆地内有高昌故城遗址，其城始建于公元一世纪。太宗时平定高昌叛乱，唐将姜行本立有纪功碑，实为中国统一之历史见证，于是作诗宣扬之：

火焰山前废古城，
残垣断壁今犹存。
汉家戍卒屯田处，
隋代千金姑舅门；
平叛功碑行本迹，
传经佛殿玄奘声。
莫嫌此地无风景，

一统中华见证人。

新疆乃多民族聚居之地,其哈萨克族善驱驰,民风健朗。尝表演其"姑娘追",小伙子可向姑娘表示爱慕,姑娘则纵马追之,举鞭抽之,其轻重心中自有数,小伙子不得还手也。有诗记之:

　　草原千里尽朝晖,
　　华夏各族会北陲,
　　赛马健儿鞍未下,
　　笑声起处姑娘追。

新疆男女老少皆能歌善舞,其女舞仪态优雅,其男舞幽默风趣。内地人观之,不胜羡慕之至,往往亦参与其间,手舞足蹈一番。余虽不能舞,亦难抑心中之兴奋,遂作语言之歌、文字之舞而和之:

　　唢呐声声绕白云,
　　翩翩起舞正芳龄。
　　身如绿浪随风起,
　　眼似流星无限情;
　　玉指翻时花绽蕾,
　　红鞋旋处雀开屏。
　　开心最是买买提,
　　如醉如痴转不停。

"世界屋脊"旅行记

自从李白写了《蜀道难》，把世上路途的艰险已经形容到淋漓尽致的程度。只可惜他当初没有到过西藏，否则又不知会写出何等鬼斧神工般的文字来。在下沾了晚生一千多年的光，于1974年，作为江苏省首批援藏教师队的成员，倒是去了一趟"世界屋脊"。然而我决不敢，也写不出半句《藏道难》，只好说几件旅行中的趣事，给不大出远门的朋友听听，权作茶余饭后的消遣吧。如果读后竟觉得多少增加了一点见闻，那就不胜荣幸之至了。

差点把卡车挤下悬崖

我们是从成都坐汽车进藏的。李白在《蜀道难》结尾处警告人们说："锦城虽云乐，不如早还家"，然而我们没有"还家"，却以锦城为出发点，继续向西前进了。

第一天到了雅安，一路上倒真是又"雅"又"安"，因为车还在成都平原上开。第二天就开始爬二郎山了。这二郎山海拔3200公尺，只能算青藏高原的第一道台阶，然而它从成都平原的边缘拔地而起，直上云天，相对高度是够吓人的。

汽车沉闷地哼着，沿着当年解放军开凿的公路盘旋而上，渐渐地开到白云当中去了。我的脑海里回旋起"枯树荒草遍山野"

的歌声,眼前却见青松翠柏,飞瀑流泉。向上望,岛屿一般的山峰在云海中隐现;往下看,山谷中也是雾海茫茫。有一处,瀑布竟从公路上方飞泻而下,汽车就从那珍珠的急雨中穿行过去,好像到了孙悟空的水帘洞。

然而,路是越来越窄了,右边是高耸壁立的山崖,左边是深不可测的悬崖。就在这时,对面来了一支车队。我们的车在一处较宽的地方靠着山崖停下来,让他们过去。车队小心翼翼地沿着悬崖边,像走钢丝那样慢慢开过去。一辆,二辆,三辆……突然,我们看见左边那辆卡车像船一样摇晃起来,有人失声惊叫;与此同时,那辆车上的驾驶员猛踩刹车,卡车就这样歪在了悬崖边,右后轮已经悬了空。人们都在惊慌中跑下车来,一片忙乱,而那位驾驶员为了保持卡车的平衡,仍然镇定地坐在驾驶室里,嘴里还叼着一支香烟,一直坚持到别的车好不容易把这辆差点跌下悬崖的车拉回到公路上。

大衣、汗衫相逢在折多山下

在川藏公路上旅行,有这样两句话,叫做"车在群山中转东南西北,人在一日里过春夏秋冬"。对前一句,上了二郎山就开始体会到了。从成都到拉萨两千多公里,这汽车可不就是这么晕头转向地跳着交谊舞进去的么? 对后一句,先还有点不相信呢! 我们是七月份进藏的,正是盛夏季节。记得在泸定桥边住宿的那一夜,天热得简直叫人受不了。可第二天汽车驶过海拔三千公尺的草原,眼前竟梦幻般出现了"麦苗青青菜花黄"的春天景象,令人有物换星移、时光倒流的奇妙感觉。到了开始爬达马拉山的时候,却又是"天凉好个秋"啦! 车在山上转了四个多小时,大家就陆陆续续忙着加衣服。车过卡奇拉兵站时,竟然大雪纷飞,寒风刺骨。当穿着军大衣的战士们给我们端来热气腾腾的开水时,我们对"军民鱼水情"的体会就比以前深得多了。7月16日,又是一场大雪,其时我们的车正在狭长的邦达草原上行驶。积雪足有几寸厚,一片白茫茫,连绵起伏的远山在车窗外缓缓旋转着向后退去,我们这才真正领略到了"山舞银蛇,原驰蜡象"的艺术情趣。

最有趣的要算两年后我们从高原上下来时看到的一幕了:那时我们都有了经验,路上带足了衣服。当汽车从高寒的折多山顶直放山下时,我们都裹在厚厚的棉大衣中。到了山下,碰到一支从泸定进藏的车队,驾驶员都脱得只穿个汗背心。于是,大家都开始在笑声中一件件脱衣服,又从冬天直接进入夏天了。

乘汽车在昌都城"空降"

昌都,是西藏的东大门。可是,要进这个大门真不容易,它非要你像神仙一样从天而降不可。在它东方有一个巨大的屏障,那就是达马拉山。我们的汽车花了将近六个小时,才终于绕过最高峰,到了山的另一边。这时,只听驾驶员激动地喊道:"看,下面就是昌都!"我从车窗边往下一看,嗬,昌都城尽收眼底:一大片鳞次栉比的屋顶,平铺在黄苍苍的澜沧江畔。公路像一条白色的绸带,曲曲折折,不知拐了多少个弯,一直飘向昌都城。我们就这样带着一种神仙下凡的奇妙感觉,沿着这条飘带蜿蜒而下。多年来,我们总是习惯于目标在前面,而这一回它竟然在深不可测的下方。这种坐汽车"空降"的印象,委实令人终身难忘。

想当年,挺进西藏的中国人民解放军第十八军,正是神话般从达马拉山上"飞临"昌都城的。在此之前不久,忠于祖国的格达活佛,为了争取实现西藏的和平解放,在昌都惨遭英帝国主义的特务毒害身死。在此之后不久,西藏地方政府的代表即由昌都前往北京。1951 年 5 月,中央人民政府和西藏地方政府签订了和平解放西藏办法的协议。从此,西藏的历史就翻开了崭新的一页。

在怒江峡谷遇到大塌方

在横断山脉的怒江峡谷行车,真叫惊心动魄,那里山顶与谷底的高度差在 2500 米上下。一天下午,我们的车在一座大山上抛了锚,一直修到晚上八点三刻,急急忙忙下山,天就渐渐黑了。(由于时差的关系,西藏夏季九点左右天才黑)黑暗中,只觉得车在快速地下沉,外面的山越来越高,黑压压遮满了整个车窗。车如脱缰之马,直向谷底的怒江冲去。正在前不巴村后不着店的时候,汽车进入了一处严重塌方区。山上不时有石块飞下,我们不得不几次停车,下车迅速搬走公路上的石块。到了晚上十点多钟,终于陷入了走投无路的绝境:右上方的一座小山头整个垮下来,掩埋了从山腰穿过的公路,形成一个几十公尺宽。不时有石块往下滚的斜坡;而在公路的左下方,大约 100 多米长的陡坡下面,就是汹涌澎湃、流速达每秒八米的怒江。这一切,我们是在第二天天亮以后才看清楚的。而当时,我们只好在车上老老实实地坐着,等着地球慢慢地、沉重地转过身去。这一天,我们只是在早上出发时吃了一顿稀饭,因为想抓紧时间赶过这一段险路,中饭就免了。现在,一个个肚子早已饿得咕咕叫,身体异常疲劳,而大脑又兴奋异常,怎么也睡不着。在浓重的夜色中,我突然看到对面山腰上有几点火光,心情顿时紧张起来,但又想到相声里说过"对面能说话,相逢得半年"的话,这才放下心来。

第二天,一直等到中午时分,斜坡才比较稳定。我和几位同事手足并用,小心地尝试着,连走带爬,终于过了这段斜坡。打头的那位"勇士",手里拿着把清理探路的铁锹,就在快到斜坡对面的时候,突然看到上面有石头滚下来,吓得他把铁锹一扔,三步并作两步冲到前面的公路上,而那铁锹竟顺着斜坡,一直滑到江边去了。当我们一个个从危险的斜坡踏上坚实的公路时,那种心情,才真叫"柳暗花明又一村"呢!然而,在我们后面的大部分人,也许是不愿意丢掉直立行走的尊严吧,愣是不肯过来。最后,只好在一位藏族猎手的带领下,花了几个小时,从一条小路翻山,再下到这边公路上来。至于驾驶员,就只能守在车里,吃着大家凑给他的干粮,同越来越长的车队在一起,等待着道班工人把路修通了。

兵家必争之地的误会

我们闯过塌方区,在公路上心情非常轻松地步行了十几里,就看到了前面有一座怒江大桥,听说那儿有驻军。我们想到卡奇拉兵站的动人情景,恨不得插上翅膀,马上飞到战士们中间去。果然,我们很快就受到了极为热情的接待。战士们一下子看到这么多不远万里而来的客人,都非常高兴。他们先把我们安顿在一座碉堡里休息,很快又炒了一大锅油汪汪的包菜,煮了足够我们吃的米饭。我们哪里还顾得上客气,一拥而上,个个狼吞虎咽,如风卷残云一般,把那些饭菜一扫而光。吃饱喝足以后,一个个怡然自得,到江边看风景去了。

好一条怒江,确实是世上少见的天险!江水从峡谷中冲出来,似敲响千面鼓,如砸翻万斛珠,呼啸着奔腾而去。江的这边,耸立的山峰仿佛要压到头顶上,虽仰望亦难见全貌;江的对面,竟是垂直九十度的悬崖峭壁。而这座钢铁的大桥,就直接穿入那峭壁之中,不知通往何处去了……

试问,有谁能不惊叹这造化的无穷威力呢?有谁能不更惊叹这人定胜天的创造奇迹呢?我们的队伍中,有一位会画画的先生，终于因激动而技痒，竟坐到江边，掏出个本子画将起来：峭壁，隧道，大桥，哨兵……忽然，在他的身后，来了一位连长，用钢铁般的声音命令道："把本子给我，跟我来！"于是风云突变，形势急转直下。这位先生被请到一个小房间里，还享受到门外加一个岗的待遇。我们则统统被请出碉堡，走回去几里路，睡到一个道班房堂屋的地上去了。在那样的兵家必争之地，又在那时刻准备打仗的年月，大家都念念不忘阶级斗争，你能说这位连长做错了吗？所以，当那天深夜，前面八宿县的县委领导派车来接我们走的时候，给我们带队的军代表经过磨破嘴唇的苦苦哀求，才终于把这位倒霉的"画家"保释出来，跟我们一道前往八宿县。

就这样，从成都到西藏林芝县八一镇，两千多公里的路程，我们竟走了整整 18 天。在川藏公路上行车的艰难险阻，不去走一趟实在是无法想象的。虽然有时苦不堪言，但沿途那美丽的风光，丰富的见闻，却又使你感到此行不虚，终生难忘。

高原风

　　高原的夜晚，繁星闪烁。一位藏族老乡，给我们讲起了风暴和七兄弟的故事。他说在很久以前，被藏族传奇英雄格萨尔王杀败的妖魔鬼怪纠集在一起，变成了风暴。它常常横扫高原，把牛羊、庄稼和帐篷都席卷而去。后来，有七个兄弟为大家修建了坚固的三层楼房代替帐篷。人们住进中层，牲畜关在楼下，最上一层晒粮食、供佛神。人们再也不怕风暴的威胁了。白梵天神知道了这件事，就把七兄弟请上天界，替天神盖房子，那就是北斗七星。它们在天空会移动位置，是因为完工后又换了地方的缘故。

　　高原的风确实很厉害。即使在气候温和的"西藏江南"八一镇，一年也要刮上半年的风，大大小小的沙粒子打在人脸上，生疼生疼，眼睛都睁不开。泥土大概早就被历年的风刮走了。这儿的河滩上、大街上，到处都是大大小小的鹅卵石。有一次，我们决心在校外的一块平地上，造出一块"大寨田"来种麦子，于是全体师生就像蚂蚁一样来来回回地忙碌着，把那些无穷无尽的、从地下挖出来的石头背走，再从别处搜集泥土背到这儿来。不幸的是，这地方正好对着一个山口。往往到了下午，大风就从那儿窜出来。它吼叫着，呼啸着，从人们中间一路冲撞过去。你背着石头往前走，它死死地顶着你，又突然一松，叫你差点儿栽倒。

你刚刚把泥土倒下地,它跑过来猛一吹,把灰沙搞得你一头一脸。工地上没人说笑,因为一开口就是满嘴泥,所以只听到人们在暴风中挣扎、搏斗的声音。

有一次,咱们学校在空地上举行文艺演出,大家都期待着欣赏我们班排练已久的《长征组歌》。天气不错,风和日丽,我们的演唱终于开始了……可唱到大约一半的时候,大风忽然跑过来凑热闹了。我正在激情洋溢地指挥,它竟从我背后偷袭过来,吹得我要用一大半力气扎稳下盘。更糟糕的是,它又非常好奇地钻进学生们正在卖力演唱的嘴,把一大半歌声直逼回喉咙里去,呛得孩子们满脸通红;而那剩下的一小半歌声,也被大风卷得不知去向了……

不过,话又要说回来,高原风也有它可爱的一面。有时,它只是在群山间穿来穿去,远远地自顾自玩耍,并不来捣乱。夏天的傍晚,我喜欢在"八一中学"门口的河滩上,欣赏远处群峰的景色。由于阳光明暗、山色深浅、云雾浓淡的不断变化,那景色也总是变幻不定,神秘莫测,没有一天是同样的。有一次,群山间飘着一团白云,在它的下方却有倾斜的雨线在夕阳映照下闪闪发光,看着看着移过来了,可又忽然转向另一边去了。我想,这是调皮的山风在提着喷壶给高原洒水呢。

高原风确实会默默地做好事。那年秋天,我在干燥的拉萨住了一个多月后,开始感到不适应,每天早上漱口时,总会发现鼻子里有血。回八一镇去的时候,第一天住在米拉山下,同行的藏族同志说:"明天过了米拉山,你鼻子里就不会再有血了。"结果真是这样。而且我还发现,米拉山的西坡是光秃秃的,东坡却长满了树,这又是怎么回事呢?藏族同志告诉我说:有一次,文成公主经过米拉山,到了山顶,朝东的一条辫子忽然散了,结果东边的山坡就长满了树;朝西的辫子没散,所以西边的山坡就什么也不长。我听了忍俊不禁，又一次深深领会了藏族同胞对文成公主的情意。其实，这也是高原风的功劳，它从印度洋捎来大量的水分，滋润出藏东南美丽的风光。

夜闯张家界

从天子山下来，又艰难地走过不久前洪水泛滥过的"十里画廊"，我们已经筋疲力尽。导游说，两天来我们上上下下，已经踩了 13000 级台阶。对于我们这几位"老同志"的游兴，他深表赞叹。

当我们到达"水绕四门"的时候，周围已是暮色苍芒。这里是张家界的最低处，是所谓"水止山归"的地方。然而，我们的"止归"之处却远在 10 多公里以外。

"怎么办？"导游望着我们四个：我和老伴、老王和他老伴。

随着一声"走"，我们义无反顾地踏上了也许是我们今生今世最为惊心动魄的一段路程。

其时，天已阴沉下来，大有黑云压城城欲摧之势。白天风光明媚的山峰现在都变成或站、或蹲、或伏的黑色鬼怪，从山路两旁窥伺着我们。老伴眼睛好，她走在最前面，时不时地向我们预报着上几级台阶，或者下几级台阶。好像与她相调侃，从黑魆魆的山林中也时不时地传来什么鸟的怪叫。我于是想起李白的诗："但见悲鸟号古木，雄飞雌从绕林间。又闻子规啼，夜月愁空山。蜀道之难难于上青天，使人听此凋朱颜。"李白所写，尚有明月在天，而我们现在已是伸手不见五指，脚下也只隐隐有一抹灰白，我们只有"跟着感觉走"了……

"当心野狗啊!"导游忽然喊起来,"我刚才看见一只野狗从路上蹿过去了。夜间人少走山路,有时野狗会跟在后面,伺机咬人。你们如果看到路边有亮光,可能就是野狗的眼睛。"

听他这一说,顿时感到毛骨悚然,脑海里又浮现出《福尔摩斯探案》中那只巴斯克维尔的猎犬,那可怕的恶犬在黑暗中两眼就会闪出荧荧的光来。这样想着,浑身的热汗立刻变成了冷汗。

然而在后面保护着我们的导游却忽然来了兴致,兴致勃勃地介绍起来:"我们张家界的飞鸟有 60 多种,走兽有 150 多种,最珍贵的要算华南虎。有一年冬天下雪,林场工人在山上捉到两只小虎,就关在笼子里喂养。谁知那母老虎念子心切,当夜找上门来。母虎在外面抓门,吼叫声震得地动房摇,那小虎就在笼子里拼命地跳。工人们吓得大气不敢出,后来就点火把、放火枪,才把母虎赶走。但它并不走远,第二天夜晚又来。到了第三天,工人们只好把小虎放归山林。"

也许是被母虎的深情所感动,大家反而不感到恐惧了,一路说笑起来,步伐也轻快些了。可就在这时,忽有一阵潮湿阴冷的山风飒然而至,令人惊诧莫名。大家都不约而同地驻足侧耳,只听到"哗哗哗"的声响越来越大:好像有无数条毒蛇贴着地面从落叶中簌簌地向我们游来,又好像有无数妖魔鬼怪从天空撒豆成兵,"杀"声响彻山林。转瞬间,一场漫山遍野的疾风暴雨呼啸而来,雨点砸得我们脸上生疼,浇得我们睁不开双眼,顿时浑身湿透。我这时才想起,眼镜早已是无用的累赘,还戴着它"研究"个啥呢!于是干脆把它塞进衣袋,再把老伴的膀子一夹,拖着她奋勇前进——此时她被凉鞋磨破的脚经雨水一腌,早已疼得步履维艰了。

渐渐地,风雨总算缓了一点,它好像也累了,我们这才松了一口气。然而这时,又听到身后传来沉重的脚步声,有人大声喊着跑过来:"喂,你们慢走,等等我! 等等我!"一直毫无畏惧的导游此时忽然紧张起来,压低嗓门对我们说:"大家不要停,当心坏人!"我们一听,心里也非常紧张,便加快脚步往前赶。那人却越追越近,黑乎乎地向我们逼过来了……

"嗨,好不容易追上你们,大家一起走嘛!"他终于和我们走到了一起。此人身大力不亏,肩扛一根长竹杠,杠上还挂着一串麻花绳。

他和老王并肩走到了前面,我们跟在后面处于高度戒备状态,所幸数量对比是五比一。

"嗨,我是帮游客挑行李挣钱的,没办法。今天太晚了,刚才只有我一个人,把我吓死了! 好不容易才追上你们。你们这几位怎么玩到这时候,请问你多大年纪啦?"

老王在黑暗中提高嗓门喊:"我呀,40 还不到呢!"他的声音听上去气壮如牛,脚步踩得石板啪啪作响。我们不禁暗笑,他竟把自己的年龄减去了 20 多岁。

那挑夫也不在意,居然兴高采烈地唱起山歌来。仿佛是他的歌声点亮了前面的路灯,我们终于看到了张家界宾馆那彩色的轮廓。

宝岛印象

五月底,我们飞抵台湾,下榻桃园县假日酒店。一行人从台北南下台中,游日月潭、阿里山,至高雄,然后由台湾的西海岸绕到东海岸,又北上台东,经花莲,再回到台北。总共七天工夫,我们"检阅"了美丽的台湾宝岛,留下深刻而美好的印象。

(一) 非典疑云

刚下飞机不久,东北的老何便被机场自动测量体温的仪器发现了"情况",再一量,体温三十八度二,大家便一下子都紧张起来。本来,我们早把非典的事忘了。只见几位台湾同胞围着老何忙起来,我们就只好等着。过了一会儿,老何笑嘻嘻走过来说:"验了血,拍了片子,没事。还送我一顶帐子。"大家于是放了心,又好奇地去看他的帐子,质量挺不错的,我心里甚至有点羡慕他。

听说,发帐子是要他睡觉时把自己隔离起来,怕万一蚊子咬了他,万一他又是"登革热"患者,就可能再把病传染给别人。不过,大家并未把这事儿放在心上,因为我们对素不相识的所谓"登革热",并无畏惧之心。到了我们离开台湾的前一天,台湾导游小马,又郑重其事地传达说,经过医务人员的进一步检验,确认老何既没有非典，也没有登革热，于是车厢里顿时笑声、感叹声一片——大家都很感动。

（二）"槟榔西施"

台湾似乎到处都有卖槟榔的，台中一带又好像特别多。都是一间小小的店面，里面坐一位年轻的姑娘，着装都比较时髦。导游说，这就是所谓"槟榔西施"。

西施给人印象之美，那是不用说的了；至于槟榔，我们印象也不错呀！记得过去有一首好听的歌叫《梅娘曲》，歌中唱道："哥哥，你别忘了我呀，我是你亲爱的梅娘！你曾坐在我们家的窗前，嚼着那鲜红的槟榔……"还有一首很流行的歌，头一句就是"高高的树上结槟榔"，那旋律也很动听。在台湾，随处可见一排排、一片片高高的槟榔树，真的好美。

终于，我们的旅游大巴停在了一位槟榔西施的小店跟前，大家都下去买槟榔，那西施高兴得不得了。一位女生拉着西施的胳膊说："我们来照张相吧！"西施高兴地说："跟大陆同胞合影，是我的荣幸啊！"

（三）深山奇遇

日月潭风光旖旎，阿里山林木幽深。台湾的森林覆盖率看来相当高，尤其是在多山的台湾中部，遥望重峦叠翠，到处郁郁葱葱。城市的绿化也很好，有些学校看上去如同花园一般。

那一天，在阿里山遮天蔽日的原始森林里，我们沿着曲折的山路，一边参观景致，一边享受清泉一般沁人肺腑的呼吸。有些地方的树曾经成片地被日本鬼子砍走，但后来重种的树又已成林了。走着走着，我忽然发现一只毛色灰黄的狗总是忽前忽后地随我们一起走，仿佛是陪着我们，甚至是带着我们参观。我们停下时，它悠闲地在四周溜达；我们动身走，它立刻跑到前面去带路；有时跑快了，还会停下来等着我们。

当我们走近一棵非常古老的巨树时，更奇的事情发生了。它回头看看我，便抢先跑到那盘根错节的古树下，坐下来，无比温情地看着我——莫非是在邀请我拍照？无比惊讶的我大受感动，于是轻轻地走过去，走过去，站到它身边，再小心地坐下来，挨着它——而它，竟温顺地一动也不动。就这样，闪光灯一亮，一张奇特的合影便在林海深处定格，也永远留在我心中。

我们离开的时候，它望着开动的汽车，还依依不舍地叫了两声，我也挥手与它告别。

（四）蓝色海湾

在高雄的西子湾海滩，我见到了平生从未见过的美到极致的大海。这里是宝岛的西海岸，对面就是祖国大陆。

那天阳光灿烂，朵朵白云在蓝天飘浮，闪耀着水晶般的光辉；在蓝天下面，海面像绸缎一样温柔地涌动着，也是一派令人赏心悦目的蓝色。近处有一排排白色的浪花跳跃着奔涌过来，远方是渺无边际的蔚蓝，再远处，那水天相接的地方，则是一片神秘的湛蓝。

这就是台湾诗人余光中所慨叹的"一湾浅浅的海峡"，这就是国民党元老于右任为之涕泪滂沱的台湾海峡。还有一位台湾诗人洛夫在怀念唐代诗人李贺时写道："你那宽大的蓝布衫，随风涌起千顷波涛。"他的灵感也是在这儿诞生的吧！

海其实是多彩的，有黄海，有红海，还有黑海，但最美的是蔚蓝色的大海。后来,当我站在台湾东海岸,向着太平洋深处眺望时,看到远方是一片灰暗的色彩。我站的那个地方叫"成功",这地名显然是为了纪念民族英雄郑成功,是他把荷兰人赶出台湾,维护了祖国的完整。

(五)故宫之思

整个台湾之行,我最感兴趣的观光之处就是台北的故宫博物院。因为大家都知道,当初国民党把北京故宫内大量国宝级的文物都运到台湾去了。听说,故宫文物在台北每三个月轮换展出一批,要几十年才能轮完。即便如此,我们那天所见到的文物也使我们目不暇接,结果只能是走马观花而已。

于是又想起北京那辉煌博大、令人叹为观止的故宫,那才是我们中华民族真正的故宫。我想,即便是蒋氏父子,当然也知道这些文物原本也只是暂时寄放在台北,迟早总还是要回到真正的故宫来的吧!

历历故乡事,深深故人情,我们汉语中这一个"故"字,饱含了无限的沧桑与感怀。在台湾,许多上了年纪的人,只要听说我们来自大陆,立刻两眼放光,立刻就"笑问客从何处来",然后就江苏啊、山东啊、四川啊天南地北地攀谈起来,大有"老乡见老乡,两眼泪汪汪"的光景。即便是年轻人,也常常表现出一种温暖的亲切而儒雅的风度,使人感受到同胞之间对于中华文明的认同,有一种强烈的归属感。

最后一天,给我们开车的老驾驶员特地走过来和我们聊天,说他退休后准备在浙江买一幢房子,回老家安度晚年。他直截了当地说:"我是统派。"

二、情寄山水

日本掠影

　　在昏暗的晨曦中,"新鉴真号"平稳地进入濑户内海。日本列岛连绵起伏的山峦,在涌动的波涛中漂浮,像居心叵测的长蛇,想在暗中包围我们的海轮。我想起"忽闻海上有仙山,山在虚无缥缈间"的诗句,但眼前的景象与诗人的想象大相径庭,完全失去了浪漫的情怀。

　　到了日本就下雨,阴霾满天,一直压到人们心里。正是春光明媚的季节,我们是很想看辉煌的太平洋日出,看烂漫的樱花盛开,看美丽的富士山"献媚"的。可现在,所有的期望好像都要破灭了。

　　神户到京都,一路风雨相随。并不宽敞的公路,两边简陋低矮的房屋,瞪着窗框的眼,张着门户的嘴,呆望着我们远去。房子比中国的小,比欧美的更小。本已很小的阳台,有的还要一分为二。想象着矮小的日本人生活在这玩具般的房子里,就感到一种阴暗压抑的心理在滋长。

　　还有那些流落在日本到处可见的汉字,也让人不舒服。它们有的被大卸八块,只剩下一些偏旁部首;有的是早已死亡的古汉语词汇,却仍然在这里苟延残喘;有的词语组合希奇古怪,叫人看着别扭;有的语法与汉语相悖,令人莫名其妙。"朝食""立吞处""御手洗""驻车场""追突防止""合流注意"……怪不得当年的鬼子说"八路的有"，原来他们硬把宾语给抓到动词前面来了。

不过，京都的绿化很好。在树木的掩映中，隐现着许多中国唐代模样的建筑。据说光寺庙就有2000多座。冒着风雨，我们下车去看了列为世界文化遗产的金阁寺，聪明的一休曾在那里住过，后来到动画片里去陪孩子们玩儿了，现在只剩下一座上半身贴了金箔的楼阁子，蹲在一个水洼子当中。

第二天，从东瀛古都直趋新都东京，行车九小时。高速公路已建成多年，看上去还不及我们国内的一些高速公路气派，但是维护得不错，许多地段都有很高的隔离墙，封闭性能好。据说车速限制在每小时80到90公里，行驶平稳，也没有看到堵车和交通事故。我特意观察从我们车旁驶过的汽车驾驶员，没有发现一个不系安全带，日本人做事认真的品德又一次得到证明。

窗外，连绵起伏的丘陵从前往后移过我的视野，全部被树林覆盖着，像在欧洲一样，看不到裸露的土地，更看不到被炸得伤痕累累的山头。有一次，远远地，我看见一座山上有一大块粉白的斑仿佛瘌痢头一般；可靠近了一看，原来是一簇簇的樱花树，夹杂在漫山遍野的墨绿、深绿和浅绿之中。

日本真是名副其实的"汽车王国"，一路上看到的汽车比人还要多，街道旁，房前屋后，到处都停着小汽车。只要有少许大一点的空间，就会挤挤挨挨地停上几十辆，像一群甲壳虫。由此可以看出日本战后工业化的程度。到了东京，就觉得与京都相比完全是两个世界，汽车在高架公路上行驶，穿梭在高楼大厦的森林之中。在世界著名的银座闹市区，我们下车光顾了几家商店，只看不买，因为那价格比摩天大楼更高。

从东京到著名的箱根，我心中最后一次升起对远眺富士山的盼望。经过大涌谷，见山谷中腾起漫天的黄白色烟雾，那是地球在发烧。经过芦湖，雨停了，天气有了转好的迹象，但要从湖中看富士山的倒影，显然是不可能的了。然而就在这时，导游忽然喊道："可以看见富士山啦！"大家都兴奋地站起来，向他所指的方向看，终于，在右前方灰色的天幕上，隐隐现出富士山秀丽的身姿。上方是那标志性的凹进去的火山口，两侧是斜着向下的铅笔画一般的轮廓线，活脱脱一幅富士山的简笔速写。它就这样，以一种我未曾预料到的美，留在了我心中。

晚上住温泉宾馆，但我没去泡温泉。看着有些男同胞穿上和服的样子，就使人想起《红灯记》里的鸠山，令人心里不舒服。第二天上午离开宾馆的时候，那日本老板站在马路边，一本正经地向我们的汽车左一个、右一个地鞠躬，也令人莫名其妙。我对日本人这过分的谦卑，多少有点怀疑，在他们那避开对方眼神的姿态后面，不知隐藏着什么。倒是中午吃自助餐的时候，碰上了一群穿着整齐校服的初中生，他们那阳光灿烂的笑容，活泼可爱的举止，都和我们中国的孩子一样。他们还高兴地和我们合影，分别时一条声地喊着"谢谢！"

也就是在这一天，当我们即将离开日本的时候，在美丽的大阪城公园，我们终于置身于连片盛开的樱花海洋之中了。于是，那些孩子的笑脸就和这灿烂的樱花交相叠映，色彩缤纷地最终定格了我们的日本之行。

横穿加拿大

对加拿大,我素来印象很好,其原因可以追溯到《纪念白求恩》的深刻影响。所以,当我也不远万里地来到加拿大时,就想尽可能多看看这个国家,而最大的愿望则是能有一次"横穿加拿大"之旅。

为什么要"横穿"呢?

这首先与加拿大的地理特征有关。除阿拉斯加外,加拿大占据了整个北美洲的北半部,面积达998万多平方公里,是世界第二大国,但它的人口只有3千多万,且因北部是直达北冰洋的大片冻土地带,所以其人口主要集中在南部大约几百公里宽的狭长地带。因此,如果从东部濒临大西洋的哈里法克斯军港一路向西,经魁北克、蒙特利尔、渥太华、多伦多、苏圣玛丽、温尼伯、埃德蒙顿、卡尔加里,直达面向太平洋的温哥华,那就囊括了加拿大全部的十大重要城市,基本上也可算"走遍加拿大"了。

我想"横穿加拿大",还因为那条连接两大洋、长达3000多公里的南太平洋铁路。它从1875年开始动工,历经11年建成,有近两万名华工为之挥汗流血,最终付出了每公里死去一人的惨痛代价。而当举国欢庆铁路竣工的时候,为加拿大的发展做出巨大贡献的华工们却失掉了工作,有的只能黯然回国,有的流落在温哥华等地,在歧视中艰难地讨生活。近些年来,加拿大政府开始正视这段历史,向广大华裔道歉,并开始采取一定的补偿措施。

促使我"横穿加拿大"的还有一个加拿大人,那就是"希望马拉松"的创始者福克斯。1977 年 3 月,大学三年级的福克斯患了骨癌,被锯掉右腿。手术两年后,装上义肢的他开始了长跑训练。1980 年 4 月 20 日,福克斯从加拿大东北部遥远的纽芬兰省圣约翰市出发,踏上了"横穿加拿大"的征程。他要用自己的行动,呼唤人们帮助癌症患者。每天清晨 4 点半,他穿着印有"希望马拉松"和加拿大地图的 T 恤和短裤上路,用好腿跨一大步,再用义肢跨一小步,就这样艰难地前进。一路上,成千上万的加拿大人为之动容。144 天中,他平均每天跑一个马拉松,已经跑了 5374 公里,但最终倒在离他故乡温哥华还有三分之一路程的地方。1981 年 6 月 28 日,不到 23 岁的福克斯去世,加拿大所有的政府部门下半旗致哀。9 月 13 日,30 多万加拿大人在 700 多个地方参与"希望马拉松"长跑,其后在每年 9 月的第二个周末,全世界有 50 多个国家无数的人参与"希望马拉松"活动,以他名字命名的癌症基金会已筹资 4 亿美元。

就这样,怀着对两万华工和福克斯的崇敬心情,我们开始实施"横穿加拿大"的旅游计划。因为住在大多伦多的奥克威尔市,所以我们决定先参加加拿大东部旅游,从多伦多出发,经金斯敦、渥太华、蒙特利尔、魁北克,直至哈里法克斯,再渡海游览大西洋中的爱德华王子岛。此行结束后,再参加加拿大西部旅游,先飞至濒临太平洋的温哥华,再换乘旅游大巴赴落基山风景区观光,然后一路向东,经卡尔加里、埃德蒙顿、温尼伯、苏圣玛丽回到多伦多,历时九天。这样一来,我们就能用 16 天时间完成"横穿加拿大"的计划,对这个国家作更多的了解。

在加拿大东部观光旅游,仿佛在读一本写在大地上的历史书。人口只有 12 万的爱德华王子岛虽然是加拿大最小的省，却是加拿大联邦的诞生地。1865 年，加拿大人在该岛的沙洛城向大不列颠帝国提出了独立的要求。1867 年，英女王以加入英联邦为条件表示同意。风景秀丽、宁静宜居的金斯敦是加拿大故都，位于圣·劳伦斯河畔，对岸即美国的纽约州。加拿大现在的首都是渥太华，其国会山庄的建筑古典优雅，布局恢弘大气。我们去时正逢天朗气清，阳光灿烂，游人在草地间流连，鸥鸟在天地间翻飞，艺人在广场上弹唱，一派欢乐和谐的景象，令人心旷神怡。到了蒙特利尔，就有百分之六十的人讲法语；到了魁北克省，更充满了法兰西情调。由于历史上英法矛盾的遗留问题，这一带地方有企求独立的倾向，但社会主流则要维护统一，所以人们还是融洽地生活在一起。

从多伦多飞往温哥华的那天，又碰上好天气，而且我就坐在舷窗边，得以从空中鸟瞰幅员辽阔的加拿大南部，等于上了一堂形象直观的地理课。起飞不久，著名的五大湖就亮出了它明镜般的水面，坦坦荡荡，无边无垠；这是世界上最大的淡水湖群，有"北美地中海"之美誉。接着出现的是田野成片、牧草丰美的中西部大平原，宁静悠然地向远方铺展，似乎永无尽头。终于，地势开始隆起，纵贯北美大陆西部的落基山脉庄严肃穆地迎面而来，不久就见群山间有座座雪峰骄傲地矗立，被一团团、一道道一片片白云温柔多情地环绕着，掩映着，依恋在蓝天下，闪耀在阳光中，真是美到了极致。我忽然想起苏东坡的名句："白露横江，水光接天，纵一苇之所如，凌万顷之茫然。浩浩乎如冯虚御风，而不知其所止；飘飘乎如遗世独立，羽化而登仙。"他当时是在月夜的江中泛舟，却写出了我此刻在晴空飞行的感觉，真所谓文妙通神，难以言传。没想到我的"西部之旅"尚未开始，就先有了一次由多伦多向西的"空中检阅"，给加拿大幅员辽阔的壮丽山河画了一个大写意,带给我意料之外的惊喜。而此后从温哥华开始的"横穿",则使我有机会更加具体地体验加拿大的自然景观和人文精神。

在温哥华,我看到了多民族、多种族和多元文化的自然融合,看到了加拿大最大、最繁荣的华人社区,看到了公园中古老神秘的印地安图腾柱,看到了加拿大广场著名的五帆建筑,成为这个海港城市开放胸怀的象征。

在落基山区,我曾登上云雾缭绕的硫磺山顶远眺,向更多终年积雪的顶峰致敬;曾漫步于300公尺厚的冰川上,啜饮来自亿万年前的圣水;曾流连在蓝宝石般的路易斯湖边,不由想起新疆博格达峰下翡翠般的天池;又曾为繁花似锦的小镇班夫而陶醉,更为旅途中时不时遇见鹿与黑熊等动物而惊喜。

在卡尔加里,我见证了"全世界最干净的城市",又听说这是加拿大工程师密度最高的城市;在埃德蒙顿,我见识了北美最大的室内购物中心,其中有超过800家的商店,还有娱乐公园、水上公园、溜冰场和豪华宾馆,令人目不暇接;在温尼伯,我遇见了可爱的卡通形象小熊维尼,还看见在马尼托巴省议会大楼的圆顶上,有希腊神话中"金童"的雕像在阳光下焕发着"永恒的青春",我还同当地的原住民印地安人亲热地坐在一起合影留念;在密西根湖北岸的苏圣玛丽,虽然还是夏天,我已经在想象中看到了烂漫秋色中的片片深红、片片绛紫、片片橙黄,还夹杂着片片墨绿……

当然,还有更重要的是:在南太平洋铁路当年的竣工处,我们找到了中国劳工敲下的最后一颗道钉,默默地心祭那些远渡重洋走进历史的苦难同胞;在当年福克斯倒下的地方,我们在他的雕像下留影,表达对这位异国英雄的无比崇敬。

难忘芝加哥

在美国住了三个多月，也去了不少城市，但都是跟着旅行团走马观花，或浮光掠影，或窥豹一斑，诸如在纽约森林般的楼群中穿梭，在华盛顿与蜡像馆的众多名人合影，在波士顿乘游船沐浴大西洋的海风，在洛杉矶去好来坞走一走星光大道，在旧金山看一看那坡高路陡、万紫千红的花街，还有那极尽奢靡、令人眼花缭乱的拉斯维加斯……也都是神龙见首不见尾，云里雾里看不清，回家还要从上千张照片中回忆考证。

唯有芝加哥，承蒙我的学生龚超和她先生小钱的盛情邀请，我和老伴有幸去玩了一个星期，因而留下了深刻难忘而又情趣多多的印象。

难忘一：浴火重生铸名城

1779 年，现在的芝加哥地区，当时的印地安部落领地，来了一位海地的黑人杜萨布尔，他开了一家货栈，娶了一位当地女子，就定居下来。1803 年，美国在此建立了军事要塞。1833 年，芝加哥镇成立，有居民 350 人。1837 年，发展到 4170 人，成为芝加哥市。1870 年，其人口猛增至 30 万。可是，到了 1871 年 10 月 8 日夜，芝加哥市民奥利里太太圈养的一头牛踢翻了一盏煤油灯，遂点燃著名的"芝加哥大火"，延烧三天三夜，将大半个市区夷为平地,300人死亡,10万人无家可归,财物损失达2亿美元。

然而,这座城市并未就此趴下,很快就开始了快速的重建,并诞生了全世界第一座采用钢构架的摩天大楼,其后又以不断创新的城市建筑赢得了世界声誉。截至2010年,芝加哥超过百米的大楼已达1204座,仅次于香港和纽约,且在密西根湖畔形成了美丽壮观的"全球十大天际线"之一。如今的芝加哥,不仅是美国最重要的铁路、航空枢纽,不仅是美国主要的金融、文化、制造业、期货和商品交易中心之一,而且以国际"五一"劳动节和"三八"妇女节的发源地而名扬全球。

难忘二: 船行高楼大厦间

在欧美旅游,常有乘船观光的节目。除了威尼斯的刚朵拉和意大利船夫的歌声给我留下最深的印象之外,从塞纳河上看巴黎市容也大有可观,而阿姆斯特丹的沿河民居则别有情趣。但在芝加哥,当我们在密西根大道的一座桥下登上游船,悠悠然穿行于遮天蔽日的楼群之间时,简直就像在参观一个建筑艺术博览会。那深褐色铝质外壁和青铜色玻璃幕墙在阳光下璀璨发光,楼顶有两根天线直刺苍穹的,是美国排名第一的希尔斯大厦,高达520米。它的九个钢架结构方筒,从下到上形成依次递减的伸缩节奏,仿佛一个巨型芦笙正向着青天吹奏。登上希尔斯大厦103层的瞭望塔,可纵览这座湖滨名城的万千气象。如果运气好,还可以看到楼顶红日高照、楼下云积雨落的奇景。那大理石贴面银光闪烁,像一支巨大白玉簪的,是芝加哥最漂亮的阿莫科大厦,高346米。那楼顶上也有两根巨型天线的汉考克大厦,高343米,截面却形成矩形的锥体。那名为"湖尖塔"的,是世界上最高的公寓楼,70层全是住家。还有那玉米棒似的双子星大厦,高60层,上面是公寓,下面则商店、餐厅、车库、银行、影院、办公室、溜冰场应有尽有,足不出楼,衣食住行乐均可解决,故称马利纳城,是名副其实的"城中城"。

现在把视线收回来,近看这芝加哥河的两岸,也全是几十层以上的高楼大厦,一座座你勾我连,携手并肩,挤挤挨挨地直逼河床,瞪着无数窗口的眼,好奇地迎着我们看过来,看过来,又望着我们渐次退去……而我则随着游船的蜿蜒前进,兴趣盎然地欣赏这峰峦般连绵起伏的楼群风景线,又不禁想起郦道元对三峡的描写:"两岸连山,略无阙处。重岩叠嶂,隐天蔽日,自非亭午夜分,不见曦月。"虽然一是青山绿水的原始生态,一是钢筋水泥的巧夺天工,而船行其间的感觉竟有几分相似,也可谓一种奇特的经历了。

难忘三:青胜于蓝堪为师

龚超从初一到高三,到大学毕业,工作,再到读博士、留学深造,数十年如一日地刻苦学习,真所谓"焚膏油以继晷,恒兀兀以穷年",乃至"业精于勤",终于取得如今的地位和成绩。应该说,学生早就"青胜于蓝",老师也只是她中学时代的老师而已。但在我心目中,总时时想起33年前她刚进中学时活泼机灵的孩子模样,于是潜意识中仍习惯以老师自居。

但那两天在芝加哥的科学博物馆和天文博物馆,我终于意识到,学生已经成为我的老师了。我们因为对英语一窍不通,在博物馆便与文盲无异,于是龚超便为我们翻译讲解。博物馆规模很大,展品极其丰富,涉及的知识面也很广,其翻译讲解的难度可想而知。但她却能不慌不忙、边看边想地讲下来。我则边听边提出一些问题,同时想起她当年学英语背词典的往事,更由衷地感慨于后生可畏。

二、情寄山水

难忘四：邂逅"玛丽莲·梦露"

芝加哥最漂亮的地方是密西根大道，有人把它与巴黎的香榭丽舍大道媲美。在我的印象中，它似乎没有香街宽阔，但其热闹繁华或有过之。大道两边豪华的商店一家连着一家，马路上汽车川流不息，到夜晚更是灯火辉煌，游人如织。

那天中午，我们逛到大道中段，忽然远远地看见玛丽莲·梦露那熟悉的身影；走近些，又看到她那在大风中飘起来的白色裙摆，而她略弯着腰，用手捂住身前的裙子，同时笑看走近的游人；再走近，就需要仰视这位举世闻名的大明星了。这是一尊有二层楼高的梦露塑像，就按那著名的电影画面造型，因其大而更张扬了她的美丽。我于是想，她怎么就这样傻乎乎地站在大街旁呢？芝加哥可是有名的"风城"，尤其在漫长的冬季，那刺骨的寒风从湖上吹来，气温可能降到零下 32 摄氏度。到那时，裹在羽绒服里的人们眼看这美丽"冻"人的梦露，岂不要怜香惜玉，其情又何以堪呢？这美国雕塑家的构思立意未免考虑不周。

难忘五："思想者"突然行动

在密西根大道一个十字路口的人行道边，我们一行五人又遇到一尊"雕像"：这可是男性，浑身青铜色。他端坐着一手托腮，上身微微前倾，神情专注，煞有介事，俨然一"思想者"的派头。这种"雕像"我和老伴曾在罗马见识过，心中有数，便驻足观赏；而龚超的女儿小安安则充满了好奇，更凑近了去细看，不成想雕像突然站起，那手闪电般向我们伸过来，顿时把小安安吓得号啕大哭，直哭得珠泪滚滚，恰似梨花带雨。我们赶紧去安慰她，那伟大的"思想者"也恢复凡夫俗子的本相，手忙脚乱地从地上一挎包里翻出巧克力来，诚惶诚恐地塞给这清纯似水的孩子，再三向我们道歉。

当我们再次回到这路口的时候,"思想者"已不知去向,我们便笑言,也许他因为在此犯了错误而感到惭愧,只好换个地方"反思"去了。

难忘六:"探访奥巴马"不遇

芝加哥确实是一座不平凡的城市,这里不仅有被誉为"诺贝尔奖摇篮"的芝加哥大学,已诞生包括李政道、杨振宁、崔琦等华裔科学家在内的 81 名获奖者,其在美国政治上的地位也不可小觑,有十几位总统,如林肯、两个罗斯福、艾森豪威尔和克林顿,都是在这里获得提名。更令我们感兴趣的是,美国现任总统奥巴马的家,原来就在芝加哥大学附近。当我们在芝加哥大学的校园里漫步的时候,看见那些大楼间的草地和大树上,竟有几十只松鼠玩得不亦乐乎,根本不在乎小路上来来去去的大学生和教授们。我走到一只松鼠的面前蹲下来,兴趣盎然地看它;它也好奇地望着我,好像要说:"你这人怎么如此少见多怪呢?"

逛过了芝加哥大学,我们便去寻找奥巴马的家。问了几个路人,终于到了他家的街对面,果见绿树丛中掩映着一座小楼,但楼边的路口却停着一辆联邦调查局的车,于是小钱说,这就不能过去了。他便笑着向车内那人招手,那人也微笑致意,显然知道我们不过是游客而已。我们便对着总统的房子拍照,他也并不干涉。

当然,总统先生一般也不会在这里,他现在的家在白宫。

难忘七:出门容易回家难

最后一天,是我们在芝加哥的自由活动时间。龚超夫妇一早就去上班,安安去上学,我和老伴去逛超市。超市并不远,从龚超家的小区出去,走到一条马路边,向左转,走大约一刻钟就到。于是,我们就在超市细细地赏鉴,直到下午四点多才打道回府。

本来事情应该很简单:顺着马路往回走,然后向右转,进了小区就到家了。没想到,这样的小区竟有好多个,都在马路右侧,而且都长得差不多。我们该从哪儿向右转呢?转了一次,似乎不对;退回马路向前,再转一次,又似乎不对;到了第三次,我就完全失去了判断力。老伴却一个劲儿往前走,我叫她回来,她叫我过去,喊着喊着,她一转弯,便上演了岑参"送武判官归京"的一幕:"山回路转不见君,雪上空留马行处。"但现在没有山,也没有马,更无雪上的马蹄印,我到哪里去找她呢?只好再回到马路边。再向前走,向右转,又退出;再往回走,向左转,又退出……如此反复折腾,越急越不敢深入,终于完全失去信心。天色已近黄昏,我也开始害怕:既怕今夜要在外露营,又怕老伴已然失踪,只好采取最后一招,打电话给龚超,而她正在回家的途中。

不久,龚超便带着早已到家的老伴,开车出来找人,路上又打几次电话,和我这个文盲探讨我究竟站在美利坚合众国的什么地方,直到暮色苍茫中响起笑声一片:我笑自己竟陷于如此悲惨的境地;老伴笑我竟如此愚蠢而又固执;龚超笑我居然也像她一样出门记不得路,此可谓"有其徒必有其师"。

尼亚加拉观瀑记

2011年7月4日上午，天气晴好，我们去参观心仪已久的尼亚加拉大瀑布。车行一小时后，来到安大略湖边的一座小镇。此镇名为"湖滨的尼亚加拉"，1996年曾被评为"加拿大最美小镇"。

眼前就是青绿色的湖水，一波随着一波，温柔地涌到游人脚下。抬眼望去，安大略湖浩淼无际，那万顷碧波袒露在阳光下，欣喜地晶莹闪烁，逗引得许多鸥鸟在浪花上嬉戏翻飞。远处有三两摩托艇，在湖面拉出白色的弧线；又有数片白帆，悠闲地矗立，好像在等待着什么。而就在我们身边，有一对老年夫妇登上他们的游艇，两人一前一后，一上一下地划起桨来，悠闲而轻松；那小艇在微波中无声地穿行，不一会儿，就融进了潋滟的波光之中……

在我们身后，是大片大片的草地；草地上又有一棵棵大树，间隔适当地守护着一座座独立的或红、或蓝、或黄、或白的小木屋；而在这些小木屋的前后，正如在加拿大其他地方一样，都点缀着各色鲜花，也常见鲜艳的枫叶旗在飘扬。徜徉在如此幽静的环境之中，怎能不让人油然而生来此隐居的遐想呢？老伴已在考虑实际问题：附近有超市吗？正说着，我们已逛到一条热热闹闹的小街上来了，街两边有许多商店和娱乐场所，游客熙来攘往，于是老伴疑虑顿消，便煞有介事地说："好吧，我们就住这儿吧！"——当然，这说的是我们中了彩票千万大奖以后的事情。

可是我忽然想起了此行的初衷，不免有点疑惑："已经中午了，我们还没听到大瀑布的声音呢！"于是儿子告诉我们，这是在大瀑布的下游：伊利湖水经由尼亚加拉河注入安大略湖，其间经过一个落差50多米的大断层，跌了一个大跟头，竟摔成了震惊北美的大瀑布，从此名扬世界。我听了不由感慨起来，这流水之道也隐含着人生的哲理呢：平缓的水流只能哼唱平庸的歌，奔腾的水流才会有激情的旋律，而惟有经历了如此之大的挫折，大到使躺着的河流奋然挺立，以大无畏的气概冲下这眼前的万丈深渊，才能演奏出这悲壮而伟大的命运交响曲。这样一想，我对这大瀑布的心仪更充满一种由衷的敬意了。

下午2点，我们到了尼亚加拉河畔的维多利亚女王公园。大瀑布先是露出了对岸美国瀑布的一部分，"犹抱琵琶半遮面"，等我们急切地走过去，她才渐次现出整个的身姿；而在它的右前方上游处，马蹄形的加拿大瀑布神秘地蜷曲着身体，仿佛一个"真人不露相"的男子汉，等待着人们去探究。

美国瀑布宽320米，落差58米；中国的黄果树瀑布宽101米，落差78米。由于河面较宽，我们从此岸远观，又处于游客的喧闹声中，所以并不觉得它的巨响。看着它似乎静静地挂在彼岸的峭壁上，恍惚间觉得，那只是蓝天绿地间一幅巨大的油画，上端有一股股水流隐含青绿，下面则是整片的乳白。定下神来，才看清那整片倾泻而下的水流中，有万千变幻莫测的冲撞、激荡、扭曲和交错，才感到它那万马奔腾的气势，正仿佛李白所形容的"银河落九天"。

瀑布下方的河岸，是一个怪石嶙峋的斜坡，那瀑布跌落在犬牙交错的岩石间，就在那些不规则的缝隙间窜涌冲突，激起无数纷乱的水花，又正如苏轼所形容的"卷起千堆雪"。而美国人自己，则对它格外钟情地称之为"婚纱瀑布"。此时你再看那瀑布，还真像一袭洁白的婚纱，在风中飘拂起来。再细看，又发现在这"婚纱"的最右边，还有一股水流被一块突起的岩石隔开，这块岩石又被美其名为"月亮岛"。据说，在满月之夜，水雾中有时还会出现梦幻般的"月光彩虹"。于是美国人便给最右边这股更加苗条的瀑布起了个更美的名字，叫做"新娘面纱瀑布"，带给人一种朦胧神秘之感，别有韵味。

谁说以牛仔精神闻名于世的美国人不够浪漫呢？这样的情调也够温柔细腻的了。

经过这样一番隔岸观"水"，我们又登上了所谓"雾中少女"的游船，要去尽可能地亲近大瀑布了。这"雾中少女"也颇有来历：据说是在 300 年前，原住民慑于这"雷神之水"的威力，便于每年的收获季节，选定一天，集合全村少女，由酋长站立中央，引弓对天放箭，箭尖落处，离哪位少女最近，这位少女便被送上独木舟，舟中装满谷物水果，从上游顺流而下，坠入飞瀑中，成为献给雷神爷的祭品。我听了这悲凉的传说，便想起了西门豹治邺的故事，这地球两边的风俗人情，竟然会如此不约而同，难道这印地安人，真的是从亚洲经白令海峡来到美洲的吗？

就这样胡思乱想着，我也跟着一大帮并未盛装打扮的"雾中少女"，只穿了件塑料雨衣，就排着队，款款地上了船，一个个却欢天喜地，直奔船的上层甲板而去，都想尽快去一睹那雷神爷的尊容。

说老实话，此时人们对那美国的婚纱瀑布和新娘面纱瀑布，兴趣已经不大，只是因为反正要从那儿经过，于是又向她们行了一阵注目礼。然而就在此时，从平静的人群中，又爆发出一阵欢呼，因为从船上看那瀑布冲向河面时，竟然有一段彩虹从水中升起来,摇摇晃晃地飘浮在水雾中,遗憾的是只有一段,仅此一段而已。

此时,宽度为670米的加拿大马蹄形瀑布已越来越近,那凹进去的弧形越来越宽广,那雷神之鼓震天动地,越来越撼人心魄,那弥漫的水雾从"马蹄"下升腾而起,竟比56米的大瀑布高出去一倍还不止。

再进去一点,船已被马蹄形瀑布三面包围,陷入水流和巨响的旋涡,人们的心也都被搅乱,似乎四面都是瀑布,简直不知该看哪一面是好。紧接着,又觉得浑身上下已被水花飞沫所包裹,眼前只见雾气笼罩,一片模糊,整个大瀑布已隐身于云山雾海之中,唯闻雷神的怒吼。

正在不知所措,又有阵阵急雨袭来,打在人脸上生疼,虽有那薄薄的塑料雨衣在风中挣扎着抵挡,一个个也差不多浑身湿透了;那游船也望而生畏,赶紧掉头转向,作战略性的撤退,于是我们也成为"逃兵",结束了一次"浅尝辄止"的探险,眼看着"神马"变成了"浮云"。我于是想起了咱们中国的古文名句:"可远观而不可亵玩",像加拿大瀑布这样的旷世奇观,又岂容尔等随意靠近?由此,也使我对大自然的敬畏之情更加深了一层。

然而毕竟是心有不甘呀!于是从船上下来,由水路改走陆路,又随着人流沿河向上游走,去寻访这马蹄形瀑布的源头。渐渐地近了,更近了,我终于站在了瀑布上方的岸边。原来这尼亚加拉河的上游,河面相当宽广,水量极大,流到大瀑布附近,忽然被一座山羊岛阻挡,遂分为两股,分别从50多米的断崖上跌落,便成为这联袂奋飞的姊妹瀑。我俯首望着那滔滔不绝的青绿色河水,它们拥挤着,争先恐后地流向断崖,然后就像那些勇敢的伞兵一样,毫不犹豫地、前仆后继地一跃而下,共同造就这天下第一大瀑的奇观。

怀着无比赞叹的心情,我举起相机连续拍摄,定格这河流愤然挺立的英姿。拍完照片,转身回头一看,不由惊喜得叫出声来:只见从马蹄形瀑布的下方,升起一道绚丽的彩虹,一直弯过碧蓝的天穹,向下插入美国瀑布那边的河中,成为一座七彩的拱桥,而在这拱桥之外,还清晰可见第二道彩虹。于是,所有万千欢乐的游人,都被笼罩在这吉祥的祝福之中。这真是太美了,太真实了! 它不像海市蜃楼那样虚幻,不像极光那样飘忽,也不像所谓佛光那样千载难逢。它就在那里,稳定地,持久地,毫无保留地呈现在世人眼前,而且只要天气晴好,我想它每天都会出现。

　　黄昏的时候,我们和小孙女一起去坐摩天轮。当那缆车升向顶端的高空时,我们远望东方,从一长排绿树的后面,整个尼亚加拉大瀑布的全景缓缓升起,被夕阳的余晖镀上一抹温暖的玫瑰色,于是我们留恋地,挥手向它告别。据说,到了夜晚,加拿大方面还会为瀑布打彩灯,但那是何等灿烂的景象,我们就只能留给想象了……

三、思为我在

"售陋邀赏"说质疑

　　《老井》《红高粱》在国外获奖，并不令人感到意外，中国的电影，迟早是要走向世界的。影片得了奖，却引起激烈的争论，这也不算奇怪，古今中外一锤定音的作品并不多。但是，不对《老井》《红高粱》本身的得失作具体的评说，却指责编导"售国人之陋以邀夷人之赏"，这就不能不叫人惊诧莫名了。

　　国人虽拥有文明古国之美誉，勤劳勇敢之美德，四大发明之美谈，但到底不是尽善尽美，难免其陋。文艺作品写了国人之陋，又被外国人看到了，便是"售国人之陋"。那么，这"售陋"之举，也并非我们的国粹。巴尔扎克活画了一个欧也妮·葛朗台，是售法兰西人之陋；塞万提斯活画了一个堂·吉诃德，是售西班牙人之陋。只要不是一味歌功颂德者，恐怕都难免"售陋"之嫌。然而这"陋"是客观存在，文艺家该怎样对待它呢？我想，办法只有两条，要么装作没有看见，作违心之论；要么干脆反其道而行之，把脓疮当作美，也来歌颂一番："红肿之处，艳若桃花；溃烂之时，白如乳酪。"如此化腐朽为神奇，岂不妙哉！

　　但是，总有些人不愿意这样做。他们敢于直面人生，他们从不讳疾忌医，他们的忧愤更加深广。看《老井》，使人深感中华民族经磨历劫的椎心泣血之痛，又为国人在苦难中表现出顽强坚韧的意志而慨叹唏嘘。看《红高粱》，编导对土地和人民的深情

三、思为我在

135

挚爱令人心弦震颤,而人物身上淳朴、善良、豪迈与愚昧、落后、鄙俗的混杂又令人陷入深深的思索。这样写怎么能叫"售陋"呢,为什么有的同志看不见人物身上的阳光,只一味诅咒他们的影子呢?

再说这"邀夷人之赏"。我们现在得到并引以为荣的"夷人之赏"也很不少。中国菜名列世界第一,洋人垂涎三尺,我们很高兴,因为旅游业可以大发展。世界冠军凯旋,举国欢呼,舆论一律。然而一到电影,问题就复杂起来了,别的奖是拼搏来的,这两个奖却是"邀"来的,是以"售国人之陋"的手段讨好洋人的收获。奇怪的是,不仅是东洋的夷人,而且是西洋的包括德国、瑞士、瑞典、英国、希腊等国的许多夷人,甚至又加上津巴布韦的黑颜色的夷人,都给"售国人之陋"的电影发奖,难道他们都一样地嗜痂成癖,一样地要看中国人的笑话吗?真是匪夷所思!

在我的印象中,称外国人为"夷人",是很久以前的事了,那时国人认为"我中华乃泱泱大国,其四周皆小蛮夷"。在改革开放的今天,又听到这久违的称呼和奇怪的评论,真不知该作何感想!

《柳毅传书》中的地理

同学们大概都知道"柳毅传书"的故事。这个故事,出自唐人小说——李朝威的《柳毅》。我在读《柳毅》的时候,对其中的一些地理知识有所感悟,觉得非常有趣。

柳毅家在江苏,去长安赶考则到了陕西,而为龙女送信到洞庭湖却要到湖南。那个时候,一个书生跋山涉水跑这么远的路可不容易,由此可见柳毅对龙女确实是恩重如山了。

洞庭湖龙宫的气派,生动地反映了洞庭湖规模之宏伟。此湖即古代所谓"云梦泽"。古书上说:"洞庭横亘八百里,日月若出没于其中。"北宋的范仲淹在《岳阳楼记》中写道:"衔远山,吞长江,浩浩汤汤,横无际涯;朝晖夕阴,气象万千,此则岳阳楼之大观也。"这里写的就是洞庭湖的壮观景象。在李朝威写《柳毅》的时候,洞庭湖还是我国第一大淡水湖。可见,这位龙女的娘家是很有势力的,是不能得罪的。

为龙女报仇的是洞庭龙君的弟弟钱塘君。书中描写他兴师问罪时的威风说:"大声忽发,天拆地裂,宫殿摆簸,云烟沸涌。"这样大的声势,使我们自然而然地想起了举世闻名的钱塘潮。宋末的周密在《武林旧事》中有这样的描写:"方其远出海门,仅如银线;既而渐近,则玉城雪岭,际天而来,大声如雷霆,震撼激射,吞天沃日,势极雄豪。"这样的自然景象,对《柳毅》中钱塘君的性格塑造,当然是有启发的。

最后,那位凶残无情的女婿,又何以是"泾河小龙"呢?成语有云:"泾清渭浊",他如此凶残,又"清"在何处呢?为什么不叫他"渭河小龙"呢?翻书一查,茅塞顿开。原来这个成语在古代原是"泾浊渭清",在唐代杜甫的诗里,还有"浊泾清渭何当分"这样的句子。多少年来,人们就这样以讹传讹地跟着说。一直到近代有人去实地作了调查,才纠正了这个"错案",为泾河恢复了名誉。而李朝威是唐代人,他当然也跟杜甫是一样的说法,于是那凶残的女婿也就名之曰"泾河小龙"了。

过去有句话说"学好数理化,走遍天下都不怕",还有句话说"文史地不分家",说明许多学科之间是互相联系的。实际上,不光是文科之间或理科之间互有联系,文理之间也有千丝万缕的联系。在基础教育阶段,建立一个多层面的完整的知识结构是必不可少的。

读李伯元录诗有感

　　李伯元因《官场现形记》留名文学史，看他那小说的内容，实在是非常地"现实"，甚至有点自然主义，与理想与浪漫是挂不上钩的了。所以，他不是一个诗人。但他又不是对诗歌不感兴趣，在他的《南亭四话》这本书中，他就收录了不少杂诗。也许是与他的艺术趣味和写作趋向有关吧，从他收录的那些诗来看，中国传统的高雅诗歌已经开始更多地关注平凡的社会生活，即将发生巨大的变化了。

　　《南亭四话》中收录的一副戏台对联可以说是概括地揭示了戏剧乃至诗歌与现实生活不可分割的血肉联系。那对联说："世事本浮沉，看他傀儡登场，也无非屠狗封侯，烂羊作尉；山河供鼓吹，任尔风云变幻，总不过草头富贵，花面逢迎。"李伯元说这副对联"淋漓尽致，骂尽世人"，在中国漫长的封建社会中，大致也差不多。

　　到了李伯元的时代，诗人们要对鸦片问题统统不闻不问，也确实不大可能了。《南亭四话》中就收录了一些关于鸦片的诗句："此是杀人真利器，不名烟袋故名枪"，"尽成蓝面鬼，几见白头翁？"这些诗句，我们今天读起来，仍然能感觉到深沉的悲痛和愤懑。到了林则徐禁烟以后，自然也就出现了歌颂林的诗。有一首流行于福建的《禁烟歌》，为一学生所作，他采用比较自由的古代歌行体,写得深沉感慨。我们现在引用这首诗的后半段:"毒莫毒兮是洋烟,哀莫哀兮坠此中。蓉灯蔗管日沉沉,形骸枯槁丧精神。嗟我黄种坠迷津,男儿事业总无成。试看世界列强邦,力祛鸦片有同情。维我文忠公具热诚,数十年前救吾民。禁烟去毒绝英人,爱我同胞不顾身。今朝仗公灵,唤起国民大梦醒。沉疴起兮废疾瘳,从兹中国放光明。"这诗从艺术上来看,大概难免直白之讥,但惟其直白,才使它在当时更容易流传,从而发挥更好的宣传效果。在我看来,这种诗已经具有现代朗诵诗一般的战斗性了。再从形式上来看,它们明显地要求突破,日趋复杂的社会生活必然要求突破过严的诗歌格律。你看这首《戒烟歌》,表面上它回到了古代的歌行体,实际上它反映了诗歌解放的时代要求。

诗歌,乃至我们整个的汉语言文学,不进一步解放怎么行呢？连英语都已经开始入侵汉诗了。在《南亭四话》中,李伯元收录了一首有趣的绝句:"潮打黄昏海色凄,一楼风雨澳门西。愁听架上红鹦鹉,语学西洋的令低。"的确是到了"语学西洋的令低"的时候了,你不主动学,人家就打进来逼着你学,中国人再也不能关着门自得其乐地吟诗作画了。当然,我们学的时候,不能像没出息的鹦鹉那样只会模仿。

当时,绝大多数人都还没认识到这一点,恐怕包括李伯元自己在内。他在《南亭四话》中还录了两句在他看来匪夷所思的诗:"忽见江心起黑烟,西洋鬼子火轮船。"他把这诗看作"笑话",说"洋鬼子"居然也入诗了,"见者无不喷饭"云。其实,这诗分明是说"狼来了",时人为什么还不赶快警惕起来呢？

趣谈思维的"定势"

　　第二次世界大战后期，盟军为了使在法国诺曼底登陆的准备工作保持高度的机密状态，采取了许多措施，其中包括用一些与高级将领长得十分相似的人来"扮演"他们，故意让他们出场"曝光"，以分散敌人的注意力。有一次，詹姆士中尉代替英国陆军元帅蒙哥马利，在非洲出现。"演出"结束后，蒙哥马利的一位非常亲近的朋友说："元帅那天有点紧张，显得有点疲倦的样子，看来他的工作太忙了。"

　　实际上，他已经感觉出了这人与蒙哥马利在气质神态上的不同，但是为什么也同其他人一样被骗过去了呢？那是因为他的思维陷入了"定势"的状态。所谓"定势"就是指人们由于先前的活动而造成的一种心理准备，它使人以比较固定的方式去进行认知并作出行为反应。当假蒙哥马利煞有介事地出现时，人们已经在一种固定的心理准备中接受了"他就是蒙哥马利"这个大前提。因此，即使元帅的好友明明已经感到有点不对头，他还是用"看来他的工作太忙了"这种想当然的理由否定了自己的发现。

　　1987 年 5 月 28 日，西德青年鲁斯特驾驶一架小飞机深入苏联内地，公然地降落在莫斯科的红场上。当时，一些人以为是在拍电影，许多人上来围观。终于有一位民警回过味来，打电话给国家安全委员会,对方一听,马上挂断;他再打,对方骂他扯蛋,说再胡闹就把他抓起来,这位民警只好无可奈何地回去值勤了。这件事轰动了全世界,使苏联当局成为笑柄,其误判的原因,也在于大家循着思维的定势认为这是正常的,而有一个人认为不正常时,反而被斥为胡闹。这就是思维定势造成的严重后果。

学生在学习的时候,大量要做的事情就是读熟甚至背下来,加深记忆,掌握某些公式定律,以便熟练地运用它们去解决同类型的问题。这样做,实际上就是要造成并加强思维的定势。所以说,思维定势首先是个好东西,在大体不变的情境中,定势有助于人们适应生活并迅速地做出反应。但在变化了的情况下,定势又会阻碍人们找到新方法去解决新问题,这时就要大胆地问自己"会不会不是这样?""有没有别的方法?"之类的问题,以便突破老框框,开辟新天地。

正是在这种突破定势的创造性思维的指导下,德国慕尼黑动物园主任亨兹海克和柏林动物园主任洛兹克兄弟俩产生一个大胆的想法:是不是可以运用遗传学原理,逆转进化程序,培育出已经灭绝的古代动物? 他们先用中亚草原野马的后代波兰雄马与北欧的蓄养马交配,第一批小马出世后,再找出具有草原野马特征的与波兰种马交配,到了第五代,在他们面前就出现了一种与石器时代壁画上的野马毫无二致的草原野马,四蹄之坚固胜过现在世上所有的马。后来,他们又用十年时间,培育出一种17 世纪就已灭绝的欧洲古代原牛。

所以,我们在学习当中应该力求做到:既能强化定势,又能突破定势。

记者的三项发明

记者这个行当容易出作家，这是许多人都知道的。外国的狄更斯、马克·吐温、海明威、爱伦堡、柯切托夫，中国的刘白羽、杨朔、魏巍、杜鹏程、陈登科，都当过记者。当记者要学、要问，还要不断地写，在采访的过程中深入了社会，丰富了阅历，又在写稿中得到了经常的写作锻炼。这一切，都为从事文学创作创造了有利条件，所以从记者中多出几个作家是一点也不奇怪的。

但是如果我对你说，从记者中还会出几个发明家，你会相信吗？不管你信不信，我先给你举三个例子。

1948 年，一位记者在伦敦为了发稿方便买了一大张邮票。为了不把邮票撕坏，他灵机一动，用别针在邮票之间扎了许多连续的小孔。这样，把邮票一张张撕下来时就比较方便而可靠了。正是依据他的这一灵感，后来有人设计制造了邮票打孔机。

第一次世界大战中，英国随军记者斯文顿看到英法联军伤亡惨重，非常难过，便建议把当时的霍尔特型拖拉机改为战车，利用这钢铁的家伙既可以保护士兵，又能向前推进。后来，就由一个水柜工厂生产这种战车，当时称"水柜"，英语的发音就是"坦克"，这就是第一代坦克的来历。

第二次世界大战中，匈牙利记者莱兹·比洛在英国采访。为了解决发稿时经常找不到墨水的困难，他根据油性渗透的原理,采用油溶颜料,设计制造了圆珠笔。

通过一个个连续的小孔撕出整齐美观的邮票来,我看是"多米诺骨牌效应"的巧妙运用,这种奇思妙想,似乎还大有推广的余地。而坦克的发明,则大大地改变了战争的面貌,在整个20世纪大显神威。至于那小小的圆珠笔,现在几乎人人都在用它呢。

那么记者为什么能有这些不大不小的发明呢?对此,我想无须去从专业知识上探讨,因为他们的发明所依据的科学道理都是稍有文化的人就知道的;需要探讨的是,这些东西为什么独独由记者发明了出来。

我认为,首先是因为他们有了很强的克服某种困难的需要:记者经常要发稿,所以才要买许多邮票,而撕邮票时很容易损坏;随军记者要随时随地发稿,找不到墨水的情况经常会发生;随军记者又是与士兵们同甘苦共命运的,所以士兵们伤亡惨重对记者来说也是生死攸关的。为了克服这些困难,一种能解决问题的发明就呼之欲出了;而一旦灵感照亮了某种与之相关的知识和联想,这种发明也就应运而生了。因此,我们是不是可以这样说:创造发明是客观需要与主观条件碰撞出来的火花,这应该是一条普遍的规律。

还有一点似乎是,这些发明都是在一种非正常的特殊情况下产生的。和平时期,到处莺歌燕舞,大概不容易发明坦克;坐在家里有笔有墨水,用完了上街再买,即使聪明如巴尔扎克、托尔斯泰,也不会忽然心血来潮,发明什么圆珠笔;至于在邮票间扎小孔,除了不得不经常撕邮票的记者,一般人恐怕也不会有如此闲情逸致的。

总之,如果生活舒舒服服,心情平平静静,万事如意,心想事成,那就决不会再有任何的发明创造。那些一心要搞发明创造的科学家们,即使本已丰衣足食,安居乐业,也要到实验室去制造一个有困难、不如意、甚至有危险的小环境,否则,诺贝尔也不至于差点儿被炸得粉身碎骨。

记者的发明是这个道理,其他任何人的发明也是这个道理。

看老山考古现场直播有感

　　电视真是个好东西。考古过去对我来说非常神秘,现在竟如此直观生动地展现在眼前了。看了一个上午,不但学到了一些有关考古的知识,而且发现了一些有趣的现象。

　　在发掘现场负责直播的康辉,一个劲儿地追问对人类骨骼很有研究的专家,那个神秘地俯卧在墓室一角的死者究竟是男是女,年龄多大。而那位专家却非常谨慎。他说,因为骨架俯卧着,看不到正面,现在还很难判断。康辉后退了一步,还是紧抓着不放,那么他大概是男是女呢?年龄大致在多少上下呢?这样你攻我守地较量了几个回合,专家最后才勉强给出了一个答案:男的可能性大一点,年龄可能在35岁左右。只有身高的答案比较准确,因为根据大腿骨的长度,可以测算出身高大约在1米61。

　　由此可见搞新闻的与搞科学的不同。搞新闻的多半"性子"急,急于捕捉信息,急于发布新闻,一有机会就紧追不放;搞科学的多半"性子"慢,他们比较谨慎,要小心求证,他们的嘴巴也紧得很。两者各有各的道理,但适当的时候可以取长补短。搞新闻的要防止因为性子急而出差错;搞科学的要防止因为埋头研究而忽视新闻宣传。关于雅鲁藏布江大峡谷的新闻,就是记者从科学家的论文中"挖掘"出来的。

差不多与康辉的追问同时,在中央电视台的转播室里,一位考古专家和一位熟悉考古的作家也就这具尸骨从何而来展开了有趣的讨论。作家带着无限神往的表情分析道:他可能是一个盗墓贼,被另一个盗墓贼从背后击杀,故而倒地俯卧,一只手被扭住,故而也在身后;他也可能是墓主人,被盗墓贼从棺材里拖出来,随意地放在了一边。听了作家精彩的大胆假设,连我们这些普通的观众,也不免怦然心动,开始在脑海里构思起一篇小说的轮廓来。然而再看那考古专家,却见他从嘴角隐隐浮现出一丝淡淡的微笑,然后说:"还是等现场发掘工作结束以后再看吧。"

　　由此可见搞文学的与搞科学的也很不相同。前者擅长形象思维,爱好虚构;后者注重实证,一丝不苟。这都是职业特征形成的习惯,无可非议。应该注意的是,作家也要学习科学家的求实精神。因为从本质上说,求实精神与文学创作是决不矛盾的,没有足够的生活知识和科学知识,也很难达到完全的细节真实。为什么我们至今没有凡尔纳那样杰出的科幻作家?我看主要原因不在文学上,而在科学上。反过来,科学研究也并不绝对地排斥形象思维。爱因斯坦早就强调过想象力的重要性,他的伟大成就也实际地证明了这一点。分析和综合,抽象思维和形象思维,它们之间的关系是辩证的。科学、文学、新闻,可能会各有侧重,但决不能各执一端。谁结合得好,谁的成就就可能大一点。

　　当然,这只是我由看直播引发出来的一点感想,并不是说以上各位的话有什么不妥,他们都很好地表现了自己的特点。

三、思为我在

147

重读一篇旧文的感想

读书的时候，发现了一篇夹在书中的十多年前的旧文，是某杂志关于"提高新闻语言水平"的一篇座谈会纪要。与会者都是一些老资格的语言专家，当然都发表了不少很好的意见，然而也有一些意见，事隔十多年来看，却发现已被生活实践证明是错误的了。

比如有发言指责说，报纸、新闻以最快的速度吸收了一些新词，"但是没有经过筛选，使用时考虑不周"，例如"反馈""适销""招标""代沟""热身赛"之类。发言者主张尽可能用"适当的现成词语来代替"，"非用不可，那就要在使用时想方设法解释一下词意。"

然而，这些词语后来并没有被其他词语所代替，其使用频率反而越来越高，而且也并未另加什么注释。现在，还有谁不懂这些词语，不会用这些词语呢？

有发言者批评说："你提倡'泰克西'或'的士'，但社会还是只认得'出租汽车'。在产品或科技语中夹带一串外文字母，是存心让人记不住，看不懂，达不到宣传的目的。"

现在看来，情况也并非如此。社会是早已认得"泰克西"或"的士"了，手一举、嘴一张就来了。适当用一些通行的英文缩写的简称，比如用"WTO"代替"世界贸易组织"，大家也都能接受，传播效果似乎也很不错。

有发言者坚持说："'强人'在汉语词汇系统中是'强盗'的意思，现在却用来指'强者'，读起来很别扭。"

其实，所谓"别扭"，只不过是专家们一时不习惯罢了。对大众来说，他们倒宁愿"望文生义"地把"强"理解为"坚强""强有力"。这"强"本来就是多义的，为什么非要按照水浒时代的理解呢？

还有发言者说："现在报纸上乱用简缩词，如'普法'，我想了半天才悟出是'普及法律知识'。但也有人误认为是'普法战争'的那个'普法'。"

说老实话，这种批评其实带有说俏皮话的性质。看到"普法"联想到"普法战争"是不奇怪的；奇怪的是，难道有人看报是不看上下文的吗？

事隔十多年，生活早已有了结论，我再来议论这些"旧话"，倒不是要来充当一回"事后诸葛亮"，而是要说说由此产生的一些感悟。

我们的思想观念，有时确实是跟不上形势发展的。语言本身也是在发展变化之中，不断地进行着新陈代谢，尤其在改革开放、信息剧增的时代，其变化速度更快。而由于传播媒介的现代化，更形成了社会文化的空前普及，群众的语言接受能力也大大提高了。对此，看来有些专家是估计不足的。即使确实有些跟不上形势发展，因而感到不习惯的人，也不能要求媒介迁就他们，而只能要求他们跟上时代的步伐。我起初看体育报道，弄不清"帽子戏法""自摆乌龙"的意思，但看多了，再问问人，也就跟上去了。

当然，我们不能提倡在语言上一味赶时髦，滥用或者生造词语，那可是另一回事。

"有身""无身"和"化身"

　　《搜神记》里有个故事,说东汉末年有个叫左慈的方士,本领大得很。有一次,曹操请他吃饭,席间以缺松江鲈鱼为憾,结果左慈当场就从一只装了水的铜盆里钓出两条来。这有点像变魔术,不稀奇。可能曹公也是这么想的吧,竟又说:"今既得鲈,恨无蜀中生姜耳!"他怕左慈就近去买,还特别叫他带信给已去四川的一位使者。谁知,左慈一转眼就送来了生姜。一年后,派到四川的使者回来,确认左慈当时真的到过四川。这,可就了不得啦! 难道左慈真有超越时空的"法术"吗?

　　于是,曹操决定要杀掉左慈。左慈"却入壁中,霍然不见"。不久又在街上发现了他,正要去抓,满街的人忽然都变得与左慈一样,"莫知谁是"。后来又在山上发现了他,他却"走入羊群",又变成一只无法分辨的羊了。

　　最后,《搜神记》的作者干宝借老子的话发表感想说:"吾之所以为大患者,以我有身也;及吾无身,吾有何患哉!"我觉得,干宝的这个感想并不正确,因为左慈既不是无身,其态度也不是消极的。

　　我读这个故事时,马上就想到革命战争中那些游击队员,他们拿起枪就是战士,放下枪就变成老百姓,于是敌人也像曹操一样无可奈何。记得孙悟空也有类似的本领,他拔根汗毛一吹,就能变出许多与他一样的猴子来，跟敌人打一场"人民战争"。这不是"无身"，而是"化身"；不是"消极虚无"，而是"韧的战斗"。老子说的那个"无身"，却是十足的取消主义。贾宝玉说他死了要变成灰，化成烟，还要一阵风来，吹得无影无踪，什么都没有才干净。这话的意思有点像老子说的"无身"，但这位公子哥儿也不过是说说狠话罢了，看过《红楼梦》的人都知道，他是做不到的。

除了"韧的战斗"，中国历史上也有一种"刚的战斗"。同样是在《搜神记》中，另有一篇《干将莫邪》，讲的是干将的儿子为父报仇的故事，他就是一条道走到黑，最后以身相拼，宁为玉碎。他先是走进杀父仇人楚王的梦中，直言相告"欲报仇"。后来，当一位勇士说可以为他报仇，但要借他的头和剑一用的时候，他就立马自刎，双手捧着头与剑献上。勇士把他的头献给楚王，又放在大锅里煮，竟"三日三夕不烂"，而且跳上跳下，满面怒容。楚王伸头去看，勇士一剑将其头削入锅中，又将自己的头削入锅中，于是大功告成，"三首俱烂"。当我在读鲁迅据此写成的小说《铸剑》的时候，只觉得有一股阳刚之气，浩荡于天地之间，令人振奋不已。

这位眉间尺（据鲁迅在《铸剑》中的命名），就是下定了"无身"的决心，但态度正与老子相反，他是积极进取的。但他之所以能够成功，也还是运用了"化身"的策略，那位勇士不就是他的"化身"吗？

以上都是从被害者这方面来分析的，如果从害人者这方面来想想，你说这曹操，他为什么忽然要杀左慈呢？照我看来，决不是因为嫉妒他的本领大，关键是怕他有朝一日会取而代之。那楚王要杀干将，据说是因为干将铸剑用了三年时间，太长了，所以发怒。其实，这也是表面文章，楚王根本就是想从此垄断这当时世界上最先进的武器。然而干将并不傻,他有所预见地把雄剑秘藏起来,使儿子终于能够报仇雪恨。

由此可见,左慈和眉间尺都是反抗强权暴力的智者。当他们需要保存自己的时候,他们就化个性为共性,变"有身"为"无身",而实际上,他们还是用自己的"化身"继续与敌人战斗,所以最终能成为胜利者。

谁造就了"神奇少年"

本报 10 月 18 日一版头条,介绍了勇夺中国首枚亚运会斯诺克金牌的宜兴籍少年选手丁俊辉的成长。

本来,丁俊辉在亚运会上拿金牌算不上什么大新闻,因为中国拿的金牌也实在太多了。不过,这篇报道却为我们提供了很有趣的背景材料。原来,在这位神奇少年的背后,还有一位神奇的父亲,这可以说是新闻背后的新闻。

千里马常有,而伯乐不常有。蕴藏在人身上的某种才能,甚至是已经开始明显表现出来的才能,往往因为无人发现、无人赏识而终于被埋没,或者令人遗憾地流于平庸。丁俊辉八岁就迷上了台球,换一个家长很可能会坚决反对吧?可丁俊辉的父亲丁文钧却支持儿子带个小板凳垫在脚底下去打,支持儿子每天来回跑一个多小时去打,一打就是两个多小时。后来,儿子经常去外地参加比赛,他又每次事前到学校去请假,事后再请老师补课,使儿子学习、打球两不误。

在许多的家庭中,我们往往看到家长按自己的意愿来塑造孩子,往往一厢情愿地为孩子规定应有的"兴趣",又一意孤行地强迫孩子去实现某个"目标",最后往往弄得一败涂地,家长和孩子两败俱伤。而丁文钧,却是顺应了儿子的发展方向,以儿子为行动的主体,自己来充当一个后勤服务者,为儿子提供尽可能多的帮助，这确实体现了他的远见卓识。

更加了不起的是，他在下定决心以后所表现出来的气魄。为了培养儿子早日成才，丁文钧竟然拿出多年的积蓄，在宜兴开了一家"俊辉台球城"，使儿子有条件终日以台球为伴。不久，又开始了正规的训练。1999年丁俊辉被广东东英台球俱乐部看中，丁文钧竟毅然决定变卖家产，举家南迁。

一般的家长虽然都很支持子女的发展，但能够像丁文钧这样一往无前、义无返顾的恐怕也不多吧！显然，他是已经看准了儿子的发展前景，对儿子充满了信心。

所以，如果从家庭层面、父子关系上来分析，我们可以说，是这位神奇的父亲造就了这位神奇的少年。

但是，家庭只是社会的细胞，家庭离不开社会。如果我们以整个社会为背景，再来探讨一下这件事的方方面面，我们会发现什么样的因果关系呢？假定，让这位神奇少年早生20多年，那就正好生在了"史无前例"的年代。那时的中国，基本上不存在台球运动。因此，一个中国少年迷上台球的可能性几乎等于零。即使我们先假设他的台球已经打得很好，他的父亲有可能开一家台球城吗？那时当然也不可能有什么"东英台球俱乐部"，更不可能有什么"举家南迁"的事。所以，丁俊辉如果真的出生在那个年代，哪怕他从小就会打台球，哪怕他父亲再开明、再英明，他也不可能走上这条路，更不用说拿金牌了！

结论再清楚不过：封闭保守、停滞僵化必然抑制社会的活力，必然导致万马齐喑的沉闷局面；只有改革开放、与时俱进才能焕发社会的青春，才能迎来"不拘一格降人才"的兴旺景象。一句话，是改革开放造就了这位神奇少年。

奥运细品味

当博尔特侧过身子拍着胸脯冲过百米终点，伊辛巴耶娃如海燕般掠过5米05，菲尔普斯在"水立方"变出第八金，我们为什么也与其国人一样欣喜若狂？一样感到自豪？

因为他们实现的不仅是个人的目标，也不仅是某国的期望，更是一种"更快、更高、更强"的奥林匹克理想，而这也是全人类的共同理想。"东道主"的身份和视角，强化了我们的全球观念和宏观思维，令我想起阿姆斯特朗登月时的名言，才知道他那"自己的一小步"和"人类的一大步"之间，关系是多么奥妙！全球化的存在，决定了全球化的思维，马克思的道理千真万确。

随着奥运进程，我的和谐观念也被刷新。在我过去的潜意识中，和谐不仅是没有战争和暴力，也应该尽量减少尖锐的矛盾和激烈的竞争，欣欣然进入一种平和安宁的境界，无意中沉到心底，原来还是一个"桃花源"。但是，比赛中那些激动人心的场面和情境，那些人性至美的大喜和大悲，不仅使我感同身受，而且令我豁然顿悟，这才是真正的和谐：在奋斗中发展的和谐，在竞争中合作的和谐。由于有了公正、公开、公平且公认的规则，比赛迸发出无数激情的火花，焕发出无数灿烂的才华，激发出无数热烈的欢呼，引发出无数心灵的净化。是的，人们在休息的时候,也许是需要一个"桃花源",就像伊辛巴耶娃用被子把自己蒙起来那样;但一旦投入工作,那就诚如鲁迅所言,即使桃花源中人,也还是"一要生存,二要温饱,三要发展"!

而"发展"又必须靠科学来保证,这也是奥运所不断证明的真理。即以撑杆跳运动员手中的那根"杆子"而言,最初是桃木做的,人称"擀面杖";后来用竹子做,而且要上好的日本竹子,又名"空竹筒";再后来变成钢和铝的合金,其弹性和韧性便大大增强;而现在的玻璃纤维,竟托着布勃卡在6米14的高度完成了人类与重力的对抗,连"穿裙子的布勃卡"也越过了5米05。薛宝钗小姐说:"好风凭借力,送我上青云。"她是思想上去了;伊辛巴耶娃说:"科学凭借力,送我上青云。"她是身体上去了。

奥运不仅充满了科学之力,更氤氲着艺术之美。张艺谋凭借现代科技的伟力演绎其闪光的创作灵感,他把多少神奇美妙的画面呈现给了全世界啊!当李宁那矫健的身影在万众的欢呼声中"乘风归去"的时候,那不就是"嫦娥奔月"般的壮丽吗!当他又在万众的呐喊声中迈着大步,沿着"空中跑道"奔向主火炬台的时候,那不就是"夸父逐日"般的辉煌吗!体育、科学、艺术,原来竟可以如此浪漫地融为一体,委实令人叹为观止!

当我们在这样的层次上品味奥运的时候,有些曾经很浓重的观念就开始淡化,甚至被质疑了,比如说关于"海外兵团"的疑虑。当刘国栋带着几个新加坡籍的华人,来向刘国梁叫板,这并不是什么"兄弟阋于墙",倒是真正的"相见欢";24年前的"铁榔头"在奥运会上把美国女排斩于马下,今天的"郎教头"却带着美国女排登上了"第二台阶",这两件事都带给我们光荣。金昶伯领着中国女曲"十年磨一剑",其意志力的坚韧顽强,感动了中韩两国人民;当鲍埃尔亲吻着击败其同胞的中国徒弟仲满时,他火热的情感同样也温暖着法兰西……

有什么值得大惊小怪的呢?凡此种种,不正是"同一个世界,同一个梦想"的最好展现吗?

向前还是向后

新闻背景：英国《卫报》最近评出了"人类最糟糕的发明"，我们每天使用的塑料袋，不幸获得这一"光荣"称号。

如果按照《卫报》的思路，"不幸"获得这一"光荣"称号的"糟糕发明"恐怕还要不断地延伸下去：纺织机器的发明，曾经导致大批的英国工人失业，进而引发砸毁机器的暴动；火药的发明使冷兵器变成了热兵器，使战争的规模和后果变得更加可怕；原子能的开发当然更加非同小可，它既使人类克服能源危机有了新的希望，又使人类忽然面临毁灭自身的现实威胁，如果当年希特勒抢先造出原子弹，那后果也就不堪设想；克隆技术、基因研究都在给人类带来巨大福音的同时，又带来伦理道德方面的巨大恐慌。

几乎所有的发明，都会同时带来一些问题。科技进步本身就是一把双刃剑，除了它自身包含的负面因素之外，人类的运用不当也会带来许多问题。那么怎么办呢？咒骂这些发明，取消这些发明，退回到陶渊明笔下的"世外桃源"中去吗？或者更加彻底，像老子说的那样，考虑到眼耳鼻舌身所带给我们的种种祸害，干脆"毁其五官"，回到那无知无觉的混沌状态中去吗？

塑料袋这东西，诞生于 20 世纪 30 年代，过了不多久，它就垄断了整个欧美超市购物袋的市场，接着就风靡了全世界。为什么会这样？还不是因为它方便、便宜，满足了老百姓日常生活的需求吗？它的缺点是作为一种化学制品，不能被分化、降解，于是天长日久，随着被丢弃的塑料袋越来越多，就带来了所谓"白色污染"的严重问题。1995年夏，我去柳州，那里刚发过一场洪水，四望一片狼藉，树丛里、房顶上、电线杆上，到处可见拖着、挂着、飘着的白色塑料袋，其状确实惨不忍睹。

怎么办呢？新闻界评它一个"最糟糕的发明"，当然是毫无用处，人们需要实际的解决办法。从去年3月起，爱尔兰开始征收塑料袋税，每个塑料袋9便士，结果使用量下降了百分之九十。应该说效果还不错。但这只是一种"扬汤止沸"的方法，并不能从根本上解决问题，时间一长，你要是没有适合的东西去代替它，恐怕一切又会恢复旧观，只不过老百姓多花些钱罢了。

咱们有些报刊上是在宣传重新拿起可爱的菜篮子，有些上年纪的人还写了些温馨的散文，来回忆用菜篮子买菜的好处，文章中充满了怀旧的浪漫情调。不过这些美文的实际效用，看来是远远不及冷面无情的9个便士。我们遇事往往喜欢回头看，以史为鉴嘛，这是有一定道理的，但关于现代科技的事情，恐怕还是要更多地向前看才行。

据报道，最近英国人拿出了一个更好的解决办法，他们已经生产出一种可以降解的塑料袋，为从根本上解决"白色污染"的问题指明了方向。由此看来，《卫报》还是多评一点"最能解决问题的发明"为好。

文章写好以后，昨天忽然又看到这样一个有趣的例子，据《羊城晚报》报道："在失重条件下，普通的自来水笔是不能书写的。美国人经过大量实验，发明了一种可以在宇宙飞船上给宇航员使用的自来水笔，笔里面有一台微型泵。苏联人碰到了同样的问题，他们提出了不同的解决办法——用铅笔。"问题是都解决了，但是一个向前进了一步，一个向后退了一步。

三、思为我在

"小葱拌豆腐"之类

引文:"原青岛市二中语文教师王泽利,在教学中自编语文教材,同时打破'上课一定在课堂'的惯例,实行开放性教学。他的一些创新教学法,受到了学生们的普遍欢迎。"(《南京日报》2002年12月8日《教育周刊》)

新闻旁白:

《南京日报》的这篇报道,是根据中央电视台最近一期《实话实说》中的内容整理出来的,整理者认为,《实话实说》中的对答是"精彩"的,王老师的教学方法是"创新"的。

恕我直言,虽然我非常认真地听了一遍"实话实说",又非常认真地看了几遍《南京日报》的相关报道,却仍然感觉不到对答的"精彩",也不明白王老师的"创新"究竟表现在什么地方。

从标题"挑战现行语文教材的人"看来,王老师的"创新"是不是首先表现在他的150万字的《新语文》教材上呢? 我很想了解他的这套教材在指导思想、编排体系、程度深浅、教学方法、教学效果等方面有什么独特的地方,有什么"创新"之处。可惜,对答中只提到教材总量150万字,是分单元的,教材重视情感性,选了一些有关亲情、友情的作品,还选了一些"有意思"的古文。仅此,说老实话,实在看不出有什么特别的地方。

关于语文教材,有一句很经典的话,就是说它归根到底"只是一些例子",语文老师无非是通过这些例子,培养学生学习语文的兴趣,传授一些基础知识和基本技能给学生,而要真正学好语文,最重要的还是要靠学生自己大量听说读写的认真思考和反复实践。既然主要是举例,那就决定了语文教材的非唯一性。过去长期使用部编统一教材,那原因主要是为了"统一";现在认为不必统一了,各种新编的教材就会如雨后春笋般涌现出来。问题在于,"新编"未必等于"创新"。

王老师的第二个"创新"之处是不是表现在"不在教室上课"呢?如果说"不在教室上课",就是所谓"开放性教学",那实在是很容易。过去几十年来,曾经有过大量的"开放性教学"的实验。问题在于,第一,关键是要研究这种课具体怎么个上法;第二,语文课恐怕归根到底还是要以课堂教学为主。王老师究竟是怎样把"春游"变成"语文课"的呢? 其实际效果究竟如何呢? 这种课是偶尔上还是经常上,究竟有多大比例的课不在教室上呢? 关于这些问题,在对答中可惜都没有介绍。我们想听的他们不问不说,这就使人感到总是抓不到痒处,实在难受得很了。

语文教学也许是世上最复杂的事情之一。它涉及知识的积累、技能的掌握、能力的培养,涉及一般逻辑思维的能力、形象思维的能力、创新思维的能力,涉及学校教育、家庭教育、社会教育,涉及教师的引导、自己的主动、别人的帮助,涉及语文课上的学习成效、语文课外的读写实践、其他学习的互相促进,涉及文化水平的提高、人生阅历的增长、心理发育的程度,还涉及人的智商和情商,等等。语文教学实在是一个长期的、多元的、复杂的过程,我们在研究如此复杂的语文教学的时候,第一要务必具体化,切忌空泛;第二要务必进行综合分析,在此基础上研究主要矛盾以及主要矛盾的主要方面,切忌简单化。就拿王老师的教学效果来说吧,他连续带了 17 届高三,"升学率相当高",仅此就能说明语文教学特别好吗？其他各科任课老师和班主任的作用呢？高三以前语文老师的作用呢？学生原来的基础和主观能动性的作用呢？我不想否定高三语文老师的作用，但我同时认为，学生上到高三，他在中学阶段的语文水平基本上已经定局。请允许我说句极端点的话：即使最后一年不上语文课，学生语文升学考试的成绩也不见得一定很差，你信不信？

王蒙先生有言："凡是把复杂的问题说成小葱拌豆腐一青二白者概不可信。"此话我看是颇有道理的。但我写此文并不是要否定王老师的教学成绩。我的看法是，相关的报道未能具体地反映出王老师的创新之处，反而把复杂的问题简单化了，而这种简单化，对推进语文教学改革绝对是有害无益的。

（本文获江苏省副刊好作品三等奖）

看"游街"有感

新闻背景:"日前,西安市钟鼓楼广场市容管理人员在广场上逮住一个正在路灯杆上乱贴小广告的人。根据西安市容管理条例,乱贴小广告者可以处以 50 元至 100 元罚款,但此人既无身份证,又拿不出罚款,管理人员于是当众罚他铲除广场周围所有的小广告,并在他身上贴上小广告,进行处罚性游街。对这种处罚,围观市民议论纷纷。"(《中国青年报》2002 年 11 月 23 日第一版新闻图片说明)

在著名的历史文化名城西安,在古老的塔影与现代化摩托的背景下,两个穿制服的市容管理者,押着一个上衣被贴满小广告的违法公民,从图片中梦幻一般向我们走过来。

这真是一幅怪诞的画面,按当今最时髦的说法,它牢牢地抓住了我的眼球。在我的脑海里,争先恐后地闪过这样一些词语:匪夷所思、令人感慨、荒唐可笑、源远流长、执法犯法,一般见识、颜面扫地、黑色幽默,等等。据说围观市民也在"议论纷纷",只可惜不知道他们说了些什么。

大家都说"法律无情",同时它也就"无趣"了。如果此人有钱,照《条例》罚款了事,那多没意思呀!幸而他没钱,于是"罚他铲除广场周围所有的小广告",这就解恨多了。但是最精彩的,莫过于来一场极富戏剧性的"游街示众"。这样的处罚方式,可以宣泄情感，可以发挥想象力，这就是有些人执法的"创新"。

当然，这并不是什么"创新"，这只不过是一种"沉渣的泛起"。

中国自古以来就喜欢游街示众，这种处罚方式与国人的喜爱围观相配套，往往造成万人空巷的轰动效应，但实际的宣传效果是很值得怀疑的。那种"二十年以后又是一条好汉"的狂喊，那种赶庙会一般兴高采烈的前呼后拥，除了说明人性的麻木又能说明什么呢？这种麻木甚至于发展到围观日本人杀中国人而无动于衷，所以使鲁迅先生受到极大的心灵震撼而弃医从文，希望能疗救国民的精神。

这种"游街示众"的嗜好到了"史无前例"的年代，曾经又一次急性发作为全社会的疯狂，成群结队的"走资派"和"地富反坏右"戴着高帽子在大小城市游街，一开始造成了成千上万的人因不能忍受而自杀身亡，游了几年以后，大家都学会了不把自己当人，于是一个个竟能做到面不改色、心平气和了。我印象特别深刻的是，有些"走资派"在游街时，居然学着戏台上的样子，迈起方步来了。真是悲剧、闹剧、喜剧一起上演，可悲、可叹、亦复可笑矣！

也许有人会认为，不应该把这件事与封建统治者、日本鬼子以及"四人帮"的行径混为一谈。当然，我只是联想到这些事而已，但同时我又觉得，所有这些"游街示众"，虽然性质各各不同，但有一点是相同的，那就是作为一种处罚方式，都是以贬损对方的人格尊严为前提的。而在一个健全的法制社会里，不管是"依法治国"，还是"以德治国"，都应该尊重对方的人格，把他作为一个人来进行教育，或者处罚。正因为我们完全不同于"四人帮"之流，我们为什么要学他们那一套呢？当这两位管理人员押着违法者游街的时候，他们没有想到的是，他们也把自己糟糕的执法水平"当街示众"了。

　　乱贴小广告,无疑是非常令人讨厌的行为,对这位违法的公民进行处罚是完全应该的,但处罚应该严格依法执行。在人家身上乱贴小广告,强迫人家游街示众,这种不文明的行为其实也是在破坏"市容",而且应该说情节更加严重。

(本文编入《镇江杂文选》)

三、思为我在

为狼"平反"

　　花两块钱,买了一本薄薄的特价书,是加拿大人法利·莫厄特所写的《与狼共度》。然后又花了两个夜晚,我就读完了这本书。

　　正如《芝加哥每日新闻报》所说,从此"你将绝不会忘记它"。

　　作者作为一个动物学家,怀着一种人类共同的对狼的成见,只身来到加拿大北部的荒原地带,在很长一段时间里,按照严格的科学要求,客观地观察并研究了"一家狼"的生活。结果,他竟推翻了原来的成见,得出了完全相反的结论:狼是具有丰富情感的善良的动物。接下来就是呼吁:"不要再杀狼了!"

　　这实在令人惊讶。狼在我们中国人心目中的形象,只要举出几个成语就说明问题了:狼心狗肺、狼狈为奸、狼子野心、如狼似虎。几乎每个人,从小就对狼深怀畏惧之心,如果有一天突然与狼面对,那就立即进入你死我活的敌对状态,想想都紧张。

　　祥林嫂没想到"春天快完了,村上倒反来了狼",于是,就"没有我们的阿毛了"。祥林嫂到现在还不断地向《祝福》的读者们悲伤地诉说着。《聊斋志异》中非常有趣的《狼三则》,都是以人的胜利、狼的死亡而告终,读了解气;但三个故事中置狼于死地的竟都是屠夫,若是一般人,结局如何还说不定呢!

　　这种对狼的仇视是世界性的。尽管意大利有"母狼乳婴"的故事,印度有"狼孩"的传说,但人们即使相信实有其事,也把它看作个别的现象。

但是读了法利·莫厄特的《与狼共度》,人们却真的改变了对狼的印象,因为这本书是完全纪实的,客观公正的,令人信服的。所以,1965年初版以后,到1975年,十年发行了20版,被译成二十几种文字,并被拍成电影。俄文版问世后,前苏联官方就命令禁止捕杀一向被视作夺命狂的狼。

实际上,这本书不仅涉及对一种动物的"道德评价",而且启发人们从一个全新的视角来评价人与动物、人与自然的关系。作者说:"狼使我认识了它们,也使我认识了自己。"

作者意味深长地讲述了一个发生在加拿大的剿狼战斗中的故事。两个男子汉驾驶自己的轻型飞机参加灭狼行动,用飞机俯冲追赶的办法使狼活活累死。他们胆子越来越大,飞得越飞越低,终于有一次,穷途末路的狼回头跃起扑向空中,一口咬住起落架,致使飞机坠毁,两名男子死亡。媒体将此事归咎于狼的奸诈,将两名男子赞为英雄。然而作者却说:"所谓的男子汉们……疯狂地残忍屠宰各种野兽,把一切凶险邪恶的品质强加在这些野兽头上,借此证明他们的行为是多么合乎正义。"

你看,作者竟站到狼的立场上去了,但好像……也不无道理吧!

不过,话又要说回来,如果我们有谁突然在荒野处与狼面对,那你还是应该立即进入战斗状态,千万不能像东郭先生那样书呆子气十足。因为我总觉得,法利·莫厄特研究的狼,基本上是处于一种原生态的狼。它们生活在人迹罕至的加拿大北部荒原,大自然为它们提供的食物又比较充足;而许多不同自然环境中的狼,或与人类接触较多且关系相当紧张的狼,即处在生存竞争激烈状态中的狼,其道德状态恐怕也就发生了较大的变化。

人性会"异化",狼性也是会"异化"的呀！

所以，一方面人类不应"欺狼太甚"，一方面对狼还是小心一点为妙。

（本文编入《镇江杂文选》）

读杂感的杂感

杂感就是杂文。关于杂文,鲁迅曾说:"其实杂文也不是现在的新货色,是古已有之的。"周作人也曾明确指出,国外在古希腊罗马时期,就有了随笔和杂文。

于是,我便从鲁迅的"且介亭"走出去,在"华盖"的笼罩下抬起头来,超越其"三闲""二心",结果不但听到了"准风月谈"和"南腔北调",而且发现了一个"热风"吹雨洒江天的杂文大世界。原来这杂文不仅内容驳杂,问题繁杂,而且作者群也相当复杂。举凡哲学家柏拉图、演说家西塞罗、启蒙运动领袖伏尔泰、戏剧家萧伯纳、英国首相丘吉尔、革命导师马克思、物理学家爱因斯坦、文学家高尔基、为自由献身的裴多菲、人权斗争领袖马丁·路德·金、画家东山魁夷,乃至诗人泰戈尔,竟都是杂文写作的高手。那么,他们所写杂文的共同点,又是什么呢?

"我思故我在",笛卡儿这句推崇理性思维的名言,曾因翻译造成的误解,而被攻击为"极端主观唯心主义的总代表"。但我现在想到了它,并借以概括一切杂文最本质的特点,就是要有思想,最好是深刻、精辟而独到的思想,能够激活读者的思维,使读者在思想上也有收获。孔子曰:"学而不思则罔,思而不学则殆。"他不是也非常重视理性思维吗?《论语》其实也是典型的随感录,是典型的杂文,其中所包含的真理,也有"普世价值",也是

"放之四海而皆准"的。

　　记得几年前,白岩松的名言"痛并快乐着"曾因其新奇而流行一时,不想我竟在两千多年前柏拉图的杂文中看到其渊源。他借老师苏格拉底之口,谈到人们在生活中和观剧时心理上痛感和快感的相互依存和转化,并引荷马《伊利亚特》中的诗句为证:"愤怒惹得聪慧者也会狂暴,它比蜂蜜还更香甜。"但我又想,中国人其实也早就明白这个道理,不然"痛快"一词又从何而来呢? 由此又想到蒲松龄所讲的有趣故事:明朝末年,一强盗将被杀头,临刑前对一刀法高明的刽子手曰:"求杀我。"兵曰:"诺。"届时"出刀挥之,豁然头落""犹圆转而大赞曰:'好快刀!'"我想,这大概是世界上对"痛快"一词体验最深的人了。然而西方人似乎不像中国人这样偏爱形象思维;他们更感兴趣的,是要证明刚落地的人头是否还有生理反应,于是便对这同胞之头大呼死者之名,看它是否有反应。这就不仅是重视理性,简直是在进行科学实验了。

　　说到科学,便想起最近的"绿豆事件"。热衷于"养生运动"的国人,终于在胡侃乱吹的云山雾海中发现了骗子的魅影,在动手掏钞票、动嘴吃绿豆之后,也开始动脑筋想问题了。其实,鲁迅早在92年前就说过:"最巧妙的是捣乱。先把科学东拉西扯,羼进鬼话,弄得是非不明,连科学也带了妖气。"而这些鬼妖之言,竟在科学昌明的21世纪依然能招来众多"粉丝",岂不怪哉! 而四百多年前英国的培根,则为我们指出了受骗者自身的问题:"尤其有害的不仅是那种浮夸一时的谎言,而更是那种根深蒂固、盘踞人心深处的谬误。"而这些谬误之所以根深蒂固,首先是因为人们往往回避对因果关系的艰难求证,而宁愿选择最轻松如意的"想当然",比如有十个人生病吃了香灰,其中有几个后来病好了,便以为"吃香灰"是"病好"的原因。现在当然是有一点进步,把香灰改成有营养的绿豆之类了。这可比用假酒假药行骗安全得多,因为绿豆决计吃不死人,而先吃了绿豆后来病有好转者总归不乏其人,于是这前"因"与后"果"便速配成功,并成为"养生专家"的例证。但列宁早就说过,此类"举例论证"很可能成为"儿戏",而"儿戏"是骗孩子的,那为什么深明事理的成年人还会受骗呢?这就与第二个原因有关了:凡受骗者都有善良而天真的强烈愿望,而"似是而非的谎言令人愉快"(培根语),所以他们甘愿接受谬误,"虽然谬误不像诗那样优美,又不像经商那样使人致富"(培根语)。说到这里,我要在培根的话后面加上一句:"却能使商业行骗者迅速致富。"而这,就是此类骗术层出不穷、屡禁不止的根本原因。

而且,行骗的道具又何止绿豆呢?在文教卫等方面,都有可以用来行骗的门道,其诀窍依然是在科学中羼进"鬼话",使之成为伪科学,使难识真伪的民众上当受骗。

契诃夫有一篇杂文《白嘴鸦》,类似于鲁迅的《狗的驳诘》,那可恶的白嘴鸦竟然说:"人先生,智慧不是从寿长来的,而是从教育和修养来的。您拿中国来说吧……它活得比我长多了,可是仍旧像一千年以前那样愚昧。"虽然这混账话是在大清时说的,但现在听起来依然非常刺耳,我们一定要叫它闭嘴,不是吗?

三、思为我在

论增加新闻的信息量

邓小平在为《经济参考》题词时写下了这样两句话："开发信息资源,服务四化建设"。新闻工作者应该深刻认识这两句话的重要意义。信息,是与物质、能量并列的人类取之不尽、用之不竭的三大资源之一。当前,随着改革、开放,人们的视野日益扩大,知识更加丰富,要求不断提高,观念逐步更新;与此同时,从领导到群众,从城市到乡村,各行各业对信息的需求更加强烈,这就要求报纸充分发挥发布新闻、宣传观点、传播知识、提供娱乐和推销商品的多种功能,迅速地大量地传播信息。这当中,首先是要努力增加新闻的信息量。

所谓信息,从广义的哲学观念上讲,就是事物运动的存在和表达形式。如果缩小一点范围,只从人类意识方面下定义,那么信息就是人的精神产物的内储和外化。所谓内储是存在于人脑中的内向交流;所谓外化则包括书籍、文献、资料、口头传播、报纸等等。如果我们只在报纸、广播、电视等新闻媒介的范围内研究,那么信息就是"消除受众随机不确定性的东西"。所谓"随机不确定性",就是受众对欲知而未知的事情的若干种可能性的设想。比如,受众已经知道昨晚中国队与日本队赛了一场足球,那么你只报道举行了一场足球赛,就没有什么信息了,因为在"进行了比赛"这个问题上已不存在不确定性;如果你报道中国队赢了这场比赛,那就传播了信息,因为这是读者"欲知而未知"的事情,他们对此原来存在三种可能性的猜想,而你消除了他们的不确定性。如果你还准确地报道了此赛的比分,那就消除了更多的不确定性,从而具有更大的信息量。在香农的信息论中,信息量等于可能性选择的概率的对数,运用这个公式,在通讯科学中可以对信息量进行准确的计算,其单位是比特。但是,在估计新闻所含的信息量时,情况要复杂得多,很难进行精确的计算。不过,我们可以大体强调这样两个方面。

首先,事物的可能性选择越多,即概率越小,其信息量就越大。不可能发生的事情谈不上什么信息,大家都知道的必然要发生的事,也谈不上什么信息。你说明天太阳将从西方升起,这只能被称之为胡说;你说明天太阳将从东方升起,这只能被称之为废话;可是当你说明天太阳升起后在某段时间内将发生日食的时候,你就传达了重要的信息。正如控制论之父维纳所说:"一些信息要能够对社会的总信息有所贡献,就必须讲出同某些社会已储存的公共信息具有实质性差异的东西。"1983 年秋,湖南柑橘大丰收,商业部门待价而沽,柑橘大量积压,有可能造成损失。10 月 27 日,《湖南日报》发表消息说:"我省柑橘大增产,全国也丰收,不可待价而沽。"这就为商业部门提供了"应知而未知"的信息,使他们得以及时出售,避免了经济损失。我们的报纸就应该多发这样的新闻,多提供对社会有贡献的信息。

以上是从传播者这方面来讲的,如果从受传者这方面来讲,就必须研究他们的情况和要求,这样才能有的放矢地向他们提供必要的信息。他未知而不欲知,对他不成其为信息;他欲知,但消息到达时他已知,也就不成其为信息了;他未知而且欲知,但你的报道他看不懂,结果不可知,还是不成其为信息。因此,报纸要卓有成效地为读者服务,必须尽量多提供群众关注的信息,必须尽量扩大读者群,必须尽量迅速地提供尽可能新鲜的信息,并且要把已知信息与未知信息适当地结合起来,争取最好的宣传效果。

为了实现上述要求,在新闻报道中应该注意以下几点:

(一)选择信息量大的内容

消息的内容含量和信息含量是两回事,消息的条数也不一定与信息量成正比,关键在于新闻事实本身的信息量。一般说来,事物变动的空间与规模同信息量成正比,质变的信息量大于量变的信息量,变动幅度大的信息量大于变动幅度小的信息量,逆向变动的信息量大于顺向变动的信息量,突变的信息量大于渐变的信息量。当美国航天飞机"挑战者号"升空爆炸时,记者知道这是头号特大新闻,因为这件事必然轰动全世界,影响深远,变动幅度大,是质变,是逆向变动,是突变。

(二)提高消息传播的速度

同样一则消息,由于传播速度的快慢不同,其信息价值也是大不相同的。在美国,许多人从电视实况转播中与事实同步地目睹了"挑战者号"发射、升空、爆炸、坠落的过程,这时的信息量无疑是最大的。由于时差的关系,从欧洲向东,人们先后得知这一消息。遗憾的是,由于主客观两方面的原因,我国获知这一消息反而比日本迟。到了第三天,当刊登这一消息的报纸送到人们手上时,其信息量已大大降低了。信息呼唤着速度,一场运载信息的赛跑已经进行了几千年,信使、骏马、鸽子、车船、飞机……现在电波以每秒30万公里的速度获得了无可争议的冠军,把世界缩小成一个"地球村"。面临电子媒介的严峻挑战,报纸必须千方百计地提高时效,记者也必须把"抢新闻"当作真正的战斗。

(三) 讲清事实的关键部分

新闻要突出重点,讲清关键,才能消除疑点,令人信服,从而最大限度地提高信息量。1982 年 6 月 25 日,《陕西日报》报道一位 67 岁的老太婆在山中打死一只豹子,但消息在她如何打死豹子这个关键的地方却打了马虎眼。为此,美国纽约新闻界派记者专程来华核实,结果澄清事实如下:"(豹子)扑倒老妇人并咬住她的左臂,这勇敢的山里人翻身抱住了豹子。在生死搏斗中,抱在一起的豹子和人滚坡坠崖。当老妇人和豹子落地时,凑巧人在上,豹在下,而且地面有锐石。这样,人和豹子合计200斤的重量,加上自由落体的加速度,造成了豹子的致命伤,而老妇人未致大伤……"这样一写,读者原来的疑问,即不确定性,就消除了,消息的信息量就大大增加了。

(四) 减少对传播的干扰

这里讲的减少干扰,主要是指把无助于信息量增加的内容压缩到最低限度,并采用最便于读者接受的方式传播信息。比如会议报道中的一般议程叙述,不必要的名单排列,以及其他报道中的公式化概念化的内容,都可视为干扰信息传播的"噪音"。从文字表达方面来说,华而不实、拖沓拉杂、生僻难懂等缺点,都会降低信息的明确度,减少信息的流通量。比如说一则消息的主题是"吴数德一举刷新亚洲纪录",却加上这样一个引题:"立身下蹲,紧握杠铃,猛一发力",这不是说废话吗？总之,新闻应该具体、朴素、准确、简洁,这样才有利于信息的迅速有效的传播。

（五）扭转新闻老化的趋势

新闻老化的原因一是同类事件的简单重复,导致信息量下降。1982年初开始,各地报纸连续报道农村实行各种生产责任制的消息,信息量逐步下降。到1982年底,当读者对机械重复的同类报道已经感到厌倦的时候,《羊城晚报》别出心裁地以《大寨也不吃大锅饭了》的独家新闻使全国人民耳目一新,其信息量当然就大得多了。新闻老化的第二个原因是知识老化,这是孤陋寡闻的反映,结果把旧闻当新闻。有些科技新闻远远落后于世界新技术革命的形势,却自吹"填补空白""最新科技成果"云云。有些文艺消息把现代派的创作方法奉为时髦,趋之若鹜,其实形形色色的现代派文学,早在本世纪初以来即已风靡于世。所以新闻工作者必须不断更新知识,紧跟时代步伐,才能多写好新闻。

（六）挖掘信息的深刻内涵

这是指对信息进行深度加工和综合利用。当代人对泛滥的信息往往感到真假难辨,无所适从,信息的消化率正在下降。欧洲一位政治家说："不要告诉我发生了什么,而要告诉我发生的事意味着什么。"此话已成为西方许多新闻工作者的信条,所谓"问题型报道""解释性报道""预测报道""追踪报道""反馈报道"应运而生,方兴未艾,成为报纸与广播、电视竞争的有力手段。

勃列日涅夫逝世以后,日本共同社除抢先发出独家快讯外,又随即发出勃列日涅夫的"简介""经历""年表"和"言论摘要",还配发了对事态的分析和展望,诸如"接班人问题""今后东西方关系""对国际贸易的影响""日苏关系前景""今后中苏关系"等报道,一天之内共发出 6 万多字。在罗马举行的世界田径锦标赛上,加拿大黑人选手本·约翰逊创造了惊人的 9 秒 83 的男子百米世界纪录。如果仅仅报道这一点,读者已经不满足了。几天后,《人民日报》刊登记者陈鸿斌的报道说:"本·约翰逊下蹲负重 200 公斤,因而起跑 10 米时就领先刘易斯 1 米,到终点只跑 46 步。他集哈里的起跑、海因斯的加速和刘易斯的持续跑于一身。据分段测试,哈里前 50 米的成绩为 5 秒 37,刘易斯后 50 米的成绩为 4 秒 27,加起来 9 秒 64,看来至少在达到这个成绩前人类是不会止步的。"这些都属于挖掘信息的深刻内涵,无疑是可以大大增加新闻的信息量的。

从宏观上说,增加新闻的信息量是一件意义十分重大的事情,因为经过传播的信息会交流、组合、扩展、延伸、繁殖,从而使总信息量不断增加并发挥巨大的作用。现代报纸加速了人们"时空观"的巨大改变。过去人们在同一空间里通过不同的时间来认识生活,主要作纵的比较,因而从孔夫子到韩愈,都不由自主地往后看;但报纸却着重报道同一时间内不同空间的变动的事实,从而打开了人们的眼界,加强了横向联系,使人们眼观六路,耳听八方,把纵比与横比结合起来,这对人类的进步是有极大推动作用的。美国传播学家威尔伯·施拉姆指出:"书籍和报纸同 18 世纪欧洲启蒙运动是联系在一起的,报纸和小册子参与了 17 世纪和 18 世纪的所有政治运动和人民革命。正当人们越来越渴求知识的时候,教科书使得举办大规模教育成为可能;正当人们对权利的分配普遍感到不满的时候,先是新闻报纸,后是电子媒介,使普通平民有可能了解政治和参与政府……"正是从这个角度出发,加拿大的麦克卢汉甚至作出了这样的论断:"媒介即信息。"这当然有夸大之嫌,但从揭示信息与传播的巨大作用这一点来看,此话是很有见地的。对我们来说,要更好地改革、开放,要更好地"服务四化建设",也确实应该更好地"开发信息资源"。

四、神游红楼

"文学上有部《红楼梦》"

对《红楼梦》的歌颂赞美实在是太多了！多得使一般的形容词显得苍白无力，多得使人习以为常，无动于衷。然而毛主席的一段话，却给我留下极其深刻的印象。他说："我国……工农业不发达，科学技术水平低，除了地大物博，人口众多，历史悠久，以及在文学上有部《红楼梦》等等以外，很多地方都不如人家，骄傲不起来。"

这样来评价一部文学作品，乍一听真是骇人听闻，因而有人认为"有些夸张"。但是在我，是非常拥护毛主席的这个观点的。因为《红楼梦》正如冯其庸先生所说，确实"是中国历史上的一个奇迹"。而且我认为，这奇迹是可遇而不可求的。美国也可谓"地大物博"了，印度也可谓"人口众多"了，埃及也可谓"历史悠久"了，然而他们却没有《红楼梦》。中国何幸，有了一位曹雪芹，这才有了一部《红楼梦》。我敢断言，如果没有他，这样一部中国封建社会的百科全书式的伟大小说，也就不会有了。虽然也出现了《水浒传》《儒林外史》那样伟大的小说，但那都是难与《红楼梦》比肩的。你看，对于那"迷失无稿"的后四十回，两百多年来，谁能把它补好呢？高鹗、程伟元算是呕心沥血的了，而且也不乏才气，结果还是过不了关，更不必说等而下之者了。所以说，《红楼梦》是无法克隆的，也是无法模仿的。

陈子昂站在幽州台上感叹:"前不见古人,后不见来者;念天地之悠悠,独怆然而涕下。"我认为曹雪芹就是这样一位"前不见古人,后不见来者"的文学天才,但我们不必因此而"涕下",我们应该为此而骄傲——正因为这样他才特别了不起呀!如果前也有曹雪芹,后也有曹雪芹,那他就不是"一览众山小"的珠穆朗玛了。

近些年来,颇有些专家学者喜欢用比较文学的方法来研究《红楼梦》,但似乎以分析相似之处为多。在我看来,还应该大胆研究一下《红楼梦》的特别高明之处,更加伟大之处。世界文学有两座高峰,一座在法兰西,巴尔扎克的《人间喜剧》大概可与曹雪芹的《红楼梦》比美。但《人间喜剧》是几十部小说的总称,如果说其中某一部,那么无论是《欧也妮·葛朗台》还是《高老头》,能与《红楼梦》比吗? 还有一座在俄罗斯,其成就最高者当推托尔斯泰,但他的《复活》和《安娜·卡列尼娜》的结构规模都无法与《红楼梦》相比。《战争与和平》的规模也许可以相比了,然而在艺术结构的完美方面恐怕就大有探讨的余地,至于在阅读的吸引力方面那就更不一样了。《战争与和平》使许多人感到读不下去,而《红楼梦》却让无数的人百读不厌。

当然,这只是我——一个普通的文学爱好者的看法。也许有点偏激,但我确实更为曹雪芹感到骄傲。在我看来,只有一个人可以与他相比,但那个人不是文学家,而是科学家爱因斯坦,爱因斯坦给了我们另外一个时空,曹雪芹给了我们另外一次人生。

《红楼梦》的语言魅力

　　读《红楼梦》其文，常感气势贯通，流畅自然，往往片言只语，而境界全出。不妨摘几段看看："士隐大叫一声，定睛一看，只见烈日炎炎，芭蕉冉冉。"我们试想一下这后面八个字，是不是一幅"炎夏永昼"图？"当时，街坊上家家箫管，户户弦歌，当头一轮明月，飞彩凝辉。"我们试想一下这"飞彩凝辉"四个字，是不是比常用的"皎洁"更美，更灵动？"那些和尚不加小心，致使油锅火逸，便烧着窗纸。此方人家多用竹篱木壁者多，大抵也因劫数，于是接二连三，牵五挂四，将一条街烧得如火焰山一般。"这"接二连三，牵五挂四"八个字，是不是牵引着我们的视线看到了一条街，且在这"火焰山一般"的特写镜头中，又仿佛听到"劈劈啪啪"的爆炸声，感到热烘烘的气息？

　　文字如此简洁，表达效果却极佳，充分显示出曹雪芹语言功力的炉火纯青。其中有一个重要的特征，就是他充分发挥了汉语中四字结构的巨大表现力。如果大家对上引文字中四字结构的印象还不够深，那就请再看一段："适闻二位谈那人世间荣耀繁华，心切慕之。弟子质虽粗蠢，性却稍通；况见二师仙形道体，定非凡品，必有补天济世之材，利物济人之德。如蒙发一点慈心，携带弟子得入红尘，在那富贵场中、温柔乡里受享几年，自当永佩洪恩，万劫不忘也。"

《红楼梦》的语言,尤其是作者的叙述语言,是文言与白话的和谐融合。在这样一种话语系统中,两个字、三个字构造词组的能力显然有限;而五个字以上,又往往不能凝结成相对固定的词组,在句子中不能作为独立成分来运用;只有四个字,构造词组的能力既强,又能作为固定词组在句子中充当某一种语法成分。举例说,"担风袖月"是两个动宾词组的组合,"书香之族"是定语加中心词,"支庶不盛"是一个主谓结构,"爱女如珍"是动宾结构加补语,"聪明清秀"是四个词的联合,"名山大刹"是两个偏正词组,"既聋且昏"是递进式词组,"齿落舌钝"是两个主谓结构并列……诸如此类,变化繁多;而它们在句子当中的具体运用,其变化也可谓层出不穷。总之,四字结构往往是汉语中长度最适合、运用最灵活的词组,而这也是汉语中的成语绝大多数都是四个字的根本原因。曹雪芹显然深谙其中之奥秘,所以他不但能熟练地运用成语,而且能巧妙地运用四字结构,这就使他的叙述语言更加简洁,流畅,而且生动。

　　语言的"生动",不仅要求作者具有修辞炼字的深厚功底,而且要求他能使文字与内容、人物、环境、气氛等诸多因素互相交融,互相印证,形成和谐统一的整体,才能产生很强的吸引力和感染力。

　　且看《红楼梦》中一段著名的描写:"众人先是发怔,后来一听,上上下下都哈哈的大笑起来。史湘云撑不住,一口饭都喷了出来。林黛玉笑岔了气,伏着桌子喊'嗳哟'。宝玉早滚到贾母怀里,贾母笑的搂着宝玉叫'心肝'。王夫人笑的用手指着凤姐儿,只说不出话来。薛姨妈也撑不住,口里的茶喷了探春一裙子。探春手里的饭碗都合在迎春身上。惜春离了座位,拉着她奶母叫揉一揉肠子。地下的无一个不弯腰曲背,也有躲出去蹲着笑去的,也有忍着笑上来替他姊妹换衣裳的。独有凤姐、鸳鸯二人撑着，还只管让刘姥姥。"这段绝妙的文字，不但形象地描绘了各人不同的笑态，而且生动地体现出各人不同的身份和性情。作者先总写众人从"发怔"到爆发的"哈哈大笑"，再一一分别刻画：史湘云的笑透着豪爽；林黛玉的笑显出柔弱；贾宝玉边笑边撒娇；贾母边笑边宠孙子；王夫人似乎要批评凤姐玩笑过当，手指着她，却笑得说不出话来；薛姨妈尽管是客，"也撑不住"了，但她喷的是茶，因为前面有交代她是吃过饭来的；性格放达的探春把饭碗合到了"温柔可亲"的迎春身上；"形容尚小"的惜春拉着奶母叫"揉一揉肠子"。最后再概述其他人："也有躲出去蹲着笑去的"，"也有忍着笑上来替他姊妹换衣裳的"，这些是下人，只略写一笔。而与这一切相对照的，是依然"撑着"的凤姐和鸳鸯，因为她俩是"逗哏"，故有本领坚持不笑。冯其庸先生评论这段文字道："作者写各人的笑态，可以说淋漓尽致，各极其妙，即集古今笑事于一处，恐亦无此恢宏场面。"意味深长的是，在这极尽欢乐的场面描写中，曹雪芹却有意"漏"掉了一个极其重要的角色，那就是薛宝钗。这仿佛是画中的留白，乐曲中突然的静音，引发我们作有趣的猜想：这位以冷静稳重著称的"道德楷模"是笑还是不笑？是微笑还是大笑？是矜持还是失态？如果要写她的笑，究竟又该怎么写呢？看来，这还真是个难题。

其实，像这样铺张细致地描写，曹雪芹其实也是偶尔为之。他更多地是在简约中隐含丰富的内涵，需要我们结合人物的言行去仔细体会，主动积极地参与作者的审美实践。比如，曹雪芹每写那一僧一道出场，总是伴随着他们的笑声，不是"说说笑笑，来至峰下"，就是"挥霍谈笑而至"，这样的描写我们很容易一读而过，但仔细一想，其中大有深意存焉！这神仙之笑，首先是因为他们的逍遥自在，不像我们芸芸众生有许多的烦恼；而在《红楼梦》中，也是为了反衬后面的许多痛苦和悲凉。同时，在这神仙的笑声中，我们也能体味出一种浓重的沧桑感，令人产生"古今多少事，都付笑谈中"的慨叹。再者，在这神仙的笑声中，又充满了对尘世无情的嘲讽，即所谓"笑天下可笑之人"的意思。这样一想，我们就会对这些潇洒谈笑的神仙产生一种敬畏之感，并感受到一种哲学的意蕴了。

同样的道理，在"葫芦僧乱判葫芦案"那一段文字中，我们也不可忽略那"门子"的笑。他是当年葫芦庙中的一个小沙弥，却侃侃而谈地向贾雨村"讲授"官场之道，并"指导"他如何判案，其间竟一连"笑"了六次，其中还包括两次肯定令贾雨村极不舒服的"冷笑"。呜呼！无怪乎此人事后要被雨村兄"远远的充发才罢"——谁叫你在顶头上司面前显出如此精于官场的"潜规则"，如此老于世故，且又如此好为人师的呢？真是活该要倒霉！

《红楼梦》的"梦里乾坤"

　　人生天地，梦里乾坤，那虚幻的时空为我们开辟另一世界，其间时空倒错，影象模糊，充满了夸张变形和逻辑混乱，令人既向往又恐惧。故而，文学家无不钟情于梦文化，使其成为浪漫主义、象征主义、神秘主义等多种艺术实验的园地。草桥店残月寒蛩惊梦，张君瑞痴情难已；牡丹亭良辰美景春梦，杜丽娘死而复生；邯郸路荣华富贵美梦，赵国公一枕黄粱；忠义堂石碣天书噩梦，金圣叹腰斩水浒……竟至娘儿们爱看的韩剧，也要来几个胎梦逗你玩。

　　《红楼梦》全书写了三十几个梦，亦可谓梦幻种种之大观，所以脂砚斋说："一部大书，起是梦，宝玉情是梦，贾瑞淫又是梦，秦之家计长策又是梦，今作诗也是梦，一并风月鉴亦从梦中所有，故红楼梦也。"在所有的梦中，我以为那第一个梦，即甄士隐"识通灵"之梦，可称梦之经典。

　　曹雪芹起笔即告列位看官："因曾历过一番梦幻之后，故将真事隐去，而借'通灵'之说，撰此《石头记》一书。"这就分明告诉我们，他要为我们展现三个世界：一曰"梦幻世界"，二曰"现实世界"，三曰"艺术世界"。于是下笔即从女娲补天写起，又有一僧一道说些"云山雾海神仙虚幻"之事，此即"梦幻世界"；然后写顽石通灵，被僧道携往"昌明隆盛之邦，诗礼簪缨之族，花锦繁华之地,温柔富贵之乡",这就到了"现实世界";而"不知过了几世几劫"后,有位空空道人经过"大荒山无稽崖青埂峰下",从一块大石上抄下这《石头记》,其中景象,则分明是"艺术世界"了。而打通这三个世界之关节的,就是甄士隐的这个梦。

甄士隐出场时,身居现实世界的姑苏阊门外十里街仁清巷葫芦庙旁,因"炎夏永昼……手倦抛书"而入梦幻世界之中,突遇一僧一道,得知木石姻缘之来由。正欲深究,"忽听一声霹雳,有若山崩地陷",就被炸回人间,只见"烈日炎炎,芭蕉冉冉"……请列位看官仔细,这已不是他来时的"现实世界",而是"真事隐"去后的"艺术世界"了,从此就"假作真时真亦假,无为有处有还无"了。君不见那一僧一道也"挥霍谈笑而至"了吗?从此,现实世界、虚幻世界和艺术世界就融会贯通,打成一片了。

有趣的是,我读书至此,便想起了诞生宇宙的大爆炸,青埂峰下的那块顽石,正好比现代宇宙学中所谓的"宇宙蛋",那"一声霹雳"就是"大爆炸",随着"真事隐"去,一个艺术世界的新时空开始了。

如果说甄士隐的梦主要关乎一部大书的总体构思,贾宝玉梦游太虚幻境则隐含了主要人物的命运和归宿,秦可卿临终托梦王熙凤则预示了情节发展的大趋势,贾瑞淫迷梦丧则终结了《风月宝鉴》的警世主题,而随着"皮肤滥淫"的秦钟弥留之际诸鬼判的调侃,则宣告了真正的"情种"贾宝玉正当"运旺时盛",从而揭开了一场更大悲剧的序幕。此为第16回结束,下一回便是"大观园试才题对额,荣国府归省庆元宵",正所谓"烈火烹油、鲜花着锦之盛",而由盛至衰,尚待洋洋数十万言的"敷衍"。脂砚斋说:"雪芹旧有《风月宝鉴》之书",《红楼梦》似乎确实是从中脱胎而出,但新书远胜旧书,其主题的深刻和构思的宏伟,从这五个神奇的梦中即可见端倪。

《红楼梦》最值得玩味的梦，是第56回真假两宝玉的梦中套梦，真是写得恍惚迷离，匪夷所思，实为梦文化的一朵奇葩。那贾宝玉梦见自己到了一座仿佛大观园的园子，见到极像鸳鸯、袭人、平儿的诸丫鬟，居然笑骂他为"远方来的臭小厮"。随后又见到与自己形同双胞胎的甄宝玉，正和几个女儿嬉笑玩耍，竟也说做梦到了都中花园，亦被骂为臭小厮，后找到与他一样的贾宝玉，其人却在睡觉。于是两宝玉欣喜相见，都说并非在梦中……忽又听说"老爷叫宝玉"，终于惊醒。更为有趣的是袭人和麝月的解梦，袭人道："是睡迷了。你揉眼瞧瞧，是镜子照着你的影。"麝月道："怪道老太太不许多放镜子，人小魂不全，有镜子照多了，睡觉惊恐作胡梦……自然是先躺下照着影儿顽的，一时合上了眼，自然胡梦颠倒；不然，如何得看见自己叫着自己的名字？"她们的解释，既明言形而下之"器"如何以影象刺激引宝玉入梦，又暗合形而上之"道"如何以真假互通令读者深思，此乃超乎"庄生梦蝶"之妙文也。

　　《红楼梦》最令人欣喜的梦，是第48回香菱梦中得诗。古人言梦中得句得题得灵感者，史不绝书；但香菱却于梦中得一七律完璧，这应该是曹雪芹的艺术夸张了。香菱"苦志学诗，精血诚聚"，为作林黛玉命题的咏月诗，两易其稿，初被指为"措词不雅"，再被评为"过于穿凿"，至三思而于梦中玉成，虽夸张却合乎情理。可叹如此聪慧娇憨之香菱，竟遭脏"雪"炎"夏"之荼毒，宁不叫人伤悲？

　　《红楼梦》最令人惊惧的梦，是第82回林黛玉的一场噩梦。她梦见死去的父亲娶了继母，继母又将她嫁给什么人作续弦，众人皆冷笑而去，连贾母亦弃之不顾，至与宝玉互诉衷肠时，宝玉竟用刀子在胸口一划，要掏出心来表白，随即鲜血直流，"咕咚"栽倒在地。这边黛玉在哭声中惊醒，那边宝玉在梦中"一迭连声的嚷起心疼来"。这一段文字虽已在 80 回后的续书中，但描写黛玉心理之细腻感人，似乎也只能出自曹雪芹笔下。由此我也相信，80 回后确有残稿，程伟元在程本 120 回《红楼梦》序中所说的话可能是真的。他说："数年以来，仅积有二十余卷。一日，偶于鼓担上得十余卷，遂重价购之。……乃同友人（指高鹗）细加釐剔，截长补短，抄成全部。"这"截长补短"，可能就是高鹗续书的真相。胡适仅因"二十余卷加十余卷"正好四十卷之巧合就全盘否定，确乎很难令人信服。

最后还要指出的是，当曹雪芹痛掬"辛酸泪"之时，他肯定有"人生如梦"之感慨；从这个意义上来讲，整个的《石头记》，就是一场"千红一窟（哭），万艳同杯（悲）"的"红楼梦"，而这也是人类文学史上最凄惨、最缠绵、最催人警醒的一个"春秋大梦"。

《红楼梦》的心理描写

早在 1920 年,吴宓先生在他的《红楼梦新谈》中,曾用比较文学的方法研究《红楼梦》的艺术特色。文中,他批评某些"西国近世小说……将书中人物之心理,考察过详,分析过细,几成心理学教科书";同时赞扬"《石头记》……描画人物,均于其言谈举止,喜怒哀乐之形于外者见之。"

我觉得,吴宓先生对西方作家的批评或有偏颇之处,但他对《红楼梦》心理描写特色的评论倒真是一语中的,非常之准确。在《红楼梦》中,曹雪芹的确很少有大段的心理描写,很少有大段的心理独白;即有之,也仅偶见于作者所钟爱的人物情感激荡之时。例如,黛玉看到宝玉差晴雯送来的手帕,"体贴出手帕子的意思来,不觉神魂遥驰:宝玉的这番苦心,能领会我这番苦意,又令我可喜;我这番苦意,不知将来如何,又令我可悲;忽然好好的送两块旧帕子来,若不领会深意,单看了这帕子,又令我可笑;再想私相传递与我,又可惧;我自己每每好哭,想来也无味,又令我可愧。如此左思右想,一时七情六欲,将五内沸然炙起。"这一段"五可"的心理描写,不仅复杂细腻,而且情意缠绵,实为黛玉三首题帕诗的精彩铺垫。

但这样的例子毕竟很少,曹雪芹描写人物的笔锋的确多半是由外在指向内在,"于其言谈举止、喜怒哀乐之形于外者见之"，这个最后的"之"，就是人物的"心理"，乃至"潜意识"。对此，让我们以林黛玉和薛宝钗为例，对比着说。第三回，林黛玉初见贾宝玉之前，她关心的是："这个宝玉，不知是怎生个惫懒人物，懵懂顽童？"及至一见，却原来是一位风度翩翩的俊美公子，"便大吃一惊，心下想道：'好生奇怪，倒像在哪里见过一般，何等眼熟到如此？'"这感觉就是"潜意识"，在书中照应的是那"灵河岸上三生石畔"的一段"仙缘"；而在现实生活中，这就是所谓一见钟情的某种心灵感应。而对于那块"玉"，林黛玉则完全不感兴趣，倒是贾宝玉反过来问她有没有，听说没有就摔了玉大闹一场，惹得黛玉当晚就开始"还泪"。林黛玉对玉的漠视和贾宝玉对玉的反感，预示了他们对所谓"金玉良缘"的抗拒心理。而到了第八回，写贾宝玉去看望薛宝钗时，那宝钗最感兴趣的却是"这块宝玉"了。你瞧，她看宝玉的目光是从头到额到身到项，最终停在那块"宝玉"上，接着就提出要"细细的赏鉴"，就"挪近前来"，就把那玉"托于掌上"……及至"看毕"，"又从新翻过正面来细看，口内念道：'莫失莫忘，仙寿恒昌。'念了两遍，乃回头向莺儿笑道：'你不去倒茶，也在这里发呆作什么？'"如此"细细的赏鉴"，生动地透露出这位"冷美人"对此物的罕见热情。等到莺儿说姑娘的项圈上也有两句话，"倒像……是一对儿"，差点儿就要说出那癞头和尚的话来时，"宝钗不待说完，便嗔她不去倒茶"。我们这才发现，莺儿居然还未去倒茶；这主仆二人，实在是心驰神往，情不自禁了！如此前后一对比，薛宝钗内心对这份"俗缘"的渴望，岂不是昭然若揭了吗？可是，曹雪芹说宝钗"想"什么了吗？完全没有；他对宝钗心理的揭示，完全是在引导我们"于……形于外者见之"的。

再说宝玉被打以后，先是宝钗来看他。只见她"手中托着一丸药走进来"，接着教袭人怎样用药，再问宝玉的情况，表现得理智而从容。待到与宝玉两情相对时，才"点头叹道：'早听人一句话，也不至今日。别说老太太、太太心疼，便是我们看着，心里也——'说了半句，又忙咽住，自悔话说的急速了，不觉红了脸，低头只管弄裙带。"在这段描写中，被宝钗咽下去的那个"疼"字，以及那自悔脸红的神情，和那低头弄裙带的动作，都不自觉地流露出薛宝钗的内心隐秘。与薛宝钗的自控内敛不同，林黛玉在宝玉面前却是那样地率真而任情："只见她两个眼睛肿得桃儿一般，满面泪光……虽不是嚎啕大哭，然越是这等无声之泣，气噎喉堵，更觉利害……"她是悄悄地来，又从后门悄悄地走；她不想向谁表现什么，她只要与宝玉两心相知。曹雪芹就这样通过两人的"言谈举止、喜怒哀乐之形"准确生动地写出了她们的心理。

但《红楼梦》中也有这样的写法，即尽管写了"形于外"的某种表现，却依然含蓄地控制着信息，使我们无法看清其内心的隐秘。比如，当薛宝钗在滴翠亭外无意中听了小红的"短儿"，又不想被小红知道，便忽然喊道："颦儿，我看你往哪里藏！"这在她，是以此来表明自己并未偷听；而在小红，却误以为林黛玉在此"听了话去了"。那么，此时薛宝钗的心理，到底是有意嫁祸于人，还是情急之中下意识的口不择言呢？关于这个问题，历来多有争论。事实上，这种不确定性也是一种艺术的"留白"，可以扩大读者的想象空间，增加读者的解读兴趣，完全符合接受美学的互动原则。而在现实生活中，这也是符合实际情况的：我们有时可以从人们的言行举止看出他的心理，有时却感到捉摸不定、揣摩不透；甚至当事者本人，也往往完全意识不到。

诚如吴宓所言，西方一些小说名家采用的心理描写方法，确实与曹雪芹不尽相同。他们比较喜欢直接的心理刻画，喜欢用大段的内心独白或对话驳难，来展示人物的内心世界。其高明者，如陀思妥耶夫斯基，甚至达到了使鲁迅赞为"拷问人类灵魂"

的深度。这样的写法,似乎不太符合中国读者的阅读习惯,但公平地说,这也是一种极高的艺术境界,它所反映的其实是东西方文化的某种差异,亦可谓双峰并峙,二水分流,各显其能,各尽其美,恐不能以高下论之。

《红楼梦》的"多重视角"

　　我读《红楼梦》，常惊叹于它的恢弘壮丽，而又到处曲径通幽。犹如范仲淹笔下之洞庭湖"衔远山，吞长江，浩浩汤汤；朝晖夕阴，气象万千……"又如杜牧笔下之阿房宫"五步一楼，十步一阁，廊腰缦回，檐牙高啄，各抱地势，钩心斗角。"曹雪芹就像那千手千眼观音，神奇地运用多重的视角和多面的描写，为我们展现一个包罗万象、且瞬息万变的人世间。

　　即以题名而言，甲戌本《红楼梦》的凡例就向我们介绍了几种书名的缘起及其所反映的不同侧面："《红楼梦》，是总其全书之名也；又曰《风月宝鉴》，是戒妄动风月之情；又曰《石头记》，是自譬石头所记之事也。……然此书又名曰《金陵十二钗》，审其名则必系金陵十二女子也。"此外，还有空空道人阅《石头记》后改题的《情僧录》，还有书商为迎合世俗所题的《金玉缘》。这些不同的书名，有的着眼于小说的"来历"，有的着眼于小说的主题，有的着眼于小说的人物，有的着眼于小说的情节，都在一定程度上反映出本书内容的复杂多面。

　　再看小说的主题，同样也是复杂多义。著名红学家冯其庸先生在介绍解读《红楼梦》的方法时，就为我们指出了若干条路径：贾宝玉人生之路的解读，宝黛爱情悲剧的解读，关于妇女命运问题的解读，关于贾宝玉无等级观念和非礼法思想的解读，关于反正统思想的解读，关于反皇权思想的解读，书中所隐曹家史事的解读，《红楼梦》的社会讽刺，关于宁、荣二府的解读。正所谓"条条大路通罗马"，这些路径都把我们引向《红楼梦》主题思想的某一侧面，帮助我们去理解、体味这部规模空前的大悲剧：封建末世的社会悲剧，"五世而斩"的家庭悲剧，爱情毁灭的青春悲剧，"千红一哭"的女儿悲剧，"无才补天"的思想悲剧，"梦醒了无路可走"的人生悲剧。

《红楼梦》的伟大，不仅在于它"百科全书"式的丰富内容，不仅在于它博大精深的思想内涵，还在于它是虚构了"满纸荒唐言"的一部小说，书中渗透着作者情真意切的"一把辛酸泪"，使所有读者均感慨于他的情深而"都云作者痴"；至于作者最后那"谁解其中味"的反问，则是曹雪芹在慨叹这情感的"五味杂陈"和"难以言传"！他也许并未想到，此一问竟会引出那么多"解味"者，来做那么多百花齐放、百家争鸣的文章。

谈到《红楼梦》的人物塑造，当然就更能反映出小说的多重视角。即以贾宝玉为例，书中一上来就说"后人有《西江月》二词"，把个宝玉的"无能"与"不肖"说到了"天下第一""古今无双"的程度。这所谓"后人"，实为"时人""世人"，是曹雪芹从世俗的角度，对贾宝玉作出的评价，而这也就是当时封建统治者的评价，因为统治阶级的思想，也就是统治世俗的思想。有人对词中的"哪管世人诽谤"表示不解，认为其中又夹杂着曹雪芹的反讽；其实"诽谤"最初的含义，只是"议论是非，指责过失"而已，未必是贬义，所以有"尧置敢谏之鼓，舜立诽谤之木"的传说。在《红楼梦》中，一般世俗的看法是人物评价的一个重要方面，曹雪芹自然不会忽略。所以，具有封建正统思想的贾政，必然对贾宝玉的"脂粉气"和"不上进"极为恼火；但他毕竟是宝玉的父亲，所以又有一种"恨铁不成钢"的无奈！当众清客跟在他们父子二人身后一起游大观园并题名拟对之时,我们从贾政的议论、批评乃至责骂声中,不仅能感受到他对宝玉的亲子之爱,还有他对宝玉所谓"歪才情"的欣赏。

　　而在林黛玉的眼中,宝玉却是一个"外貌最是极好"的俊美公子。两人从一见钟情开始,经历种种的"不虞之隙"和"求全之毁",终于发展成心心相印、息息相通的生死恋人,成就了一段青春永恒的爱情佳话。至于那些丫鬟仆妇书童跟班等人,则对宝玉的"女儿情结"和"没上没下"有的表示不解,有的表示不屑,有的又颇有好感……当然,以上种种都还是侧面描写;贾宝玉的性格和为人,主要还是通过他自己的言语、行动和心理来表现的,这方面的生动描写书中就更多了。对于贾宝玉的形象,脂砚斋曾有如下评论:"按此书中写一宝玉之为人,是我辈于书中见而知有此人,实未目曾亲睹者。又写宝玉之发言,每每令人不解,宝玉之生性,件件令人可笑。不独于世上亲见这样的人不曾,即阅今古所有之小说传奇中,亦未见这样的文字。"在我看来,脂砚斋的这段话简直就是一发重型炮弹,足以轰毁所谓《红楼梦》的"自传说",因为他实际上等于在宣告:一个来自生活而又高于生活的不朽的典型形象,已经在"传统写法"的废墟上诞生。

　　前苏联文艺理论家巴赫金有所谓"复调小说"的概念,认为在陀思妥耶夫斯基的小说中"有着众多的各自独立而不相融合的声音和意识,由具有充分价值的不同声音组成真正的复调",用这个基本观点来看《红楼梦》,我们也完全可以肯定其独具特色的"复调性质"。

四、神游红楼

197

《红楼梦》的"性文化观"

众所周知,"爱情是文学永恒的主题";更广义一点说,"性文化"几乎是一切经典文学作品中不可或缺的内涵。只有在"大革文化命"的年代,才会像一位三代贫农的老太太所敢于批评的那样,在其"样板"作品中尽写些"孤男寡女"。

然而像《红楼梦》这样,如此广泛而深刻地涉及性文化领域的作品,也并不多见。在中国,由于封建礼教尤其是程朱理学的长期统治,以禁欲为中心的性原罪观、性专制观和性污秽观也成为主流的思想。在这种严酷的氛围中,曹雪芹却能在《红楼梦》中表现出一种以生物科学为中心的性自然观,与老子所谓"一阴一阳之谓道""道法自然";与告子所谓"食、色,性也";与马克思所谓"人与人之间的关系直接地就是人同自然界的关系,就是他自己的自然的规定";与鲁迅所谓"依据生物界的现象,一要保存这个生命,二要延续这个生命,三要发展这个生命";与弗洛伊德的性心理研究等,均可谓不谋而合。而这方面最生动的艺术表现,就出现在贾宝玉到秦可卿卧房里午睡那一段文字之中。

许多论者都怀疑秦可卿是在有意引诱贾宝玉,但从文本的实际描写来看,这实在是冤枉了她。书中明明写着,她本来是带宝玉到上房内间去的,只因宝玉讨厌那里的道学气,这才建议去她房间,而且还落落大方地对众人说:"他能多大呢,就忌讳这些个!"书中还明明写着,不仅有四个丫鬟陪伴着宝玉,外面还有几个小丫头"在廊檐下看着猫儿狗儿打架"。而宝玉从梦中惊醒时,秦氏也分明"正在房外",她又如何能引诱宝玉甚至与其"初试"(有此一说)呢?至于那段著名的关于秦氏卧房的"香艳"描写,实在是曹雪芹在有意调侃贾宝玉这位知识丰富的贵族公子春潮泛滥的"性幻想"。如果我们把"武则天当日镜室中设的""飞燕立着舞过的""安禄山掷过伤了太真乳的""寿昌公主于含章殿下卧的""同昌公主制的""西子浣过的""红娘抱过的"这些虚拟的华丽定语统统去掉,那也不过是说秦氏房中放着镜子、盘子、木瓜、床铺、帐子、被子、枕头而已。你贾宝玉自己因为"性萌动"而浮想联翩,又如何能怪罪秦可卿呢?有趣的是,近读一位先生的文章,说他怀疑秦氏房中应有如同"傻大姐"捡到的"绣香囊"之类的东西,所以依然要怪到她的头上去。这就实在是有点"欲加之罪,何患无辞"了。

《红楼梦》中有关秦可卿的文字,的确是经过了重大的删改,但又没有来得及修补完善,致使秦可卿成了一个既重要又模糊,而且充满了矛盾的形象,成了一个符号性、象征性的人物。关于她的出身,关于她的为人,关于她的情孽,关于她的死因,都令人疑窦丛生。在我想来,这个人物的大删大改,似乎反映了曹雪芹在创作过程中的矛盾心理。他把秦可卿排在金陵十二钗的末位,还在《红楼梦》曲《好事终》中评论她"擅风情,秉月貌,便是败家的根本",这就把贾府的衰败归咎于她了。如果真的按这种"红颜祸水"的思路写下去,那就必将对《红楼梦》的思想品位造成严重的损害,当然也与曹雪芹为"闺阁传照"的初衷有违。所以我怀疑,曹雪芹之所以要作如此大的改动,不仅是因为"受命"于脂砚斋,而且也是"受制"于他自己越来越明确的创作思想。

秦可卿的符号意义首先在于她是"情"的象征,"情可亲",

"情可倾"，从这个意义上讲，的确是她把贾宝玉"引"上了一条"传情入色，自色悟空"的漫漫人生路。在贾宝玉从孩子长成一个男人的时候，秦可卿不啻是他的"梦中情人"。而这位令宝玉不胜向往之至的女性，竟然又有一个乳名叫"兼美"："其鲜艳妩媚，有似乎宝钗；风流袅娜，则又如黛玉"。曹雪芹当然不会无缘无故地这样写，所以秦可卿又是"钗黛合一"的象征。在"金陵十二钗正册"中，钗黛二人的册子词也是合而为一的。从"色"的角度来讲，宝玉是同时迷恋于黛玉和宝钗的；但他最终选择了黛玉，那就是"传情入色"的结果了。由此，曹雪芹就突出了爱情的关键作用，在此后关于宝黛爱情的大量篇幅中，他又满怀激情地描写了这种纯真情感的优美，这就标志着曹雪芹的性文化观进入了一个更高的层次。

《红楼梦》第十三回秦可卿死，第十六回秦钟死。在这 16 回书中，有不少"皮肤淫滥"类的内容：宝玉和袭人的越轨，薛蟠的"龙阳之兴"，众学童的胡闹，贾瑞的"癞蛤蟆想吃天鹅肉"，秦钟与智能的偷情，当然本来还有天香楼的遗事……但最终，贾宝玉并没有在这个大染缸中沉沦，反而用他与林黛玉纯洁美好的爱情体现了《红楼梦》性文化观的升华。这种爱情正如恩格斯所言，是"由于相互的爱而发生的"。它完全突破了古代才子佳人的爱情模式，把汤显祖笔下杜丽娘爱得死去活来的梦想变成了活生生的现实，但又比杜丽娘爱得更加纯情，更加丰富，更加高尚。于是，曹雪芹对宝黛爱情充满诗情画意的精彩描写，也当之无愧地成为世界文学中罕见的经典。

曹雪芹不仅生动地展现了爱情的自然与优美，而且把它融入当时的社会生活，在描写贾府走向衰败破灭的同时，反映了它备受压抑、摧残乃至毁灭的过程，最终完成了王国维所谓"不得不然"的、"彻头彻尾的""悲剧中的悲剧"。

《红楼梦》的"诗化情结"

　　我说在《红楼梦》中存在着曹雪芹的"诗化情结",源自这样几个因素:其一,曹雪芹是一位才华横溢的诗人;其二,曹雪芹有意借《红楼梦》"传诗";其三,《红楼梦》整个是一部"诗化"的长篇小说。

　　说曹雪芹是"才华横溢的诗人",我们是有充分证据的。他的朋友敦诚曾经这样描写酒后赋诗的曹雪芹:"曹子大笑称快哉,击石作歌声琅琅。知君诗胆昔如铁,堪与刀颖交寒光……"从敦诚的诗中,我们可以清晰地想见大诗人曹雪芹豪迈潇洒的形象。而曹雪芹的另一位朋友敦敏曾回忆与他意外相见,然后畅饮并赋诗的动人情景:"……隔院闻高谈声,疑是曹君,急就相访,惊喜意外,因呼酒话旧事,感成长句。"幸亏有敦敏的记录,曹雪芹响遏行云的"高谈"声,才能穿越几近 300 年的阻隔,震颤我们的心弦。至于曹雪芹诗作的水平,同为诗人的敦诚曾有明确的评价:"爱君诗笔有奇气,直追昌谷破篱樊。"昌谷者谁? 唐代被誉为"鬼才"的大诗人李贺是也。

　　令人痛心的是,这样一位诗坛奇才,其一生的诗作,却全然迷失在历史的烟云之中,只落得"白茫茫大地真干净"了。所幸者,其吉光片羽,竟飘飘然落入敦诚的书中:"余昔为白香山《琵琶行》传奇一折,诸君题跋,不下数十家,曹雪芹诗末云:'白傅诗

四、神游红楼

四、神游红楼

灵应喜甚,定教蛮素鬼排场',亦新奇可诵。"这两句诗的意思是:如果白居易在九泉之下看到敦诚如此生动地把《琵琶行》改编成了戏剧,他一定会高兴得让他那两位能歌善舞的侍女小蛮和樊素照本排演起来的。很明显,这确实是李贺式新奇瑰丽的想象,由此亦可见曹雪芹诗作的不同凡响。然而这两句毕竟成了绝响,留给我们的只有茫然。

又是幸亏有了《红楼梦》,使我们在曹雪芹虚拟的时空里收获了更多的诗情画意。正如脂砚斋所言:"雪芹撰此书中,亦为传诗之意。"但他的"传诗",与那等"要写出自己那两首情诗艳赋"的才子佳人小说之作者相比,则又有天壤之别了。《红楼梦》中的诗,是曹雪芹在不断地变换角色,来模拟书中的许多人物写诗。一部小说中的诗内容如此丰富,形式如此完备,堪称空前绝后。据周雷先生统计,《红楼梦》中的诗词曲赋,乃至各种韵文,达225篇,其中各类诗81篇,词18首,曲18首,赋1篇,歌3首,偈4首,谣1首,谚1首,赞文1篇,诔文1篇,灯谜诗13首,诗谜11首,曲谜1首,酒令16首,牙牌令7首,骈文1篇,拟古文1篇,书启3篇,预言1则,对句2则,对联22副,匾额18个。曹雪芹在如此之多的文学形式之中,竟能得心应手地左右逢源,真可谓天纵奇才,惊世骇俗!他一会儿以先知先觉的口吻念出一首笼罩着神秘气氛的朦胧诗:"惯养娇生笑你痴,菱花空对雪澌澌……";一会儿又以看破红尘的大彻大悟念出一段嘲笑世人的顺口溜:"世上都晓神仙好,惟有功名忘不了……";他一会儿是自命不凡的贾雨村,"酒后口占一绝云:'……天上一轮才捧出,人间万姓仰头看'",其野心跃然纸上;一会儿又是感慨万千的说书人,先唱一段总领全书的开篇:"……奈何天,伤怀日,寂寞时,试遣愚衷:因此上,演出这怀金悼玉的《红楼梦》",其苍凉令人心颤;他一会儿是缠绵哀怨的林妹妹,声声呜咽地吟出那感天动地的《葬花辞》；一会儿又是悲愤至极的贾宝玉，字字血泪地写下那离经叛道的《芙蓉女儿诔》；他一会儿优雅如山中高士薛宝钗；一会儿又粗俗不堪仿佛呆霸王薛蟠……小说中那些形形色色、风格各异的诗，是各色人等在写，又都是曹雪芹在写。古今中外，还有谁能把诗与小说结合得如此浑然天成？还有谁能使小说与诗融合得如此息息相关？有些人无视这一世界文学中的奇观，硬生生扯断这些诗与小说的血肉联系，来妄评其诗究竟是二流还是三流，岂非唐·吉诃德先生大战风车之举？

这就难怪曹雪芹要在《红楼梦》中，特地留下一首以他自己为抒情主人公的诗，感叹其"满纸荒唐言，一把辛酸泪！都云作者痴，谁解其中味"了。

至于说到《红楼梦》全书的诗情画意，那更是值得深入研究的大课题。我觉得，凡古今中外可称伟大的小说，除那作为小说的感人动情之外，必有其哲学的思考开人心智，必有其美学的追求新人耳目。在这部王国维称之为"彻头彻尾之悲剧""悲剧中之悲剧"的小说中，全书悲剧的趋势和结局既不是因为"极恶之人"的"蛇蝎之性质"，也不是因为什么"意外之变故"，而恰恰是因为"通常之道德、通常之人情、通常之境遇为之而已"（王国维语）。因此，曹雪芹是在哲学的高度上，完成了文学和美学的追求。

请看贾家即将加速走向衰败的第 76 回，贾母带着一帮人赏月闻笛："只听桂花阴里呜呜咽咽，袅袅悠悠，又发出一缕笛音来，果然比先越发凄凉。大家都寂然而坐。夜静月明，且笛声悲怨，贾母年老带酒之人，听此声音，不免有触于心，禁不住堕下泪来。众人此时都不禁凄凉寂寞之意，半日方知贾母伤感，才忙转身陪笑，发语解释。"于是，尤氏说了一个诸儿子都"不齐全"的半截子笑话，贾母"已朦胧双眼，似有睡去之态"；于是，王夫人说

"……姊妹们熬不过,去睡了……";于是,"贾母……细看了一看,果然都散了,只有探春一人在此",便说"只有三丫头可怜,尚还等着。你也去吧,我们散了";于是,此时正避在凹晶馆联诗的史湘云和林黛玉竟也惊心动魄地对出了"寒塘渡鹤影"和"冷月葬诗魂",前一句正是史湘云未来枯寂生活的写照,后一句正是林黛玉即将死亡的预言……于是,这"遍被华林"的"悲凉之雾",便泪湿了月光,泪湿了笛音,也泪湿了我们的心情,这真是哲思、文采与美感三位一体的最高境界。

《红楼梦》的"正邪两赋"

　　《红楼梦》的伟大成就之一，就是塑造了众多活生生的人物形象，其中特别突出的如贾宝玉、林黛玉、薛宝钗、王熙凤、晴雯、袭人、贾母等若干人，已经成为永远活在读者心中的不朽的文学典型。

　　关于曹雪芹的人物塑造，鲁迅认为他完全打破了"传统"的写法，即好人完全是好，坏人完全是坏的写法。这种形而上学的人物观几乎统治了《红楼梦》以前所有的小说创作，即使一些优秀的小说名著，也很难完全摆脱这种简单化、概念化的创作模式，虽然也塑造出一些较为成功的文学典型，但多半也只能归入类型化典型的范畴，真正达到性格化典型即所谓"这一个"水准的，为数确实不多。如果再看看曹雪芹之后乃至当今的许多小说作品，尤其是回首"文革"时期"高大全"人物泛滥时的情景，我们就更能体会到曹雪芹在典型塑造方面所取得的伟大成就，是多么地不容易，是多么地了不起！

　　马克思说："人是一切社会关系的总和。"这个"总和"并不是简单的相加，而是一种复杂的结合，其中充满了错综的矛盾。人的这种复杂性如果到了文学作品中就被简化、被剪裁、被归类、被抽象，那就不可避免地背离生活真实和艺术真实。在当代的文学理论中，有人谈到从类型化典型到性格化典型的发展，认为主要表现为"从道德品质的规范到性格的独特性","从特征的单纯稳定到性格的丰富性","从形象的整一到性格的复杂性",这个从"规范"到"独特"、从"单纯"到"丰富"、从"整一"到"复杂"的过程,就是创作水平逐步提高的过程。后来,又有人提出了"人物性格的二重组合原理",认为人的性格无论多么复杂,都是由相反两极构成的,都是"两种性格力量互相对立、互相渗透、互相制约的张力场";同时,这"性格的二重组合"又是一种"千变万化、极其复杂的动态过程"。显然,一切高明的作家之所以高明,就因为他们真实生动地再现了这个动态的过程。

如果我们大体认同了这样的基本观点,再来认真地读一读《红楼梦》第二回中那一大段洋洋洒洒的"正邪两赋说",就不能不感到惊讶了。而且我认为,那简直就是引领《红楼梦》人物描写的一个总论。曹雪芹竟从哲学的高度预先向我们陈述了他的小说人物观,其思想之超前,称得上惊世骇俗。

在中国古代哲学中,"气"是一个唯物的概念。张载说:"鬼神者,阴阳二气之良能也。"他其实是把虚幻的鬼神物质化了。吕坤说:"形者,气所附以为凝结;气者,形所托以为运动。无气则形不存,无形则气不住。"这就对形与气的关系作出了更加明确的唯物主义解释。倒是朱熹,利用所谓"气秉说"偷运了唯心的天命论和封建的等级观念,说什么:"秉得精英之气,便为圣为贤","秉得衰颓薄浊者,便为愚不肖。"

而在曹雪芹笔下,境界则大不相同。他虽然也讲了所谓"大仁者"秉了"天地之正气","大恶者"秉了"天地之邪气",但只要仔细研究一下整个这段文字,就可以看出他这些话其实是敷衍之词,他真正的侧重点并不在这里。而且,他所列举的那些"大仁大恶"者,要么只是传说中根本无法查考的人物,要么就是因统治者需要而被神圣化或妖魔化的人物,曹雪芹对他们根本不感兴趣。而在《红楼梦》中,曹雪芹满怀着真诚的情感去爱去憎,去细致地描写、生动地展现的那些人物,正是那些在"大仁大恶"之外的"芸芸众生",那是一些充满了复杂性格的普通人,因而也都是"真的人"。

尤其令人佩服的,是曹雪芹更从哲学的高度提出了人与社会环境的关系问题。他说:"大仁者,则应运而生;大恶者,则应劫而生。"这里的"运"和"劫",其实是指客观的社会形势。由此可见,他认为即使有所谓"大仁"与"大恶"者,他们也不是天生的,而是在社会的大环境中因某种需要而产生的。当然,接着他就侧重讲了大仁大恶之外的一般人,具体指出这些人在不同情况下形成的不同类型,最后又归结为"成则王侯败则贼",这显然就和朱熹的贵贱皆由先天命定的观点完全不同。

不仅如此,在曹雪芹的这段论述中,实际上已经包含了类似"性格二重组合"的含义,因为他认为一般人都同时秉有"正邪二气",且两者之间又是"正不容邪,邪复妒正",这不就是所谓"相反两极"之矛盾斗争的另一种说法吗!

有了这样一个思想基础,曹雪芹才能突破"皆蹈一辙"的"历来野史",才能"不借此套"而"取其事体情理",才能"正因写实,转成新鲜",才能尽抒"悲喜之情",尽显"聚散之迹",而成此旷世奇才之书。

四、神游红楼

《红楼梦》的"信息控制"

从信息论的角度来看，文学艺术与新闻传播一样，都是以传递信息为沟通手段的，但新闻传播的信息传递有一条重要的原则，就是"传务求通"。不但要通，而且要通得越快越好，以至于有"现场直播"这种与事实同步的报道。不但要通得快，还要通得全，尽量把有关的信息都传递过去，尽最大可能减少认知的不确定性。所以，新闻语言要以通俗明快为最根本的追求，媒介也要尽可能减少对传播效果的各种干扰。然而，作为艺术作品，《红楼梦》的信息传递却别具特色，那就是作者更讲究对信息传递的程度、速度和明晰度进行控制，使其适应文学创作的需要。

这当然首先决定于《红楼梦》所传递的并非讲究及时和即时的新闻信息，而主要是内涵极其丰富的历史文化信息。它所包含的社会内容，犹如汪洋大海一样广阔深远；它所塑造的一系列鲜活生动的典型形象，令人目不暇接，充分反映了社会环境和角色内心的复杂性；它又是一部封建社会的百科全书，举凡经学、史学、哲学、散文、骈文、诗赋、词曲、戏剧、绘画、书法、八股、对联、谜语、酒令、佛教、道教、星相、医术、礼节、仪式、饮食、服装乃至各种风俗习惯，作者都有具体细致的了解，书中都有生动逼真的反映。而所有这些林林总总的信息，其传递和接受的过程都必须符合审美的要求，所以作者的创作固然是"字字看来都是血""十年辛苦不寻常",读者的欣赏也必须细细地揣摩,慢慢地体会,久久地回味。

正是为了这种含英咀华的需要,《红楼梦》的信息传递始终在曹雪芹的精心控制下运行。他时而用明快的信息引导你的阅读,时而用含蓄的信息发酵你的兴趣,时而用信息的延伸深化你的品味,时而用信息的繁殖刺激你的想象。我在品读《红楼梦》的时候,总觉得如同飞进了辽远深邃的夏夜星空:那点点清晰明亮的,是作者在提示你牢记已知的信息;那点点昏黄朦胧的,是作者在暗示你解读潜在的信息;那更远处云烟飘渺的,则是作者在诱惑你探求神秘的信息。尤其在读《红楼梦》开头前五回的时候,那扑面而来的信息流,简直如同流星雨爆发一样异彩纷呈。

在需要的时候,曹雪芹会运用多种艺术手段来突出某些信息,提高其竞争力,强化对读者的刺激,给读者留下深刻的印象。在这方面,王熙凤的出场是一个典型的例子。当时,初进贾府的林黛玉已经见了贾母、邢夫人、王夫人、李纨、迎春、探春和惜春等人。其描写以贾母与黛玉的对话为主,在场的众人皆陪侍照应,敛声屏气,而对初次露面的三春,作者也只作了简约的描写。但到了王熙凤出场就大不相同:首先是人未到笑语先闻,令黛玉感到此人"放诞无礼",然后就见一"群"媳妇丫鬟"拥"着一个"丽人"从后房进来。这就叫做"先声夺人",与众人谨小慎微的情态形成鲜明的对照,强力释放出王熙凤恃宠而骄的信息。接着就出现了《红楼梦》中少见的一大段肖像描写,以密集的信息突出王熙凤这个人物的重要性。然后再绘声绘色地写她的言语情态,那是既巧妙地奉承了贾母,又感人地表达着对黛玉的怜爱,更得意地显示出自己的日理万机和威重令行……其信息之丰富,不但充塞于言语之中,更洋溢于文字之外了。

但在另外一些场合,曹雪芹又会千方百计地控制信息的传递,使其模糊化,使其"犹抱琵琶半遮面",使其"神龙见首不见尾"。这种含蓄蕴藉的表达,令细心的读者疑窦丛生而又屡有解悟,如"从山阴道上行,山川自相映发,使人应接不暇"。当我们读了"甄士隐"的一段"小荣枯",方知它预示着贾府的"大盛衰",同时又得知本书虽来自现实生活,却已将"真事隐"去;当我们看了"贾雨村"的几番宦海浮沉,却又悟出此为"假语存"焉,本书实为小说家言。于是从那"大荒山"说起,敷衍这"满纸荒唐言";于是在那"无稽崖"上,劝君"莫考那朝代年纪";于是让女娲第一个出场,明言要写"几个异样女子";于是将石头遗弃在"青埂峰"下,致使那情根情种的贾宝玉"因空见色,由色生情,传情入色,自色悟空","演出这悲金悼玉的《红楼梦》"……诸如此类,不胜枚举,曹雪芹运用谐音、谐趣、寓意、双关、隐语、暗喻、影射、象征等方法的本领,简直到了信手拈来、左右逢源、随心所欲、出神入化的程度,其高明之处就在于,不断使明快的、含蓄的和隐晦的信息交相融合、互为印证,既不流于浅露,又不过于晦涩,总能恰到好处地激发你无穷的阅读兴趣。而且这种融会贯通的信息控制艺术,并不只是局部的和即兴的表现,而是贯穿、渗透在全书的构思立意、谋篇布局、人物刻画和语言运用之中,正如脂砚斋所言:"……有间架,有曲折,有顺有逆,有映带,有隐有见,有正有闰,以至草蛇灰线,空谷传声,一击两鸣,明修栈道,暗度陈仓,云龙雾雨,两山对峙,烘云托月,背面傅粉,千皴万染……"在一部洋洋数十万言的长篇小说中,竟能如此纵横交错、经纬细密地传递和控制信息,这也难怪戚蓼生要惊呼:"一声也而两歌,一手也而两牍,此万万所不能有之事,不可得之奇,而竟得之《石头记》一书"了。

更有甚者,曹雪芹有时还会把信息传递的目的反过来,不仅不去消除不确定性,反而使其产生更多的不确定性。这种有意使信息组合的谜底具有多解的写法,竟使好之者如醉如痴。还是拿凤姐来说,在她的册子词中有所谓"一从二令三人木,哭向金陵事更哀"之语,这显然是暗示凤姐的结局,可究竟是怎样的一种下场呢?有人说,一、二、三是序数词,"人木"是个"休"字,于是"从、令、休"三个字概括了凤姐夫妻关系的三阶段:凤姐嫁贾琏,是谓"一从";凤姐指挥贾琏,是谓"二令";最终贾琏休弃凤姐,是谓"三休"。有人说,"二令"是个"冷",这三个字都是说的贾琏,先对凤姐言听计从,后对凤姐冷淡,最后休了她。有人说,这个"冷"不仅指贾琏对她"冷",是众人都对她"冷"。有人说,这个"冷"指的是冷郎君柳湘莲,凤姐的结局与他有关。有人说,是指"冷美人"薛宝钗。有人说,"三人木"不是被"休",而是"休矣"——死了。有人说,"三人木"是个繁体的"来"字,"一从二令三人木"就是"自从冷来也"。有人说,这个"冷"是"言北方苦寒之族来居中国也"。有人说,繁体的"从"是五个"人"加一个"卜","卜"加前面的"一"可成"上、下"二字,五个"人"当然是"众人","二令"是"冷","三人木"是"夫休",所以连起来就是"上下众人冷,夫休"。有人说,"二令"为"冷",指冷子兴;"一从"和"三人木"合成一个"秦"字,指秦可卿,全句的含义是"自从冷子兴告发,促使贾府'树倒猢狲散',便应验了秦可卿临终托梦的预言。"……我的老天,"猜谜"终于变成了"破解密电码"!而当这种"猜谜解码"的游戏走火入魔,并从对文本的微观研究发展到宏观研究的时候,"索隐派"的种种奇谈怪论也就应运而生了。

或问,这是不是要怪雪芹兄把"信息控制"玩过头了呢?答曰,冤哉枉也!雪芹兄对信息的传递和控制,正可谓如鱼得水,冷暖自知,总的来说掌握得恰到好处。即以金陵众钗的册子词而言,一般也并不难解。这"一从二令三人木"之所以成为难解之谜,关键还是因为八十回后"迷失无稿"所致。这就难怪张爱玲要一恨"鲥鱼多刺"、二恨"海棠无香"、三恨"红楼梦未完"了!

恼人的"文史纠缠"

中国的小说起于汉魏,在当时是很被人看不起的东西,其内容除了神仙鬼怪,涉及人间的便是些传说野史。所以班固说:"小说家者流,盖出于稗官,街谈巷语,道听途说者之所造也。"到了唐代,小说作者才"有意为之",到了明清则大盛,但往往还是文史纠缠不清。1921年,陈独秀曾说:"中国小说底内容和西洋小说大不相同,这就是小说家和历史家没有分工底缘故。以小说而兼历史底作用,一方面减少小说底趣味,一方面又减少历史底正确性,这种不分工的结果,至于两败俱伤。"

这种文学和史学"两败俱伤"的作品,当然没什么看头。但也有"双赢"的,比如《史记》,就被誉为"史家之绝唱,无韵之《离骚》",不过这是特例,而且它也不是小说。更多的则往往是历史和文学"此消彼长",纠缠不清。比如罗贯中的《三国演义》,就是减少了"历史底正确性",但"小说底趣味性"却大大增加。最近,易中天先生"品三国"的讲座正如日中天地从央视上照耀着广大观众,他的功绩就在于教我们把《三国演义》中的文学和历史区分清楚,使我们知道人物形象原来还有"历史的""文学的"和"民间的"三种不同的内涵。

《水浒传》也是在文学上大放光芒。与声名赫赫的108将相比,历史上的宋江等36人究竟如何,恐怕很少有人能言其详了。

而在《西游记》当中，吴承恩几乎把玄奘写成了一个呆子，而那上天入地、神气活现的孙悟空，却成为一个不朽的文学典型。只有曹雪芹，才完全打破了传统的写法，而且他在《红楼梦》一开头就声明：此书是"用假语村言，敷演出一段故事来"，"其中只不过几个异样女子"及"家庭闺阁琐事"，并"无朝代年纪可考"，且"无大贤大忠理朝廷治风俗的善政"。一句话，本书只是"大旨谈情"，与军国大事、历史要人并无干系。

谁料想，曹雪芹不说还好，说了倒似乎"越描越黑"了。都只怪他的书写得太生动、太丰富、太多义、太奇幻，再加上全书渗透着关于"宇宙人生""真假有无"的哲学思辨，他又感慨无限地吟了一首"满纸荒唐言，一把辛酸泪，都云作者痴，谁解其中味"，竟引得许多研究者纷纷争当"解味人"，却又不从文学入手，偏对"索隐"兴趣盎然，总想到"文学"中去坐实一段"历史"：顺治的，康熙的，雍正的，乾隆的，和珅的，"明珠家事"的，"吊明之亡"的，竺香玉的，秦可卿的……凡此种种，简直要把"红学"演变成一种堂·吉诃德式的捕风捉影。究其根源，还是祖传的"重史轻文"影响了许多人的阅读心理，使他们总不愿把小说当小说看。

还有一种与历史纠缠不清的，则是那些在荧屏上大行其道的改编、演义、戏说乃至胡说的历史剧，后面的两种倒也罢了，因为它摆明了就是"戏说"甚至"胡说"，就是"无厘头"，就是娱乐大众，谁也不会把它当真。恼人的是有些以正剧形式出现而又随意改编、演义的历史剧，却容易造成误解或者使人反感。最近就有一部《德龄公主》，它的题材本来源于德龄的回忆录《清宫二年记》。那德龄根据自己的亲身经历，非常细致生动地描写了慈禧在日常生活中的饮食起居、服饰装扮、言行举止和习性品格，使读者可以在了解慈禧腐朽生活和复杂性格的同时，从一个独特的角度看到慈禧身上较为人性的一面，看到一个更加立体多面而不是被简单化的慈禧。可是这样一部"正因写实,转成新鲜"的回忆录,先是被"小说化",进而又被生编硬造地"戏剧化",结果就变成了如此这般的电视连续剧。其中,我们感觉精彩的部分,主要还是德龄描写的那些由于东西方文化碰撞所形成的戏剧场面,而那些经由虚构加进去的许多情节,多半还是从关于历史的思维定势出发,在缺乏鲜活素材和生动细节支持的情况下,概念化地图解主题。我于是感慨,德龄是早在 1944 年就因车祸去世了,假如她能看到这部电视剧,看到加在她身上的"不能承受之重",真不知会作何感想。

"索隐派"的前世今生

在《红楼梦》的鉴赏和研究中，"索隐派"的声音和影响历来很大。当《红楼梦》还在以抄本形式流传的时候，一些"索隐"的说法就已经如影随形。到了1916年，王梦阮、沈瓶庵的《红楼梦索隐》刊行，遂以专著的形式为"索隐派"开了纪录。此后差不多一个世纪以来，"索隐派"虽屡遭抨击，但仍像川剧变脸一样，"新人"迭出，花样翻新，至今生命力依然旺盛。

"索隐派"专门研究《红楼梦》的"背面"。他们总想绕到那些"假语村言"的后面，去看看所隐藏的究竟是些什么"真事"。结果，王沈二位就说：《红楼梦》讲的其实是"清世祖与董鄂妃"的故事；蔡元培则说：《红楼梦》的本义在"吊明之亡，揭清之失"，是一本宣扬民族主义的书；霍国玲等却说：贾宝玉本名曹天佑即曹雪芹，林黛玉本名竺香玉，是他俩合谋毒死了雍正皇帝；刘心武又说：秦可卿可是个大有来头的人，曹家就是因为窝藏了这位乾隆政敌家的女儿，才最终导致大祸临头……凡此种种，不一而足。"前世"的"索隐派"只是在人物、内容的相似性方面作一些猜测和附会，"今生"的"索隐派"却"索"得更加曲折多姿，也讲得更加动听有趣了。

然而在"索隐"的基本方法上，他们也还是大同小异：都是撷取书中的一些"信息"，多方展开联想，大胆进行推测，乃至立论；

然后再按照立论的指向,到书中寻找仿佛对此论有利的材料来证明之;于是越说越像,一种新的观点就此诞生。

不妨看几个琐碎的小例子,也确实很有趣。王梦阮和沈瓶庵说:"黛之为言代也,言以此人代小宛","小宛姓千里草,黛玉姓双木林,天然绝对","小宛以母丧回姑苏,黛玉以父丧回姑苏"……所以黛玉就是小宛。蔡元培说:"书中红字多影朱字。朱者,明也,汉也。宝玉有爱红之癖,言以满人而爱汉族文化也;好吃人口上胭脂,言拾汉人之唾余也。"金钏投井暗示着什么呢?霍国玲说:"在第十四回中,出现了这么一条脂批:'清属水'……我们反其意而解就是'水隐清'。金钏跳入井中,自然是跳入了水中。此时的'井'实隐'清宫'。"而根据霍国玲的分析,金钏又是竺香玉即林黛玉的一个"分身",所以这就暗示着:林黛玉即竺香玉进宫去了。更有趣的是刘心武对"益气养荣和肝汤"的妙解。在1999年出版的小说《秦可卿之死》中,刘心武这样分析头五味药:"人参、白术、云苓、熟地、归身",就是"人参白术云:令熟地归身。"其中"人参"和"白术"是可卿父母的"代号","他们命令她:要在她一贯熟悉的地方,'归身'!"而这个"归身"的意思,据分析就是"自杀"。后来,也许是觉得用"代号"的说法未免简单化,刘心武又进一步分析道:"人参,这个参可以理解成天上的星星……白术,作为黑话,也可以理解成'白宿','宿'也有星辰的意思……因此,我觉得这药方里的头四个字,代表着秦可卿家里的长辈,她的父母。"怎么样? 看了这样的分析,是不是觉得好像在"破译密电码"? 不过这不是科学的破译,而是文学想象的破译,文字游戏的破译。

从这几个例子可以看出,索隐派的研究和分析是越来越趋向复杂化了。胡适当年曾说"索隐派"是在"猜笨谜",现在看来,有些"谜"已经猜得相当"聪明",玩得更加有趣。但正如鲁迅先生所说，"表面说得好听，玩得有趣的东西"，往往未必"近真"。而马克思和恩格斯在《德意志意识形态》中，对此类现象更有透彻的分析："为了把一种观念变成另一种观念，或者为了证明两种完全不同的事物是等同的，就寻找某些中间环节。这些中间环节或者在意思上，或者在字源学上，或者干脆在发音上，可以用来在两种基本观念之间建立似是而非的联系。……这是思想走私的一个窍门。"

中国文字的简约多义，显然为此类极富想象力的游戏提供了无限广阔的天地。所以，可以断言，"索隐派"今后还有很大的发展空间，不但有前世今生，而且可以期待来年。

四、神游红楼

曹雪芹怎样评价《红楼梦》

好像预料到自己的作品将引来众说纷纭，曹雪芹在《红楼梦》开宗明义第一回就对自己的小说作出介绍和评价，这在中外文学史上是一个罕见的现象。

对此毛主席有一个慧眼独具的评语："此一大段（指第一回中的一大段）是作者自道其现实主义创作方法。"曹雪芹居然懂得"现实主义创作方法"吗？当然，他除了没有使用"现实主义"这个术语之外，实际上对现实主义的一些基本规律都已理解，并已在自己的创作中进行了实践。他确实是一位思想非常超前的文学天才。

曹雪芹"自云"：因曾历过一番梦幻之后，故将真事隐去，而撰此《石头记》一书，故曰"甄士隐梦幻识通灵"。所谓"梦幻"，就是使人无限感慨的"现实"；所谓"甄士隐"，就是"真事隐去"；而所谓"贾雨村"，就是"假语存焉"，也就是"用假语村言敷衍出一段故事来，以悦人之耳目"。把这些小说语言翻成理论文字，意思就是我这本书的内容是根据我所经历过的现实生活写的，但既然是小说，我已经将真事隐去，按照艺术真实的要求进行了虚构。这里的所谓"敷衍"实际上就包含着叙述、想象、提高、典型化这样一些意思。要不然，又何来艺术真实，又怎能悦人耳目呢？写实和典型化，正是现实主义最重要的特征，他不是说的现实主义又是什么呢？

问题的复杂性在于，曹雪芹的现实主义当中又融进了许多浪漫主义、象征主义、神秘主义以至宿命论的东西，人世的沧桑，无限的感慨，迷离的梦幻，"荒唐"的故事以及全书俯拾即是的隐喻和双关，使作品充满了一种特殊的谜一般的氛围，对读者有着强烈的吸引力和迷惑力，使他们难免像上了瘾一样去猜测、去索隐，觉得其中有无限的趣味，这也是不奇怪的。所以，我们又感到，虽然总的来说《红楼梦》是一部现实主义的作品，但现实主义涵盖不了它，这也是不争的事实。因这一点而造成了更多的众说纷纭，这恐怕是曹雪芹始料未及的。

曹雪芹在第一回中还交代了人物的环境，即"先说些云山雾海、神仙玄幻之事，后便说到红尘中荣华富贵"，后面又进一步点明乃"昌明隆盛之邦、诗礼簪缨之族、花柳繁华地、温柔富贵乡"，也就是脂评所指出的长安大都、荣国府、大观园、紫芸轩，而这正是主人公贾宝玉这个典型人物的典型环境。

曹雪芹不仅直截了当地说明了《红楼梦》的创作方法，而且深具信心地对自己的作品作出了引以自豪的评价。他指出："历来野史，皆蹈一辙，莫如我这不借此套者，反倒新奇别致。"他认为自己的作品是"取其事体情理"，"至若离合悲欢，兴衰际遇，则又追踪蹑迹，不敢稍加穿凿"，故而能够不失其真传，能"令世人换新眼目，不比那些胡牵乱扯，忽离忽遇，满纸才人淑女、子建、文君、红娘、小玉等通共熟套之旧稿。"他还尖锐地指出："历来几个风流人物，不过传其大概，以及诗词篇章而已；至家庭闺阁中一饮一食，总未述记。再者，大半风月故事，不过偷香窃玉，暗约私奔而已，并不曾将儿女之真情发泄一二。"而自己的作品，却"比历来风月事故更加琐碎细腻了"。这里的"琐碎细腻"，实际上就是指《红楼梦》中精如工笔的细节描写。以上都是优秀现实主义著作必备的品格。

最后还要说一下所谓"虽其中大旨谈情，亦不过实录其事"，这话听起来有点像谦抑之词，有人便认为是为了掩盖政治倾向。但在我看来，这不过是"事体情理"的另一种说法，仍然是对《红楼梦》现实主义特色的一种肯定。"大旨谈情""实录其事"决非贬词，而是一种很高的评价。什么是文学？"文学乃是以语言为工具的、以感情来打动人的、社会生活的形象反映。"《红楼梦》的"大旨谈情"，也不仅仅是爱情，而是包括亲情、友情、爱情以及各种爱恨情仇在内的所有感情；《红楼梦》的"实录其事"也正是对社会生活的形象反映。所以这话的意思还是说《红楼梦》是一部现实主义的作品。

在这样介绍评价了自己的作品之后，曹雪芹依然觉得意犹未尽，一言难尽，而且深感一种难以完全沟通的痛苦。于是他挥笔写下了那首著名的绝句："满纸荒唐言，一把辛酸泪。都云作者痴，谁解其中味？"所谓"荒唐"，不仅是指那些恍惚迷离的虚构，而且是指那些为当时社会所不容的"事体情理"，然而对曹雪芹来说，他都是发自真情，故而有辛酸之泪。大家都说作者"痴"，那么他"痴"于什么呢？他也和贾宝玉一样"痴"于情啊！所以他也必然和贾宝玉一样，不能被世人所理解，不能被当时的社会所容，于是便不能不发出"谁解其中味"的感慨了。

张爱玲与《红楼梦》

　　张爱玲从小与《红楼梦》结缘，后来"每隔几年又从头看一遍"，而且是各种版本都看，一直看到"不同的本子不用留神看，稍微眼生点的字自会蹦出来"。同时，但凡见到有关《红楼梦》的考据文章，她"都是站着看"——竟然心情急切到"来不及坐下"。

　　既然对《红楼梦》有如此浓厚的兴趣，很自然地就想到了模仿。年仅 14 岁的张爱玲，利用课余时间，竟写出了一本《摩登红楼梦》。在这部章回体长篇小说中，她用颇为神似曹雪芹的行文风格，描写一个类似"鸳鸯蝴蝶派"的现代故事；请出《红楼梦》中一大帮活灵活现的古代人物，来演绎一段摩登上海滩的时髦生活。书中居然有秦钟与智能儿坐火车私奔到杭州；贾宝玉偕众姐妹在西湖看水上运动会；主席夫人贾元春主持新生活时装表演；芳官、藕官加入歌舞团；宝玉与黛玉吵架，最后竟负气单身出国而去……诸如此类看似荒唐的描述，却初步表现出少年张爱玲聪慧、幽默的文学才华。

　　当 1943 年张爱玲迎来创作高潮的时候，《红楼梦》对她的巨大影响更从她的作品中表现出来。她自己说过，对她影响较大的作品包括许多中国古代小说、英国作家毛姆和美国作家欧·亨利的小说，还有老舍、张恨水等人的现代小说，但有"两本书在我是一切的泉源，尤其是《红楼梦》。"（另一本是《金瓶梅》）在她所有的优秀小说和散文中，那种现实主义的创作方法，深入细致的心理刻画，形象生动的人物语言，乃至作家本人独具一格、经常标新立异的叙述语言，还有那种婉转缠绵的情调和阴冷苍凉的气氛，都显示出《红楼梦》风格与她自己独特风格的一种融合。

张爱玲的独特尤其表现在她的比喻运用上，有些比喻真是奇妙得令人叫绝。比如在她用中文发表的处女作《我的天才梦》这篇散文中，她描述自己一方面因被视为少年天才"充满了生命的欢悦"，一方面又有许多"咬啮性的小烦恼"，于是接下去就独创出一个前无古人的比喻："生命是一袭华美的袍，爬满了虱子。"这个比喻的妙处，离开上文是体会不出来的；同时这也说明，语言的创新只能从自己行文的灵感中迸发出来，而不可能从别人的语言中教条地搬用过来。再看她在《金锁记》中如何描写季泽在夏天的弄堂里走路："季泽正在弄堂里往外走，长衫搭在臂上，晴天的风像一群白鸽子钻进他的纺绸裤褂里去，哪儿都钻到了，飘飘拍着翅子……"如此生动的比喻，真让每一位读者都能感同身受，一般人实在是写不出的。

1977 年，张爱玲在美国完成了她的《红楼梦魇》，说是"十年一觉迷考据，赢得红楼梦魇名"，其实也是集她几十年读《红》心得之大成。这本书不仅证明了张爱玲对《红楼梦》的极端熟悉，也显示出她艺术感觉的敏锐和细致。早在她从小看《红楼梦》的时候，就感到八十回后"一个个人物都语言无味，面目可憎起来，我只抱怨'怎么后来不好看了？'……很久以后才听见说后 40 回是有一个高鹗续的。怪不得！"等到她写《红楼梦魇》的时候，就对《红楼梦》中的许多问题进行了详细的探讨。她对各种版本《红楼梦》原文的比较、鉴别乃至摘引，可谓信手拈来，左右逢源。比如对金钏儿这个人物，她就通过令人眼花缭乱的引证，指出曹雪芹大约是在 1740 年间写了金钏儿之死，然后至少又在七八年后,才写了"宝玉祭金钏"。而金钏这个人物,"是从晴雯脱化出来的。他们俩的悲剧像音乐上同一主题而曲调有所变化,更加深了此书反礼教的一面。金钏儿死后本来没有祭奠,因为已经有了祭晴雯,祭金钏犯重。但在酝酿多年以后,终于又添写祭钏一回,情调完全不同,精彩万分。"由此,张爱玲得出结论说:"金钏儿的故事的形成,充分显示此书是创作,不是很局事实的自传性小说。"仅此一例,就可见张爱玲的考据独具特色,是只有身为优秀的小说家,而又把书读到烂熟于心才能做到的。

但也正因为她是小说家和散文家,她似乎不太重视抽象思维的规律,没有很好地进行归纳和整合。像《红楼梦魇》这样的考据书,她依然像散文集《流言》那样,把如花一般的文字写在流水之上——这流水一面波光闪烁,一面绕来绕去,就把读者的头绕昏了。连张爱玲自己也在《自序》中说:"我不过是用最基本的逻辑,但是一层套一层,有时也会把人绕糊涂了。"张爱玲其实是捧出了一盘珍珠,但全部撒在了"落花流水"之中。我们看《红楼梦魇》,就得非常耐心细心,才能把那些珍珠统统捡起来,但这也很难,请问你读过几遍《红楼梦》,又读过几种版本呢?读张爱玲的小说也许不太难,读她的《红楼梦魇》可实在太难,有时真好像被梦"魇住了"一般。

杀风景

世上很有些杀风景的事,治学也难免。

复活节岛上有许多巨大的石人像,在科技非常落后的古代,是谁,用什么方法,把它们整整齐齐地排列在大海边上的呢?学术界的"诗人"们眼珠子一转,就想到了外星人,正如有人相信气功能治百病,他们把地球上的一切难题都交给外星人去解决。然而有一位科学家却坚持向现实和历史求教,他终于提出并通过实验证实了自己的设想:石人像是当地人用绳子巧妙地拉着,像"醉汉"一样摇摇晃晃地"走"到海边去的。如此而已,太不浪漫了,可惜这很可能就是事实。

去年,一桩"奇案"轰动了全世界,苏联国际象棋大师古德科夫与电脑对弈,连胜两盘后,那电脑竟"恼羞成怒","突发强电流"致古德科夫于死命。"恼羞成怒",这电脑也太神了,新闻界不免津津乐道,又喜又怕。后来案子破了,作案者却是空中的电磁波,是它干扰了电脑程序,事故而已,对电脑"不予起诉"。于是,大家兴味索然。

最近看了一本《红楼解梦》,禁不住拍案惊奇,原来贾宝玉即曹雪芹者,本名曹天佑;而林黛玉则本名竺香玉。这一对才子佳人早已情投意合,谁知有一个不才子雍正从中破坏,将香玉弄进宫去做了皇后,但是这香玉不忘旧情,竟与天佑设计毒死了雍正。后来东窗事发，香玉自尽，天佑则发愤著书，于是人间遂有《红楼梦》。此书主旨只是三个字：曰"骂雍正"。其骂法巧而多，有分身法、合写法、暗示法、猜谜法、拆字法、密码法……不一而足。

呜呼！虽然听起来可歌可泣，但雪芹兄却有点像阴谋家了。我读《红楼解梦》，虽然常见作者智慧的闪光，但这研究方法毕竟只是猜谜。诸君思之，以数十万言的小说文字作素材，加上丰富的想象力，编几个谜让大家猜猜，恐怕并非太难的事情。

你看，现在"二刻拍案惊奇"又出来了，那孙猴子闹上闹下的《西游记》，其中竟隐藏着一部"密码"。这真是太有趣了。看来，情节错综复杂的《三国演义》，说不定内含一部"功夫秘籍"，而那一百单八将的传奇故事，或许是施耐庵先生受"石碣天书"的启发才写出来的吧！

我正在想得起劲，忽听鲁迅先生在记忆深处冷冷地说："凡是得到大杀风景的结果的考证，往往比表面说得好听，玩得有趣的东西近真。"

于是乎，一下子凉了半截。

（本文获 1991 年全国副刊好稿二等奖，后收入《镇江杂文选》和《江苏文学 50 年（杂文卷）》）

四、神游红楼

再论"甄家丫鬟的眼和贾雨村的背"

　　无事翻看《红楼梦学刊》，发现一篇题为《甄家丫鬟的眼和贾雨村的背》的文章，于是很有兴趣地看了一遍。文章说，陈望道先生在《修辞学发凡》中对《红楼梦》的一段描写不以为然，他认为甄家丫鬟在"忙转身"之间，不可能看清贾雨村"又是敝巾旧服，又是面阔口方，又是剑眉星眼，又是直鼻方腮"，而且这丫鬟从贾雨村对面也不可能看出贾雨村的"背厚"。据陈先生的意见，这样写未免"离奇"了。

　　《甄》文的作者高先生认为，这样写"谈不上'离奇'"。他根据《红楼梦》的原文指出，贾雨村的穿着、外貌并不是甄家丫鬟"忙转身"回避时看清的，而是她在前文"猛抬头"时看到的。至于从对面如何能看到他"背厚"，高先生认为："要知晓一个人的背的厚薄，不一定非要从他的背面或侧面看不可，仅凭他的身坯、个头、模样就可推断。"接着，高先生又设想，"如果丫鬟的眼对着的是贾雨村略微侧着的身子的话，那就更无懈可击了。"

　　在我看来，高先生前面的分析是对的。一个人是否"背厚"从正面看确实是可以"推断"出来的；我甚至可以补充说，在实际生活中，根本就不需要去"推断"，而是只要凭一时印象就可以"感觉"出来的。高先生何必自觉理亏似的再作另一种设想呢？难道不是"略微侧着身子"便有懈可击吗！

显然，陈望道先生这样作文学分析未免太拘泥了，高先生虽然反对他的意见，但也还是在按照逻辑学的思路在分析。实际上，像甄家丫鬟与贾雨村那样时间极短的偶然相遇，看对方都只能得到一个大致的印象，哪里能够又哪里需要腰、背、口、眼、鼻、腮以及衣着都一一看清呢？要说看的时间，倒是贾雨村看丫鬟的时间长一点，因为是他先在室内看到丫鬟在掐花，而且"不觉看得呆了"。但对于丫鬟的形象，曹雪芹反而只写了一个大概："生得仪容不俗，眉目清秀，虽无十分姿色，却也有动人之处"，并未作具体细致的描写，这是什么缘故呢？我想，这是因为丫鬟娇杏并不是一个很重要的人物，而贾雨村要比她重要得多。所以，曹雪芹在此通过娇杏的眼睛把贾雨村的形象在读者面前作了一番描绘。而这种描绘，只要通过娇杏的眼睛是可能看到的，是可能感觉到的，那么在艺术上就是合理的。这应该是文学描写的一条基本规则。如果不是这样，那小说可就难写了。在《红楼梦》中，当黛玉第一次见到宝玉时，对宝玉也有一段具体生动的描写，如果我们把它理解为是黛玉在那里盯着宝玉，上上下下、仔仔细细地鉴赏了一番的结果，那岂不是太可笑了吗！所以，读文学作品当然要用文学的眼光。

　　我正在如此这般地想着的时候，忽然发现我的"三家评本"《红楼梦》上，第一回前面有一幅插图，画的正是"贾雨村风尘怀闺秀"。那图上的贾雨村，是坐在书桌前，侧着身子，转过头来看掐花的娇杏。照这张图，这丫鬟"猛抬头见窗内有人"时，看到他"背厚"是没有问题了；然而遗憾的是，书中明明是这样写着的："忽听窗外有女子嗽声，雨村遂起身往外一看，原来是一个丫鬟在那里掐花儿……雨村不觉看得呆了。"雨村兄明明是站起来了，而且似乎是到了窗口，所以这位插图作者也还是不对。说来说去，还是曹雪芹对。

从"惊人之句"到"惊世之作"

近读本市一篇红学论文，佩服之余，有一点疑问。

作者在引用曹寅《江阁晓起对金山》一诗并略加解释后说："从诗中内容我们又发现了第二条文化链：真的美景——引起了曹寅对家乡的思念——并产生惊世之作的遐想——为石头立传。曹寅没有想到他的这一期望，五十多年后，终于在他的孙子曹雪芹手中实现了。"

果如此，那确实是非常重大的发现，中国文学史上又添一段孙子实现爷爷遗愿的佳话。不过，曹寅那会儿正是"鲜花着锦""烈火烹油"之盛，不知他要为怎样的石头立传，又立个什么样的传，这真是令人遐想无限却又摸不着头脑的事情。至于文学史上另一段佳话，那是司马迁秉承父志发奋完成《史记》的故事，有太史公的亲口介绍，言之凿凿，怀疑不得的。

问题是对曹寅诗究竟怎样理解。这诗的前六句，不过是一般的抒情，最后两句说："从谁绚写惊人句，聚石盘盂亦解颐。"对此，论文作者释之为："谁能用优美的文采写出人们惊叹神往的佳句？就是把那些奇怪的石头收聚起来写出一本书也会使人高兴呀！"笔者不解的是，这最后一句不过是夸了奇石的赏心悦目，哪里有"写出一本书"的含义呢？而前面所谓"惊人句"，则分明是曹寅对作诗的一种追求，一种感叹，又怎么能像爆米花那样，一下子膨胀成"为石头立传"的"惊世之作"呢？从"惊人之句"到"惊世之作"，该有不小的距离吧！若要完成这样事关重大的推理，就必须经过十分严谨的论证，拿出更有说服力的根据来。否则，恐怕不能轻易下这样的结论。

五、趣观绿茵

一九九零"世界杯"印象

（一）东道主

穿蓝色球衣的意大利
从阿尔卑斯冲过来
晃过奥地利的紧逼
在全世界的欢呼声中
飞起一脚，从西西里
把足球踢出了地中海
足球成了一颗地球卫星
地球成了一座大看台

（二）赛场

科洛西姆
古罗马斗兽场的废墟
无声的骷髅
历史的枯井

奴隶制留在意大利身上的疤
如今,现代文明的灿烂阳光
照耀着十二座翡翠般的绿茵场
鲜花一样在地中海波涛中开放

(三) 球迷

《我的太阳》从帕瓦罗蒂口中升起
《意大利之夏》电闪雷鸣,浪急风狂
二十个球场托起二十个澎湃的海洋
狂热的球迷之歌演出了五十二场
这是充满友爱精神的战争交响乐
节奏强烈,曲调高昂,风格粗犷
有时突然风平浪静,万籁无声
休止符像泪珠,涨满盈盈的悲伤

(四) 球星

猴子捞月的希尔顿廉颇老矣
猛虎下山的伊基塔一失足成千古恨
马拉多纳被冻结成学步的娃娃
斯基拉奇在"越位"陷阱中气得把眼瞪
三剑客的剑一把锈一把钝一把断了
奔驰车陷进密集防守也照样没法奔
为什么足球明星的光芒都黯淡了呢
因为地平线下面一轮朝阳正在东升

足球的性别成了问题

足球的性别本来是不成问题的。

足球历来是男子的光荣，男子的专利。贝利、马拉多纳、贝肯鲍尔、斯基拉奇、雅辛、古利特、容志行……哪一个不是堂堂须眉，哪里有娘儿们的插足之地呢！就连那些狂热的球迷，胡闹的球痞，女性也很少有资格置身其中，比较多的倒是对男子足球天才的盲目崇拜。

谁知，到了公元一千九百九十一年的深秋季节，在中国南方阳光灿烂的鲜花之城，来自十二个国家和地区的百多个姑娘竟把个男子汉的足下必争之地闹腾得"天翻地覆慨而慷"，终于向人们奉献出九十九只世界女足的丰收之果。而那些一向自尊自负的哥们弟兄，都自觉自愿地拜倒在女足足下，为绿茵巾帼充当拉拉队，一个个手之舞之、足之蹈之、哭之笑之、"神之武之"，这真是亘古未有的奇闻怪事，令人为之击节拊掌，令人为之拍案叫绝。

笔者亦为须眉男子也，作为球迷，也颇有些资历。然而这回在观赏之后，惊诧之余，不得不对女子足球刮目相看。而且，在经过一番思想斗争之后，不得不承认女子足球实在别有一种风采和魅力，其研究足球者不可不察。

男子足球赛总体上比较理智冷静，比较成熟老到，比较深谋远虑,甚至由于机关算尽而搞出种种使比赛没看头的花样来。现在的女子足球则不然。她们的荣誉感与进取心似乎格外强烈,她们使足球更加情感化了,她们在任何情况下都劲头十足地或者自不量力地去夺取胜利或者仅仅为进一只球而拼搏。从体能和技术上讲,女足的对抗性不能与男足相比,但她们在意志和感情上的较量,则往往超过男子汉。正因为如此,她们在战术上更热衷于不停顿地进攻,而在防守上则常有疏漏,这就造成了这次世界锦标赛的大比分现象。过去男子赛的首场往往踢出个淡而无味的0比0,而中国女足与挪威女足一上场就势如水火,决无韬光养晦的念头。后来的若干场比赛更是杀得天昏地暗,人仰马翻。你看她们在场上踢球,很少有领先以后就横传、回传,倒来倒去打控制球的耐性,更没有躺在地上装伤装疼,担架一到又爬起来的心计。从这方面讲,女足倒是更多地体现了"费厄泼赖"精神的。另一方面,由于女性自制能力差于男性,因而情绪波动对状态的影响也较大,足球在她们的脚下似乎更加神秘莫测。结果,比分的大起大落也就成了家常便饭。当然,对于观众来讲,偶然性的增多反而使比赛更具吸引力和刺激性。至于比赛结束后那些女运动员特有的狂喜大悲情态万千的众生相,也极富人情味和戏剧性,因而非常动人。

妄言至此,笔者觉得必须发表一项声明:我并没有背叛男子足球。我为足球终于有了性别之分而且各有特色而高兴;我又为男子足球陷入僵局缺乏突破而着急,我更为中国男子足球忧心如焚。过去常有人批评中国男足踢的是"姑娘球",现在看来,此话并不确切——到底是男是女,说不清楚。

我的世界杯史

对于我来说，世界杯是从 1986 年第 13 届开始的。其时，我正在复旦大学半路出家学新闻。白天课程并不重，夜晚我就成了世界杯的观众。结业的时候，我成为经过培训的新闻战线的新兵，同时也成为刚刚入门的球迷，但后者没人给我发证。

最近才知道，我国是从 1978 年开始转播世界杯的——可见还是要开放，不开放看不到——然而 1978 年我还无钱买电视；1982 年仍然埋头于学生作文，与媒介接触很少，虽然这一年已经买了电视，可惜竟与世界杯失之交臂。所以对我来说，1986 年的世界杯就成了"首秀"。

昨晚看了历届世界杯回顾的精彩片断，更感到世上没有比这更好的东西。在 1986 年以前，我只是处在史前的蒙昧时期，现在总算惊喜于足球文明的曙光了。

哥伦比亚的"老毛病"

哥伦比亚的球员好像一群森林小动物,太崇拜他们的"金毛狮王"了。只要一拿到球,他们就传给巴尔德拉玛,忘掉了最根本的目标是对方的球门。

巴尔德拉玛诚然是大牌球星,其走位判断传球确乎经验老到,但一场比赛传球 74 次,他创下这样的纪录,实在是输球的重要原因。这种以他为核心的战术,至少有两大弊端:其一,因为找来找去、传来传去,往往使进攻速度减慢,失去了锋芒;其二,如此以巴尔德拉玛为传球的枢纽,再傻的对手也会找到破坏的办法。一旦"狮王"被困,其他球员便成了散兵游勇。

这么多年了,我真不知道具有一流球艺的哥伦比亚队为什么偏爱这种教条式的战法。在与罗马尼亚的交锋中他们又一次尝到了这种"老毛病"的苦果。而当下半时他们在某种程度上放弃了这种打法时,他们就占了上风,可惜为时已晚。

哥队教练戈麦斯赛后说:"罗马尼亚队赢得有些侥幸。我们已经找到了问题所在。"我想向他进一言:"哥伦比亚输球并非偶然,但愿你真正找到了解决办法。"

球迷风采

　　每次看世界杯我都被球迷们深深感动。报纸上有关球迷的报道，电视上有关球迷的镜头，我都非常喜欢看。可惜，这方面的报道不多，直播时给球迷的镜头也太少。

　　我喜欢球迷们真诚感情的流露。当人们成为一个真正的球迷时，他就暂时抛弃了平庸生活中的冷漠与虚伪。无论是希望还是失望，无论是大喜还是大悲，统统出自真诚，令人感动。

　　我喜欢球迷们丰富的个性表达。你看那些球迷，真是形形色色，五花八门。正如球员们总想打出自己的特色一样，他们也总想别出心裁地使人惊喜。你看那鲜艳的着装，你看那缤纷的旗海，你看那波澜壮阔的人浪，你听那响遏行云的歌唱，你难道不也会心潮逐浪高，不也想跟着和他们一起呼喊歌唱吗？

　　真正的球迷都有一颗真诚的心、爱国的心、上进的心。真想到法兰西去，像一滴水溶入球迷的海洋，也为我们中国的足球队喊一回、唱一回、醉一回，竟夜狂欢或者哭泣悲伤。

　　真正的球迷也应该理解并遵守比赛和生活的规则。人们往往简单地说"球迷闹事"，其实，闹事的没有资格称"球迷"。

金页图趣

镇江日报此次增出"世界杯金页",是一个很有魄力的举动。因为我为"金页"写稿,每天便认真阅读,发现其图片的选择和命题也颇具特色。

有的读者也许会想,我电视都看了,还在乎这些摄影图片吗?殊不知看电视只注意连续性的"过程",再一看这定了格的特写镜头,哇,真是太有趣了!

你看,6月17日金页上克林斯曼进球后的图片:背景是刚刚被他攻破的球门,狂奔怒吼的克林斯曼从画面右方跑进,伸手直指左上方。标题曰:"谁说我老了——克林斯曼雄风犹在",真是中心突出,图文并茂。而就在此图的右下方,有一位身材高挑的美丽女郎,笑容可掬地展现风姿:"他为我将至少进一球——罗纳尔多女友如是说"。此图与上图相映成趣,妙不可言。

6月18日金页的"比翼双飞",6月19日的"绿茵霹雳舞",都是不可多得的精彩瞬间。21日的"木然回首,皮球早过人墙去"一图中,5名日本球员大同小异的面部表情,高明的演员恐怕也难演出来。不过我觉得用"木然"不如用"愕然"准确,而且"愕"字有象形之妙。24日的"望球",标题可否改为"目送飞鸿"?

还有一幅绝妙的图片在22日金页的左下方题为"韩国足球的未来",图中有一可爱之极的韩国娃娃手持八卦旗为太极虎壮声威。此图虽妙,未免刻薄了一点,但我看了不禁想画一身怀六甲的妇女,也题之曰:"中国足球的未来"。啊呀老天,这就不仅"刻薄",而且"刻毒"啦!

新闻媒介与世界杯

新闻媒介主要指报纸、电台、电视台，现在还要加上英特网，所谓"信息高速公路"。

可以毫不夸张地讲，是媒介使"世界杯"成为真正的"世界杯"。近几届"世界杯"的盛况，有人以"地球围着足球转"戏言之。试问，这是怎么个"转"法呢？首先是要有球赛，双方共 22 名队员，在赛场上围着一个足球转。绿茵成战场，烽火遍地燃。这是第一层。然后是四周的看台上，数万名观众的眼光、心情、思想，全都围着足球转。上至达官贵人，下至平民百姓，无论男女老幼，到这里都消失了其他区别，统统变成疯狂的球迷。而由赛场、看台向四面八方辐射至全世界，便有十几亿人也在围着场上的足球转，且喜笑怒骂、议论纷纷，或手舞足蹈，或潸然泪下，万千众生相，不一而足。中国有古训曰："观棋不语真君子"，可怜这足球一转起来，这清平世界、朗朗乾坤便再无一个"真君子"了。

你想，如果没有电视、广播和报纸，如果没有这十几亿人的第三层，"世界杯"还能名副其实吗？在此，我想向千千万万的新闻工作者表示崇高的敬意。他们在这一个月当中，饭吃不好，觉睡不好，而且即使自己是球迷，也不能像我们这样专心于看球。他们的工作，已经成为世界杯大赛的重要组成部分。

克罗地亚的谜底

　　总是呼声很高的橙色兵团今天又一次被击败。有点神秘的克罗地亚再度以严密稳固的防守和简洁高效的反击取胜。

　　克队被认为是本届比赛的"黑马"，仿佛它是欧洲的"牙买加"似的。牙买加队来自加勒比海之弹丸小国，他们把进入世界杯决赛看作历史性的伟大胜利，并不在意人们对它的轻视；而克罗地亚却喜出望外地利用了人们对它的忽视，它不动声色地采取"超低空"姿态，突然出现在争夺季军的战场，并且把它争到了手，说不定还要加上一个"最佳射手"。

　　据说，杯赛开始时只有百分之五的人知道克罗地亚在何处，而现在这个比例上升到百分之十五了。原来，克罗地亚只是新出现在欧洲政治版图上的一个刚刚独立的小国，难怪许多人不把它放在眼里了。

　　又听说，马特乌斯大败后迁怒于德国外长根舍，因为它支持了克罗地亚的独立；而根舍闻言则反唇相讥曰：如果没有克罗地亚，你们早就输给南斯拉夫了。

　　这恐怕只是一个花絮式的幽默小故事，一笑之中却揭开了克罗地亚的谜底：它本是南斯拉夫的一部分，许多球员原本就是南斯拉夫队的。而南斯拉夫队早年是欧洲的一支劲旅，它击败谁也不是什么"冷门"。

其实这事圈内人有谁不知？然而人们有时就是这样以"名"取人！

（以上选自 2002 世界杯之"法兰西夜记"）

贾迎春之谜

又一场足球世界大战即将爆发,我们不妨拿一只地球仪在手,指点江山,激扬文字,也来意气风发一番如何?

《红楼梦》第22回,贾迎春说了这样一个谜语:"天运人工理不穷,有功无运也难逢。因何镇日纷纷乱,只为阴阳数不同。"我们现在且借她这灯谜,来说一说这球战之天下大势。"天运",指足球运动的客观规律;"人工",指各球队、球星的主观努力;这两者之间的关系真是"理不穷",也说不清。"有功",即你主观上颇有一套;"无运",即你得不到"天时地利人和",又缺乏那么一点"运气";"也难逢",那就碰不上成功的机遇。"因何镇日纷纷乱",为什么这32支球队一个个都忙着临阵磨枪,心里头又七上八下呢?"只为阴阳数不同",都是因为这形势的阴阳消长变化无穷,且各人各队的命运机会都很难预测啊!

好,现在我们就来巡视一下这世界大战的32方。当然,首先会看到一些熟面孔,都是些志得意满的老牌足球劲旅:巴西、阿根廷、德国、英格兰、意大利、法国、荷兰、西班牙、葡萄牙。他们都坐在那摆放"大力神杯"的正厅大房内,议论着如何征服足坛列强,争论着谁是"老子天下第一"。其实,别看他们现在都是一副志在必得的模样,其实也总会有人阴沟翻船。

在两边厢房内,还有一批蠢蠢欲动的意欲篡位者在窃窃私语,阴谋策划,他们是克罗地亚、波兰、巴拉圭、塞黑、捷克、瑞士、乌克兰、瑞典、突尼斯、加纳。这伙人当中,谁都有可能跑到正厅上去大闹"忠义堂",别看他们人模鬼样也不咋的,心里可都想着那头把交椅呢!

然后就是那些在院子里议论纷纷、诚惶诚恐的小人物了:他们是来自亚洲的伊朗、日本、韩国、沙特;来自澳洲的澳大利亚;来自非洲的安哥拉,科特迪瓦;来自南美的厄瓜多尔;最有趣的是来自北美的山姆大叔,这回竟带了后院的三位"哥哥"来,他们是哥斯达尼加、墨西哥、特列尼达和多巴哥;最后还有一位非洲"哥哥"来凑热闹,他叫"多哥"。这伙人大多是来陪练的,但根据历次大战的经验,其中也总会蹿出一两匹黑马来搅局,令世人震惊感叹一番,但要想登峰造极,那也太难。

好,现在我们就来揭开贾迎春灯谜的谜底,原来是算盘。算盘什么复杂的账目都能算,就是没法算世界杯的账。贾迎春是"天运人工"都不济,后来遇到了"中山狼",结局悲惨。那么谁又是这次世界杯的贾迎春和中山狼呢?请拭目以待。

"戎机"万变待英雄

记得《木兰诗》中有这样两句:"万里赴戎机,关山度若飞。"过去学的时候,只把这"戎机"简单地解释为"战场""前线""打仗的地方"也就算了,想不到这几天看球,却对"戎机"有了进一步的认识。原来这"戎机"是说战场上充满了千变万化的机会、机遇、机谋和机关,是一个转瞬间成败荣辱大变脸的地方。要想在这个地方活下去并取得成功和胜利,整个球队就必须有勇往直前的精神和坚忍不拔的意志,强壮的体格和充沛的体能,综观全局的视野和明察秋毫的细心,还必须具备优良的团队精神和灵活运用战略战术的能力。

因此,一支希望成长壮大的足球队,就必须做到每个队员在场上都能时刻保持机警,敏锐发现即将到来的机会;做到善于机变,能迅速抓住转瞬即逝的机遇;还要能做到暗藏机锋,像闪电一样突然发起进攻。总之,谁能正确地把握时机,敏捷地抓住战机,并创造出致敌死命的杀机,谁就能获得胜机。否则,自己这一方可就要危机四伏了。

昨夜的比赛,使我对绿茵场上的"戎机"变化之神秘莫测大有感慨。日本队依靠裁判的一个误判捡到一粒进球,澳大利亚的主教练希丁克随即调兵遣将,不断加强场上的攻击力量,而日本人却似乎并未意识到潜在的危机正在酝酿之中。相反,由于门将川口连续化解对方的射门，队员和拉拉队的情绪都越来越高涨，最终导致川口得意忘形，在不必要的情况下贸然出击，造成失误而丢球，然后就是全队心态失衡，再丢两球，又为亚洲足球史再添一段"黑色九分钟"的悲情回忆。

接下来美国对捷克的一场球，更生动地诠释了双方对足球战场上"戎机"变幻的阅读和把握的能力。从场面上看，美国队似乎并不比捷克差，有时控球的时间还超过捷克，争抢、传球都还可以，然而到了对方禁区前就没有办法。除了一次击中门柱外，并未对捷克造成多大威胁；而捷克却能在转瞬间形成攻势，给对方致命的一击。在我看来，这就是美国队与捷克队巨大差距之所在了。

第三场是意大利对加纳，我觉得没有什么悬念，同时我的睡意与看球之争也失去了悬念。一觉醒来，2 比 0 的比分已然与晨曦一道，大白于天下。

盛名之下，其实难副

人们总是特别关注已经盛名赫赫的足球巨星，对他们抱以过高的期望，然后就是不满足、不满意，乃至大失所望。与此同时，种种怀疑和非议，甚至讥讽和谩骂，往往就一发而不可收。

巴西首战结束，英国媒体就用"缓慢""笨拙""无法控球"来形容罗纳尔多在场上的表现。《泰晤士报》还尖刻地说："罗纳尔多的体重简直成了巴西得分的负担。"更有意思的是，巴西的网民们也不断拿他来开涮，其中有一则笑话说：罗纳尔多现在休想在同对方后卫平行的情况下拿球，因为他的肚子会使他处在越位位置。还有一则更刻薄的笑话说：巴西同克罗地亚的比赛，是世界杯史上第一场有一个足球和一个肉球同时滚动的比赛。虽然大多是"将那无价值的撕破给人看"的喜剧语言，是善意的幽默，但还是给罗纳尔多造成了巨大的压力。

第二场对澳大利亚时，我看见罗纳尔多像个犯了错误的小学生一样，作了很大的努力。在被换下之前，他传球 16 次，成功 15 次，其中有 3 次很好的传球，还有一次导致阿德里亚诺的助攻。他自己也表现出强烈的进攻欲望，甚至在裁判吹了越位以后，黄牌警告的威胁也未能阻止他下意识地起脚射门。可以看出，他的状态有了一定程度的恢复，但是舆论还是很不满意。

至于那脸上原本一副悲天悯人模样的齐达内，现在早已成为众人怜悯的对象了。在与韩国的搏斗中,他从积极努力到急躁犯规,到被换下场后恼怒失态,说明寡言少语看似沉稳的他心态也失去平衡。由于两张黄牌在身,他下一场将不能参赛,如果队友不争气,他的足球生涯将就此黯然收场,令人油然而生英雄气短之叹。

实际上,巨星的名与实一般都会经历如下阶段:先是长期奋斗,终于"实"至"名"归;然后经历一段"名"副其"实"的辉煌时期;接着就不可避免地走向盛"名"之下,其"实"难副的衰退期。这是他们无法逃避的客观规律,因为他们是人,不是神。所以,对巨星,媒体不必言过其实,过分渲染;球迷不必期望值过高,近乎苛求;他们自己也应该尽量保持平常心,只要尽到自己的努力就行了。

让我们把更多的关注,投向那些正在显示"名副其实"的明星,还有那些正在争取"实至名归"的新星,而对于那些已经是"盛名之下,其实难副",但依然在奋力拼搏的巨星们,也多一份理解,多一份赞赏吧!

足球为啥这么好玩

足球赛为啥就这么好玩呢？我想出来的理由如下。

第一，因为它像战争：进攻防守，各有一套，斗智斗勇，各有妙招，正面突破，迂回包抄，战略战术，无所不包；长传冲吊是空战，地面进攻是陆战，雨中踢球是水战；绿茵场战士冲锋陷阵，看台上百姓摇旗呐喊；三条线如同阵地战，一对一如同拼刺刀；进一球好比占一城，胜一场好比亡一国；球员代表国家，球门代表国门；讲斗志讲尊严讲荣誉，讲天时讲地利讲人和；时而狂喜，时而大悲；有人受伤流血，有人甚至牺牲。你说这足球赛像不像打仗？自有人类以来，战争常相伴随；战争的残酷人人厌恶，然而战争的游戏人人喜欢。我怀疑，人类的这种癖好，来自生物进化的弱肉强食法则和社会发展的矛盾斗争规律所产生的影响在基因中长期的积累。哈哈，此笑谈也，不必当真。

第二，因为它规模大：人类用于娱乐的游戏，小自两人对战的象棋、军棋、围棋之类，大至排球、篮球、冰球之类，其规模都远不及足球，可以让成千上万乃至十几万人一起参与。在罗马曾见过古代的圆形建筑斗兽场，正如现在全世界无数的足球场，想那过去统治者驱人兽相残的残酷娱乐，如今已演变为老百姓文明的游戏，我就深感社会的发展与进步，令人欣慰。由于足球比赛的参赛人数多，观众人数更多，场面大，声势大，场内场外的情感交流超过任何比赛,再加上进球取胜的难度大,所以它积蓄起来的情感能量也就特别大,一旦爆发,便形成"世界杯"中常见的"天翻地覆慨而慷"的动人场景。我想,如有外星人来访,也会赞叹地球人这个伟大的发明。

第三,因为它变化多:由于足球比赛的走向和发展趋势以及最后的胜败,取决于团队、个人、观众、战略、战术、技术、天时、地利、人和、强弱对比、士气心态、发挥程度、裁判水平、伤病影响乃至运气等太多的因素,所以它的偶然性和各种变数也大大超过任何游戏,也就使它无与伦比地丰富多彩。鲁迅曾分析过赌徒喜欢赌博的心理,是因为那每一张牌摸出来都是难以预料地不一样,足球比赛其实也是如此,你想得到乌克兰打沙特会反过来赢一个4比0吗?你想得到阿根廷对荷兰两强相遇会没有一个进球吗?预测足球赛本身就是游戏,正因为经常猜不到,才好玩。

如果一切都归之于必然,而偶然性很少出现,那就肯定不好玩了。

(以上选自 2006 世界杯之"观球随想")

玄虚穷尽日，再衰三竭时

朝鲜队 0 比 7 惨败于葡萄牙,球员们仍然值得尊敬;但他们的教练,恐怕难以辞其咎。因为他应该知道,足球的争胜光靠顽强拼搏是远远不够的,关键还是要靠实力,而实力是必须在科学精神的指导下才能不断提高的。可这位教练,却喜欢故弄玄虚的小伎俩。

"玄"就是神秘化,"虚"就是说大话。预选赛出了线,他就放言要"夺冠",以为只要敢于吹,精神上先就占了上风;朝鲜队本来很少参赛,很少与外界接触,外人所知甚少,来到南非后又完全封闭,神乎其神,以为藏身于暗处,就可以先发制人,侥幸取胜。

首战遭遇强大的巴西,只以 1 比 2 小败,且攻入对方一球,在一片赞扬声中,这位教头更不免飘飘然了。其实他应该知道,这一个进球实在有点侥幸;而巴西队的小胜,也与他们尚未进入状态、不能完全适应有关。一个球的成绩差距,并不等于两个队真正的实力差距。

然而他却以为对阵葡萄牙必能取胜了。本来葡萄牙首战被科特迪瓦逼平,状态并不好,如果朝鲜能实事求是地以弱示人,先行稳固防守,伺机强力反击,即使不能取胜,也可争一个平局。但他却指挥队伍不惜体力与强敌打对攻,一鼓作气不能下,再而衰,三而竭,终于导致防线崩盘,连丢七座城池,这难道不是主教练的责任吗?教练的心态必然影响到球员的心态,心态不正常必然影响到技术的发挥,你看那"朝鲜鲁尼"郑大世,也正因为太急于建功,反而导致动作变形,屡次错过好机会。

同为最弱的新西兰却与朝鲜大不相同,他们行事低调,战术合理,同样奋力拼搏而不张扬,结果一平斯洛伐克,再平前世界冠军意大利,两场比赛都有进球,这才是符合科学精神的奋力拼搏。

我想,这位教头的心态,怕是更近于某种官员的心态吧!在朝鲜,足球运动可能被注入太多的政治含义了。本来他们全国都在期待着一场炫耀国威的胜利,所以首次进行了足球比赛的海外直播,可惜事与愿违,比分变成 0 比 4 后,信号就"被迫中断"了。

足球运动本身,说到底只是一种全人类都很喜欢的健身斗智的游戏,游戏而已,何必看得如同战争一样严峻呢?

斯捷足先登，意姗姗来迟

  意大利和斯洛伐克决斗的最后 15 分钟，真所谓"一波三折，惊天动地"。我只是搞不懂，既然是生死攸关的一战，为什么意大利人竟依然久久不能进入状态，却眼睁睁望着斯洛伐克人捷足先登！在意大利人攻不像攻、守不像守，打得毫无章法的情况下，斯洛伐克人得以梅开二度，倒是一点也不奇怪的。他们的脚，本来就是"捷克斯洛伐克"人的脚，所以我才说"捷足先登"呀！

  可以设想，如果不是斯洛伐克，而是意大利人先打进一球，那恐怕整场比赛又会是另外一种景象，赛后的评论又会是另外一番褒贬了。在足球赛的强强对话中，偶然因素的确更容易起到关键性的作用，里皮换上皮尔洛以后，似乎马上就盘活了中场，连续不断的强力攻击也随之出现。既如此，为什么不早点换上他呢？

  但不管怎么说，最后 15 分钟的爆发还是打出了前世界冠军的威风，比前前世界冠军法国队要好得多。所以说，意大利人虽然丢掉了"里子"，也还是多少保住了一点"面皮"的。世界冠军沉没在地中海，犹如一次凄美的日落，令人想起日本作家山琦丰子的描写："这一瞬间，夕阳的余晖染红了天角……天光海色浑然相融熠熠生辉。"我们中国诗人也有许多对日落的观感："夕阳无限好,可惜近黄昏。"李商隐是柔弱的悲叹;"落日照大旗,马鸣风萧萧",杜甫就透着一种悲壮了。

我想,这仅仅是一场关键比赛的失利,使意大利人结束了昔日的辉煌,但其实也让他们丢掉了一个沉重的包袱。对于基础扎实、实力雄厚、来日方长的意大利足球来说,未尝不是一件好事。

老马失途不识途，雄鹰南非再难飞

阿根廷被"得意之"人打得遍体鳞伤，最终绝望地躺在球场上，问天天无语；马拉多纳抱着满身征尘的梅西，师徒间惺惺相惜，唯余泪四行。

集团军刹那间长驱直入，闪电战拉开战争序幕，一个迅雷不及掩耳的进球，立刻把德意志的士气激荡得犹如战旗飞扬。第67分钟，克洛泽的进球将阿根廷的反攻粉碎于无形。其后75分钟、89分钟的两个进球，简直就是在打扫战场了。期待中的"火星撞地球"，竟如雄鹰投身于烈火般灰飞烟灭，令人在黯然神伤之余，不能不深长思之。

足球正经历着全球化的进程，各种流派的球队互相学习，互相融合，使强弱差距逐渐缩小，更使团队的整体实力比个别球星更显得重要。这种趋势直接导致两个结果；一是相对说来，防守易于进攻。本次杯赛已经爆出的几个"冷门"，诸如瑞士1比0战胜西班牙，塞尔维亚1比0战胜德国，阿尔及利亚0比0逼平英格兰，新西兰1比1逼平意大利，都是弱队取低姿态打防守反击，甚至不惜场面难看箍一个"铁桶阵"，结果反而笑到了最后。相反，遇到强队偏要打对攻，难免因防线崩溃而惨败，朝鲜对葡萄牙的0比7就是教训。即使像阿根廷这样的强队，遇到整体攻防更加平衡的德国，也终于落得个攻不下、守不住的尴尬结局。二是总的说来，个人难敌整体。有人说，南非简直成了球星的坟场，信然。且看鲁尼的徒劳往返，梅西的望门兴叹，卡卡的急躁染红，都显得心有余而力不足。C罗倒是进了一个球，但看他那射门前背着球顶着球踉踉跄跄的模样，倒不是他在控制球，而是球在戏弄他了。而德国对阿作战的胜利，则显然是依靠强大的整体实力，个人在门前的最后一击，不过是整篇好文章的结尾罢了。

作为一个教练，马拉多纳眼看着弟子在绿茵场上任人宰割而毫无办法，其心中的痛苦可想而知，但他并未暴跳如雷，也未迁怒于人，只显出一种茫然若失的神情，倒使人油然而生一种英雄末路的悲哀。

兵来将挡土掩水，德班大战火克金

　　半决赛的德国与西班牙之战，在南非的德班进行，这对中国人来说是一个有趣的巧合。"德"国与西"班"牙，居然要在"德班"这个地方争一个决赛名额，岂不是命中注定的吗？

　　更奇妙的是，德班交战的结果，竟与咱们五行相生相克的原理不谋而合。斗牛士军团崇尚烈火与热血，爱舞动一块一面红一面黄的布激怒斗牛，而这正合西班牙国旗的颜色。西班牙国旗上下均为红色，象征碧血；中间一带黄色，象征黄沙；意思是要用热血捍卫土地。我们中国人爱说"兵来将挡，水来土掩"，此番斗牛士军团迎战德国战车，正合"火克金"之说，故能取胜也。

　　以上虽是说笑，但这相生相克的道理，倒真与足球比赛大有关联的。德国向以严密的整体性和强大的冲击力著称，故有"德意志战车"之赫赫声威，它的长处是打攻势足球。你看它与阿根廷那一仗，3分钟闪电进球，90分钟连下四城，何等酣畅淋漓！那阿根廷岂是等闲之辈？它的传球技术与西班牙不相上下，且禁区前突然穿越防线的本领更胜一筹，所短之处只是自己的防守。而日耳曼人正是抓住了这一点，靠锐利无比的进攻取胜。

　　此番面对西班牙，年轻的德国队却显得忌惮有加，太过保守了。整整半个小时，只一味防守。其心思可能是想后发制人，终场前给对方致命一击。殊不知这只是一厢情愿。那西班牙人的

五、趣观绿茵

259

传球本来就如绣花般精细,你再放弃冲击让她雅雅地绣,且在对方传来传去的戏弄下,竟因仰慕其技艺而仿佛被催眠,高雅得连犯规也不敢。干净是干净了,但水至清则无鱼,球可就输了。归根结底,德国人首先是输在放弃了自己的长处,而西班牙人正求之不得。

即便如此,德国队在不多的几次反击中,也差点破门进球。上半场一个该判的点球,裁判没给;下半场一个该判的任意球,裁判也没给;再加上那个被对方门将扑出去的必进球,德国人本是有机会的。只要有一个机会兑了现,双方的士气消长就会大变,局面也就会立刻改观。

所以说,足球场上你来我往、此消彼长、相生相克、相辅相成的变化真是无穷无尽。要不然,何以德国赢阿根廷那样意气风发,输西班牙又如此狼狈不堪;西班牙赢德国如此顺风顺水,输瑞士又那样出乎预料呢!

（以上选自 2010 世界杯之"锐评"）

盛事近而立　《增华》上层楼

被誉为"名城盛事"的增华阁作文大赛,明年就将迎来它的 30 周年。回顾这项赛事走过的近 30 年,我们首先应该感谢广大中小学师生的积极参与,当然同时也应该感谢镇江日报的坚持不懈。

作为这项赛事的参与者,我想概述一下它近 30 年的发展和创新。

规模:日益扩大

1988 年的第一届,参赛者近千人,后来的几年就发展到三千多人,第八届猛增到 7800 多人,第九届近万人,1997 年的第十届达 12000 多人,1998 年达 18000 多人,进入新世纪以来,每年的参赛人数都在三万以上。其中,2006 年起的三年,还曾有扬州、南通、徐州、常州等地的中小学生参加。今年,"增华阁"作文大赛更出现了一大突破,就是用去年高中组的赛题向全社会征文,实现了学校与社会的连接与融合。

命题:多方探讨

大赛对命题进行了多方面的探讨。首先是坚持命题的基本指导思想，即坚持一般与较难两类赛题相结合，并且各参赛组都有五道题，让学生有所选择，有话可说。第二是在坚持命题基本类型，即以记叙文、说明文、议论文为主的同时，尽可能灵活多变，如采用全命题、半命题、根据材料自命题、看图作文等多种形式，其中有的题目也可写成诗歌、散文、杂文或短小说，尽量让学生可以自由发挥。第三是为提高比赛的质量，除多次请过一些语文专家和特级教师命题，也曾由本市资深的中小学语文老师集体研究。有几年，更开放性地向全社会征题。近几年来，则进一步对几种常见的命题进行较为深入的研究，并努力把命题与赛后总结编书的需要结合起来。

阅卷：一线参与

"增华阁"作文的阅卷，经历了从二线到一线的转变。前十几年，是由十几位资深的退休语文教师承担，他们经验丰富，时间充裕，每次都用一两个月的时间仔细斟酌，反复筛选。后十多年，则有大批在职的中小学语文老师参与，经多轮次筛选后，最终由定评小组选出金奖。这样的阅卷方式有利于大赛与中小学语文教学更好地结合，而闭卷阅评的方式也保证了评选的公正与公平。

评奖：鼓励为主

由于是群众性的比赛，应以参与锻炼为主，以鼓励促进为主，而且对于当场限时完成的作文，也不宜要求太高，所以大赛的获奖面达到百分之十，后来更扩大到百分之二十。但其中，一等奖的数量一般也只占参赛人数的百分之二，依然保证了较高的质量。从 2004 年开始，大赛设立了金奖，先是每比赛组一个，后争取达到每个年级有一个，这样就在一等奖的平台上又树立起一个榜样，实行后反响热烈，效果很好。另外，在较低档次奖的数量分布方面，考虑到参赛学校众多，情况不一，大赛则采取了在同等数量的赛卷中按一定比例评奖的办法,尽可能实现学校间的大体平衡,这也有利于调动更多学校、更多学生的参赛积极性。

总结:着眼提高

"增华阁"作文大赛决不仅仅是每年一次两小时的事,它追求的是形成一个学习写作连续不断的过程,因此赛后的反思总结就显得尤其重要。所以,从 1995 年的《增华阁作文比赛精品选》开始,每年赛后都编出一本获奖作品选,供广大中小学生和语文老师参考研究。2006 年,正式出版了《增华阁历届作品精选》,从 2009 年起,更开始正式出版"增华阁系列丛书",已逐年推出了《和你一起学作文》《同中看异学作文》《读写结合学作文》《古为今用学作文》《面向世界学作文》《作文纵横谈》《作文得失谈》《作文师生谈》共八本。从 2010 年开始,"增华阁"作为一个名城文化的品牌,已正式印在书的封面上,而以"增华阁"冠名的系列文化活动,也早已蓬蓬勃勃地开展起来了。

展望:任重道远

30 年可不短,"增华阁"赛事已经历了两代人;30 年也不长,母语的学习和文化的传承可谓"路漫漫其修远"。作为中国历史文化名城的市民,作为萧统、刘勰的后人,我们应该把这件好事办得更好,把镇江的这张文化名片打造得更加精美。

洪蒲生

附录二

我和老伴洪蒲生

我和蒲生从小在一个三合院里长大,直到我们结婚生子、离开那个L城,两家仍没离开那大院,直到拆迁才搬走。

两家住对房门,合用一个堂屋,堂屋有前后门,后院较小可种菜。前院很大,还住着一户王姓人家。

在L城,总共只有三户姓洪的,而我两家住进同一所大院。他父亲排行老大,我父亲排行老二。两家孩子的名字,只有中间一字不同,年龄每个孩子之间相隔两岁,只我俩差一岁。L城人以为是洪氏大家族。

他比我大一岁一个月零一天,他却反过来说我卡他的强,连出生都要卡他一年一个月加一天,(他拿我的生日减他的生日)一点都不肯吃亏。

现经常外出旅游,登记住宿时总有人惊奇我俩姓名的相似,(生他时是菖蒲旺盛期,而我父亲养在水缸里的荷花,正好在生我时花开了)都会说一声,只有中间一字不同,他总得意地纠正:"半字之差"。对方会惊叫,"是真的耶!"还有人发现民族不同,会问"谁跟谁姓呀?"我抢答:"当然是跟我姓啦",说完我俩相视一笑离开。

在三合院里，王姓家没小孩，只有我俩一般大，所以我俩玩得最多。我们都喜欢看书，不过我看的书都是国内作家写的，他看的书还有外国作家写的。他还喜欢看外国电影，我却不喜欢。他告诉我看外国小说，书中人物只记住爱称就行。他介绍我看的第一部电影是墨西哥影片《生的权利》，后又看了也是墨西哥的影片《冷酷的心》，看完这些影片我就喜欢上了外国影片。他拿给我看的第一本书是《我们播种爱情》，作者是杜鹏程，是写解放军修川藏公路的。他会把好的书推荐给我，我也会把好看的书告诉他，我也开始看外国文学作品。

当上世纪七十年代要求教师援藏时，我就知道他一定想去，所以他成为第一批援藏教师。

平时我们各忙各的，只有放暑假时玩得最多。堂屋有张竹床和躺椅，我们会在堂屋玩或看书，因为前后门开着很凉爽。

整个夏季我们都在大院里过夜，每人拿条被单或床单，只有最小的睡着会抱进房里。

到晚上，前院放满各式竹床，他会挑靠近我的竹床。

我们俩找天上的星星，看见流星就大喊大叫，引得全院人都大叫。他会告诉我白天出去看到什么好玩的事了，或是去新华书店看到什么好玩的书了，并且告诉我在书店什么位置，在书架的那一档，要我第二天去看。有时还会告诉我从哪页看到哪页最好玩，不必全部看。讲到好玩的我们会大笑，大人们也会问什么事这么开心，他有时也讲给他们听，大多时候会说我们讲的与你们无关。一般大人们不管我们俩在说什么，我们也不听大人们说什么，各玩各的。

大人们一般讲白天见闻，也讲故事。讲鬼怪故事我喜欢听，又害怕，这时如有人要喝水就要回房取水，不知为什么取水成了我的专职。每次来回我都是跑步,蒲生大概发现我害怕,就悄悄躲在堂屋大门后面,等我脚步声靠近他突然冲出来装鬼吓我。第一次吓得我大叫,水杯打了,幸好是凉白开,没烫伤。大人听见叫声,发现他也不见了,知道是他的恶作剧。说他也没用,好不了几天又来一次。每次变法不同,怪吓人的。

白天没大人时他会说,"胆小鬼"干吗叫。有一天,他和几个小的,在后院不知讲什么。看见我走过,招手让我过去,好像要我看什么。走到面前,看他两膀上套了好多皮筋,不知干什么用,我走近快速拉皮筋又快速松开,看着他痛的怪模样,又没吱声,我冲他笑笑就走开了,从此他没再装鬼吓我。

长大些,公用水缸里的井水,就是我俩轮流打,每人一天,要打满一缸水。井在大门外斜对面人家门口。打井水就怕铁桶掉井里,桶一掉井里他回来说桶掉井里了,就不管了,就成我的事,去别人家借钩子捞桶或别的什么事,他是决不干的。

就在我快要毕业时,他突然从大学寄信给我,而且是寄到学校里的。那时因学校分男女界线,我已好久没和他说话了,所以他的来信使我感到突然。打开信看了才知道,他问要买小礼品送同学作纪念吗?他读书的 S 城有许多小礼品送人很好,问我要不要。我还没想好要不要回信给他,第二封信又来了,里面还夹了小礼品。我也只好回信去,告诉他不用买小礼品。

我一九六一年九月一日分配,去了离家较远的地方工作,他仍给我写信。也有老邻居朋友来告知双方父母,说两个小家伙好着呢,两人在通信(她老头在邮局上班,信件收发由他负责)。我母亲说,他们两人好长时间都不说话了,怎么可能? 来人说信是写到学校的。小县城芝麻大的事都能知道,因此就有了快速订婚之事。那时我才参加工作半年,他还在大学读书,也就在一九六二年的春节拍了订婚照。

一九六二年对我们来说是个特殊的年份，年初订婚，六月份因精兵简政，我又重新分配去农林局管辖的果园工作。一九六二年年底，供销社来人找我回原单位，父母告知他们我早已去果园上班了，也就作罢。

一九六二年暑假蒲生约我去Ｓ城旅游，父母们当然积极支持。他来信要我从火车站坐三轮车直达，那是我第一次一个人到另一个城市去，因此一切照办。到了他那里，已过吃午饭时间，是午休，他老大人在午睡。接待我的是他的学长（后来苏大副校长袁沧洲先生），并叫另一位同学去叫他。他来了后把我带到另一房间，随即给我一封信，才瞄了结尾一眼，我就知道是一位女同学追求他的信。这个书呆子，不知道去车站接我，（那个年代也许是为了省钱）也不知道问我有没有吃中饭，大热的天，我刚到也不知道倒水给我喝，却急着向我表忠心。其实那时我巴不得他有女朋友，我总觉得我们不适合，做朋友、哥们我还能帮他多些。

午睡结束，他把我带到女生宿舍安排好，就和我外出，边走边向我介绍Ｓ城小吃。那年代，三年自然灾害，食品还很缺乏，买什么东西不是收粮票，就是要购物券。他一介绍我肚子更饿，因为我还没吃中饭。当时已是四点多钟。一直到五点多，他才说：我们找地方吃晚饭。这时我才说我中饭还没吃呢，他问你怎么不吃？我说你叫坐三轮车去学校怎么吃？名符其实的书呆子。那时他父母每月只给他4元钱，我也不知道那个月他母亲有没有多寄点零花钱给他，花钱都是我付，也不吃什么贵的。他有点不过意，对我说：等我工作了，请你吃好的。

我们玩了好多地方，他送我上火车站。回到家大人问情况，一说到刚去时把我饿了一下午，他妈说你不会跟他要呀？我说不好意思。

附录二

267

他回家后告诉住在大门斜对面的邻居大哥（也是他同班同学），说我不肯和他并排走。的确，他走马路上，我走在马路牙上，他上来我就走到马路上，就这么上下来回换着走。公园是绝对不肯进。邻居大哥当着我母亲的面说，你这么守旧，大学男女同学并肩走着又说又笑的。

　　当时分到果园上班的还有停办大学的大学生、医生、各条战线工作的都有，都是天真活泼有为的年轻人。他高中时的好友，因大学解散也分到果园。他告诉蒲生，说有人追我，他回答说"她不会理睬的"，这证明他了解我。此事过了很久我才知道，其实那时我正在做他工作，要他和我一道反对大人做出的订婚决定，他却坚持说早就喜欢我，拒绝合作。

　　后来因我病得很重，病的时间也很长，病好后我耳朵听不见了。领导觉得我不适合再留果园，故让我回城重新分配。父亲说：通知你考会计。我当时不愿干会计，父亲就说：你不去，说你不服从分配，以后会很麻烦。因此我说不是要考试吗？考不上总不能说我不服从分配吧？我没复习就去考试了，结果数学我考得最好，被录取的两人送镇江地区学习会计。

　　在镇江学习期间，星期天会在商店与蒲生偶遇，碰面后我让他走开，我是和同宿舍同学来的，我不想让别人说我学习期间出去谈恋爱。结果和他同时出来的同事要他约我晚上看电影，说不见不散。我告诉他我不会去，我真没去，他竟在电影广告上打寻人启事，被我们学习小组去看电影的同学看到回来说，你家那位找你，你跑到哪里去了？我说我根本没出去。

　　蒲生从小是张妈带大的，张妈喜欢他，为他打抱不平。张妈说蒲生抱在手上时，就认识三千多字（他说不可能）。不过他很小就上私塾学堂。他喜欢写诗，舞也跳得很好，上中学时曾跳过《鄂尔多斯舞》，是蒙族舞蹈，动作刚健有力，表现草原上劳动者的生活,他是男领舞。这舞是省歌舞团到 L 县演出时,去学校教的两支舞中的一支。直到上世纪八十年代,我们每月还寄钱给张妈,直到她离世后一段时间才停寄。

我和蒲生都有点马大哈,我们小时候会往大柴灶里埋山芋,但每次放进灶膛后就完事,从来不记得吃,等想起来时已烧成焦块。

我认为我们做朋友、哥们更合适。又是老邻居朋友从外地来 L 玩,发现我们还没有结婚,就对双方父母说,我以为你们两家都有第三代了,怎么还没有结婚,老拖着干什么? 于是就被催着结婚了。结婚分居两地多年,与没结婚无异,没有自己的小家,反而增添了麻烦、责任、负担、孩子……

结婚日子订在中秋,那时老师们不上课,经常几个同事一道打扑克玩。那天玩得把结婚的日子忘了,到玩够想起此事,时间已来不及准备。干脆过了几天,约了几个平时要好的同事,到馆子里吃了一桌和菜,就算完成一辈子的结婚大事,我才从他的女学生家搬到他宿舍住。那个年代我们只花了九元钱办了桌喜酒。

过了一两天,去上海看望他奶奶、婶婶、叔叔一家人,在那个年代我们是超前卫的旅游结婚。不过我们回到家没敢说结婚日期改了,后来一算还是个单日,就更不敢说了。

回到家就让我们俩在家烧饭,他烧火,我在灶台烧菜(大柴灶)。他一边烧火,又不断站起来看我切菜、烧菜。我切完菜放刀时,他突然把手按住菜板,我是习惯性放菜刀,刀口划伤了他手指,他的血太稀,简直像喷泉,流血不止,什么也顾不上,直奔医院缝了十几针才止血。这是我送他的结婚见面大礼,直到他离开这世界,缝的针迹还能看见。

刚结婚时,他在家休息,因为学校还没有复课,我可上班了,他要教我下象棋，说等老了在家可以下棋玩。

那时我干会计很忙。他才开始教我认棋，就被招回学校复课了。他离世的前一两天还说我们可以下棋。成了家、有了孩子没时间学，连书也看不成，最后连会计工作也改行了，为了孩子只能我放弃。

有天他在校门口的岔路口，与一位冒失青年自行车相撞，连车带人倒地，他从地上爬起，对那青年说你把我豆腐撞坏了，而且很可惜地看着豆腐。大门口站着的体育老师对他大喊，看看腿有没有伤、裤子有没有破。那青年也被他吓傻了，傻傻地看着他，因他还在不断说着豆腐可惜了。第二天一早，体育老师告诉我此事，问他有没伤到哪儿。我说还好，他本想烧豆腐美餐一顿，没吃成，豆腐是他的命。

儿子没上学前，为了跟他学字，每晚等到十点以后，他要先把学生安排好。看儿子等他等了好几晚，三晚教了三十个字。后让改教拼音字母，和儿子吵了一架还是没把拼音教完。儿子求知心切，四岁还不到的孩子，每晚等着，真叫人心痛。儿子两岁不到就能坐半个小时不动，用笔涂圈圈点点在方格中心位置。他渴望爸爸能指导他，而蒲生没能做到。儿子上大学后的选修课居然是语文。

其实寒暑假他应该有时间指导自己的孩子，可放假前他却收作文本，利用假期看学生的全部作文，再为学生写长篇评语。

他不吃烟酒，原来也不喝茶，是我坚持让他喝才喝的，就是爱买书。蒲生中学时是校篮球队队员，还会跳舞、打球、游泳……不过在家不唱歌，看书时间长了会吹口哨放松。

刚去教育局上任时，每天听别人汇报工作，他认为什么都没干，他很苦恼。每天下班回来，忘不了看他的学生，看他们有没有认真对待即将面临的高考。还有家长等他分析自己孩子的学习情况后提升学的建议。当时正处高考前夕,而且他带了六年的学生即将面临高考,对这批学生他已把他们当成自己的孩子,比自己孩子更看重。外出写家书,里面每次都有一份习题或考题。有时家书来不及写,只写几个字,里面少不了给学生的习题与考卷。交代某天第几节课送语文课代表,当他的课代表也真辛苦。

国庆三十周年,少数民族参观团去外地参观学习。他在日记中写道:"……还想学生。那天去一三四团,夹道欢迎的全是中小学生,我忽然想到我的学生,竟至于热泪盈眶了。不知他们开学以来如何?我上学期去上海三天,他们就想得很,我回到学校走进教室时,他们都情不自禁地欢叫起来。这次,分别两个多月,肯定更加想念了,正如我非常想念他们一样。还有一个多月才回家,但愿快点。"

提起上海,我想起让他为自己买双皮鞋的事,交代好怎么买鞋,结果早上买了,下午就穿不上了,也不知道去换双大的,一进家门说的第一句话:"小鞋穿不得。"

有次在一个中学开会,我的同事回来告诉我,说蒲生听了一会,在本子上写了点什么后,发言讲的水平太高了,说从没听过领导高水平的业务发言,佩服得不行。他们本身就是各学科的专家,能得到他们肯定不易。到现在我都记得,他们当时激动的表情、赞美的言词。

有天吃饭时,蒲生告诉我们说某单位的一位领导,听他讲完意见后,问他:"要文发吗?"我插嘴说:"他问你要不要把你刚才对他说的话,用文件形式发出。"蒲生惊奇地瞪大眼睛问我:"你怎么知道他这么问!?"我答他说:"我是局外人。"他还没脱离教学,他想的仍是"文法"。

还有一次,他到某处办事,出门前我对他说:"今天可能对方会让你……，你要有个思想准备。"回来后，他对我说：老太婆被你料到了，告知他的回答，果真妙极。

蒲生考大学时的志愿就有新闻，而且在上面，下面就是师范，奶奶说老师受人尊重。这辈子他喜欢的两件事，他都干过，也可以说是如愿以偿。

我和老伴虽结婚五十周年，但相识已近七十年，从小在一起玩，直到他离世前，我们仍在玩。比如有一人外出没带钥匙，就会用一种特别的敲门声，一听就知道老头（老太）回来了。连脚步声都能听出是对方在爬楼梯上来了，有时藏在门后顶住门，门开了推不动，认为门锁没开好，又把钥匙插进锁孔来回开，也可能是老了，自己也搞不清门锁是开了还是没开吧，直到对方忍不住笑出声，才知道上当。

老头，我也不知我们之间是何缘，你阳历生日日期与我阴历生日日期是同一组数字。更奇怪的是连你的骨灰安放位号码，都把我们出生连在一起。如果我们今生缘未尽，来生我一定要大你一小时一分一秒做你双胞胎姐姐。我们要学会全世界各大语种语言，开各种车，不要房子要房车，那样就能实现你的整个人生都成为旅游。什么地方好就停下生活一段时间，住够了开着房车就走，看到好的地方再停下。到那时，我们还可去太空逛逛，这样的神仙日子真是妙极。

洪荷生

2019 年 4 月 12 日

后记

　　《五味集》是洪蒲生于2017年元月自己选定，并写下"作者的话"，准备付印的。蒲生写的文章很多，有教学、论文、散文、杂文、游记、诗……所写各类文章大多在杂志报刊发表过，也有好多获奖作品。

　　这次他所自选《五味集》出书，是在好友再三劝说后，为答谢好友的深情厚谊，才下的决心。因纪念结婚50周年，去阿拉斯加旅游耽误了出书。归国后忙第30届"增华阁"作文大赛的一系列准备工作。谁料在开赛前几天，他突然不辞而别，匆匆离去……

　　我让他学生打开电脑，看到他18日已出好的第30届"增华阁"大赛试题，我放心了。而且知道19日上午，蒲生一定又审查完，这是他几十年来的老习惯。

　　电脑里还找到为"增华阁"大赛30周年所写《超越胜负》的前部分，后半部要等赛后挑选加入。此书后半部分是他的学生、同事林少麟总编为他完成。他为书写了前言，他没留名，是以增华阁阅读写作大赛组委会名义发表的。

　　当我在蒲生大量文稿中，找到《五味集》书稿，又无法在电脑中找到原文，多方查找无果，最后决心买中文手写输入识别系统，并开始学习电脑操作。

本想把蒲生最后写的"阿拉斯加印象"和"废墟重生的新世贸中心"加进他编好的书中旅游部分,但发现他原有的五个部分,每部分都是16篇文章,我不想破坏他原有结构,也只好忍痛割爱,放弃入书。

《盛事近而立 〈增华〉上层楼》一文,是蒲生为《增华阁》作文大赛写的最后一篇文章。他在加拿大对我说,等编完增华阁30周年最后一本书,就告别大赛。故将此文放入附录中,作为蒲生告别《增华阁》作文大赛纪念文。

为出《五味集》,我不但麻烦身边的人,连蒲生大学的学长袁沧州先生、张连生先生、学妹孙星涵女士……都被惊动,感谢他们的热心支持。他的好友联元兄,他心目中有才华的少麟,还有马坚、庄炜、邹桂芝、袁越、陈大径、顾枫等朋友的大力协助,《五味集》才能顺利出版,在此只有衷心表示感谢!

洪荷生

2019 年 5 月

图书在版编目(CIP)数据

五味集/洪蒲生著. —上海:上海三联书店,2019.11
ISBN 978 - 7 - 5426 - 6806 - 6

Ⅰ.①五…　Ⅱ.①洪…　Ⅲ.①杂文集-中国-当代
Ⅳ.①I267.1

中国版本图书馆 CIP 数据核字(2019)第 220033 号

五味集

著　　者 / 洪蒲生

责任编辑 / 冯　征
装帧设计 / 一本好书
监　　制 / 姚　军
责任校对 / 张大伟

出版发行 / 上海三联书店
　　　　　(200030)中国上海市漕溪北路 331 号 A 座 6 楼
邮购电话 021 - 22895540
印　　刷 / 上海惠敦印务科技有限公司

版　　次 / 2019 年 11 月第 1 版
印　　次 / 2019 年 11 月第 1 次印刷
开　　本 / 890×1240　1/32
字　　数 / 150 千字
印　　张 / 9.25
书　　号 / ISBN 978 - 7 - 5426 - 6806 - 6/I·1551
定　　价 / 42.00 元

敬启读者,如发现本书有印装质量问题,请与印刷厂联系 021 - 63779028